LA GOÛTEUSE D'HITLER

Née en Calabre en 1978, Rosella Postorino est une éditrice et journaliste italienne. Son quatrième roman, *La Goûteuse d'Hitler* connaît un véritable succès international auprès du public et de la critique, a reçu de nombreux prix dont le renommé prix Campiello. Elle écrit également des essais et des pièces de théâtre.

ROSELLA POSTORINO

La Goûteuse
d'Hitler

ROMAN TRADUIT DE L'ITALIEN PAR DOMINIQUE VITTOZ

ALBIN MICHEL

Titre original :

LE ASSAGIATRICI

L'homme ne vit que d'oublier sans cesse
Qu'en fin de compte il est un homme.

BERTOLT BRECHT, *L'Opéra de quat'sous*.

PREMIÈRE PARTIE

1

Nous sommes entrées une par une. Après plusieurs heures d'attente debout dans le couloir, nous avions besoin de nous asseoir. La pièce était grande avec des murs blancs. Au centre, une longue table en bois déjà dressée pour nous. Ils nous ont fait signe de nous y installer.

Je me suis assise et j'ai croisé les mains sur mon ventre. Devant moi, une assiette en porcelaine blanche. J'avais faim.

Les autres femmes avaient pris place sans bruit. Nous étions dix. Certaines se tenaient droites, l'air compassé, les cheveux tirés en chignon. D'autres regardaient à la ronde. La jeune fille en face de moi mordillait ses peaux mortes et les déchiquetait entre ses incisives. Ses joues tendres étaient marquées de couperose. Elle avait faim.

À onze heures du matin, nous étions déjà affamées. Mais cela ne tenait pas à l'air de la campagne, au voyage en autocar. Ce trou dans l'estomac, c'était de la peur. Depuis des années nous avions faim et peur. Et quand les effluves de nourriture sont montés à nos narines, notre sang s'est mis à cogner à nos tempes, notre bouche à saliver. J'ai regardé la fille couperosée. Il y avait la même envie chez elle et chez moi.

Mes haricots verts étaient agrémentés d'une noix de beurre. Du beurre, je n'en avais pas mangé depuis mon mariage. L'odeur des poivrons grillés me chatouillait le nez, mon assiette débordait, je ne la lâchais pas des yeux. Celle de ma voisine d'en face contenait du riz et des petits pois.

«Mangez», ont-ils dit d'un angle de la salle, c'était à peine plus qu'une invitation et pas tout à fait un ordre. Ils lisaient l'appétit dans nos yeux. Bouches entrouvertes, respirations précipitées. Nous avons hésité. Personne ne nous avait souhaité bon appétit, alors je pouvais peut-être encore me lever et dire merci, les poules ont été généreuses ce matin, un œuf me suffira pour aujourd'hui.

J'ai recompté les convives. On était dix, ce n'était pas la Cène.

«Mangez!» ont-ils répété dans l'angle de la salle, mais j'avais déjà sucé un haricot et senti mon sang affluer à la racine de mes cheveux, à l'extrémité de mes orteils, senti mon cœur ralentir. Devant moi Tu dresses une table face à mes adversaires – ces poivrons sont si onctueux –, Tu dresses une table sur le bois nu, pas même une nappe, de la vaisselle blanche, dix femmes : voilées, nous aurions eu tout de religieuses, un réfectoire de religieuses tenues au vœu de silence.

Au début, nous prenons de petites bouchées, à croire que nous ne sommes pas obligées de tout avaler, que nous pouvons refuser cette nourriture, ce repas qui ne nous est pas destiné, qui nous incombe par hasard, c'est le hasard qui nous rend dignes de partager son ordinaire. Mais ensuite, les aliments glissent dans l'œsophage, atterrissent dans ce creux qu'est notre estomac, et plus ils le remplissent, plus le creux grandit, plus nous serrons fort nos fourchettes. Le strudel aux pommes est un tel délice que les larmes me montent aux yeux, que j'enfourne des cuillerées de plus en plus grosses, les avalant à la suite jusqu'à ce qu'il me faille rejeter la tête en arrière et reprendre ma respiration, face à mes adversaires.

Ma mère disait que manger, c'est lutter contre la mort. Elle le disait avant Hitler, quand j'allais à l'école primaire du 10 Braunsteinstrasse à Berlin, et qu'Hitler n'existait pas. Elle nouait un ruban sur mon tablier et me tendait mon cartable, me recommandant de faire attention, de ne pas m'étrangler à la cantine. Chez nous, j'avais la mauvaise habitude de parler tout le temps, y compris la bouche pleine, tu es trop bavarde, me disait-elle, et je m'étouffais précisément parce qu'elle me faisait rire avec ses intonations tragiques, ses principes éducatifs établis sur une menace d'extinction. Comme si tout geste de survie nous exposait au risque de notre mort : vivre était dangereux et le monde un vaste piège.

Le repas terminé, deux SS se sont approchés et la femme à ma gauche s'est levée.

« On ne bouge pas ! Rassieds-toi ! »

Elle s'est laissée retomber comme s'ils lui avaient donné une bourrade. Une de ses tresses roulées en macaron s'est échappée de son épingle dans un léger balancement.

« Vous n'avez pas le droit de vous lever. Vous resterez ici, à table, jusqu'à nouvel ordre. En silence. Si les plats sont empoisonnés, l'effet sera rapide. » Le SS nous a dévisagées une à une, guettant nos réactions. Personne n'a bronché. Puis il s'est adressé de nouveau à celle qui s'était levée : elle portait le *Dirndl* traditionnel et avait peut-être voulu manifester sa déférence. « C'est l'affaire d'une heure, rassure-toi. Dans une heure, vous serez libres.

— Ou mortes », a souligné un de leurs hommes.

J'ai senti ma poitrine se serrer. La jeune fille couperosée a enfoui son visage dans ses mains, étouffant ses sanglots. « Arrête », a dit entre ses dents la brune à côté d'elle, mais à présent les autres pleuraient toutes comme des crocodiles rassasiés. Un effet de la digestion ? Allez savoir.

J'ai murmuré : « Puis-je vous demander votre nom ? » La jeune fille n'a pas compris que je m'adressais à elle. J'ai tendu le bras, effleuré son poignet, elle a sursauté, m'a regardée d'un air obtus, tous ses capillaires avaient éclaté. « Comment t'appelles-tu ? » ai-je répété. Elle a relevé la tête en direction de l'angle de la pièce, ne sachant si elle avait la permission de parler ; les gardes étaient distraits, midi approchait, on percevait une certaine langueur. Ils ne la surveillaient peut-être pas, alors elle a répondu tout bas : « Leni, Leni Winter » comme si elle posait une question alors qu'elle disait son nom. « Leni, je m'appelle Rosa, tu vas voir, nous serons bientôt rentrées chez nous. »

Leni sortait de l'enfance, ça se voyait à ses jointures potelées ; elle avait un visage de fille qu'on n'a jamais touchée dans une grange, pas même vaincue par la fatigue, les foins terminés.

En 1938, après le départ de mon frère Franz, Gregor m'avait amenée ici, à Gross-Partsch, pour me présenter à ses parents : ils vont tomber sous le charme, me disait-il, fier de la secrétaire berlinoise qu'il avait conquise, qui s'était fiancée avec son chef, comme dans les films.

Ce voyage en side-car vers l'est avait été un bonheur. *En route vers l'est !* disait la chanson. Et les haut-parleurs ne se contentaient pas de la diffuser le 20 avril. L'anniversaire d'Hitler, c'était tous les jours.

Pour la première fois je prenais le ferry, partais avec un homme. Herta m'avait installée dans la chambre de son fils, expédiant ce dernier au grenier. Ses parents couchés, Gregor avait ouvert la porte et s'était glissé dans mes draps. « Non, avais-je murmuré, pas ici. — Alors allons dans la grange. » Mes yeux s'étaient voilés. « Je ne peux pas, si ta mère s'en aperçoit ? »

Nous n'avions jamais fait l'amour. Je ne l'avais jamais fait avec personne.

Gregor m'avait caressé doucement les lèvres, dessinant leur contour, puis il avait appuyé de plus en plus fort du bout de son doigt, jusqu'à découvrir mes dents, ouvrir ma bouche, y introduire deux doigts. Je les avais sentis secs sous ma langue. J'aurais pu serrer la mâchoire, le mordre. Gregor n'y avait même pas pensé. Il a toujours eu confiance en moi.

Dans la nuit, je n'avais pas pu résister, j'étais montée au grenier et cette fois, c'est moi qui avais poussé la porte. Gregor dormait. J'avais approché mes lèvres

15

entrouvertes des siennes, pour mêler nos haleines, il s'était réveillé. «Tu voulais connaître mon odeur quand je dors?» m'avait-il demandé en souriant. J'avais glissé un, puis deux, puis trois doigts entre ses mâchoires, j'avais senti sa bouche s'élargir, sa salive me mouiller. L'amour: une bouche qui ne mord pas. Ou la possibilité de serrer les mâchoires en traître, comme un chien qui se retourne contre son maître.

Je portais mon collier de pierres rouges quand, pendant le voyage du retour, il avait empoigné ma nuque. Nous ne l'avions pas fait dans la grange de ses parents, mais dans une cabine sans hublot.

«J'ai besoin de sortir», a murmuré Leni. J'ai été la seule à l'entendre.

La brune à côté d'elle avait des pommettes saillantes, les cheveux brillants, le regard dur.

«Chuuut», ai-je dit en caressant le poignet de Leni; cette fois elle n'a pas sursauté. «Encore vingt minutes, c'est presque fini.

— Il faut que je sorte», a-t-elle insisté.

La brune l'a regardée de travers: «Tu ne peux pas te taire?» Elle l'a secouée.

Un petit cri m'a échappé: «Mais qu'est-ce que tu fais?»

Les SS se sont tournés vers moi. «Que se passe-t-il?»

Les autres aussi se sont tournées vers moi.

«S'il vous plaît», a imploré Leni.

Un SS s'est dressé devant moi. Il lui a empoigné le bras et martelé à l'oreille quelque chose que je n'ai pas entendu, mais qui a froissé son visage, la rendant méconnaissable.

«Elle se sent mal?» a demandé un autre soldat.

La femme en *Dirndl* a bondi sur ses pieds. «Du poison!»

Les autres femmes se sont levées, tandis que Leni avait un haut-le-cœur, que le SS reculait juste à temps et qu'elle vomissait par terre.

Les soldats se sont élancés hors de la pièce, ont appelé le cuisinier, l'ont interrogé, le Führer avait raison, les Anglais veulent l'empoisonner, les femmes s'étreignaient, certaines pleuraient contre le mur, la brune allait et venait, les mains aux hanches, en faisant un drôle de bruit avec le nez. Je me suis approchée de Leni pour lui soutenir le front.

Les femmes se tenaient le ventre, mais pas à cause de la douleur. Elles avaient assouvi leur faim et n'y étaient plus habituées.

Ils nous ont retenues beaucoup plus d'une heure. Le sol a été nettoyé avec du papier journal et une serpillière, un relent âcre a persisté. Leni n'est pas morte, elle s'est contentée de ne plus trembler. Puis elle s'est endormie, sa main dans la mienne et la joue contre son bras posé sur la table, comme une petite fille. Je sentais mon estomac gonfler et bouillonner, mais j'étais trop fatiguée pour m'en préoccuper. Gregor s'était engagé.

Il n'était pas nazi, nous n'avons jamais été nazis. Adolescente, je ne voulais pas entrer dans la Bund Deutscher Mädel, je n'aimais pas le foulard noir passé dans le col de la chemise blanche. Je n'ai jamais été une bonne Allemande.

Quand le temps opaque et démesuré de notre digestion a marqué la fin de l'alerte, les soldats ont réveillé Leni et nous ont dirigées en file indienne vers l'autocar qui nous ramènerait à la maison. Mon estomac ne bouillonnait plus : il s'était laissé coloniser. Mon corps avait absorbé la nourriture du Führer, la nourriture du Führer circulait dans mon sang. Hitler était sain et sauf. Et moi, de nouveau affamée.

2

Ce jour-là, entre les quatre murs blancs du réfectoire, je devins une goûteuse d'Hitler.

C'était l'automne 1943, j'avais vingt-six ans, cinquante heures de voyage et sept cents kilomètres dans les pattes. J'avais quitté Berlin pour la Prusse-Orientale, la région natale de Gregor, et Gregor n'était pas là. Fuyant la guerre, j'avais déménagé depuis une semaine à Gross-Partsch.

Ils s'étaient présentés la veille sans prévenir chez mes beaux-parents et avaient déclaré nous cherchons Rosa Sauer. Leur arrivée m'avait échappé parce que j'étais derrière, dans la cour. Je n'avais même pas entendu le moteur de leur camionnette qui se garait devant la maison, mais j'avais vu les poules courir vers le poulailler en se bousculant.

«On te demande, avait dit Herta.

— Qui?»

Elle avait tourné les talons sans répondre. J'avais appelé Zart, qui n'était pas venu: c'était un chat mondain, le matin il faisait sa tournée du village. Puis j'avais suivi Herta en pensant qui me demande, personne ne me connaît ici, je viens d'arriver, mon Dieu,

Gregor serait-il revenu ? « Mon mari est revenu ? » avais-je dit à voix haute, mais Herta était déjà rentrée dans la cuisine et, dos à l'entrée, cachait le jour. Joseph aussi était debout, s'appuyant d'une main sur la table, le corps penché en avant.

« Heil Hitler ! » Deux silhouettes sombres avaient lancé le bras droit dans ma direction.

Je l'avais levé moi aussi en franchissant le seuil. L'ombre sur leurs visages s'était estompée. Dans la cuisine se tenaient deux hommes en vert-de-gris. L'un avait dit : « Rosa Sauer. »

J'avais acquiescé.

« Le Führer a besoin de vous. »

Il ne m'avait jamais vue de près ni de loin, le Führer. Et il avait besoin de moi.

Herta avait essuyé ses mains à son tablier et le SS avait poursuivi, en s'adressant à moi, ne regardant que moi, jaugeant cette main-d'œuvre de saine et robuste constitution. Certes la faim m'avait un peu affaiblie, la nuit les sirènes m'avaient privée de sommeil, la perte de tout et de tous avait flétri mes yeux. Mais mon visage était rond sous une épaisse chevelure blonde : jeune Aryenne déjà matée par la guerre, l'essayer c'est l'adopter, produit cent pour cent national, une excellente affaire.

L'un des SS avait quitté la pièce.

« On peut vous offrir quelque chose ? » avait demandé Herta avec un retard impardonnable. Les gens de la campagne ne savent pas recevoir les hôtes de marque. Joseph s'était redressé.

« Nous passerons demain matin à huit heures, soyez prête », avait déclaré le SS qui s'était tu jusque-là, et il était sorti à son tour.

Les *Schutzstaffel* faisaient-ils des manières ou bien n'aimaient-ils pas le café de glands torréfiés – mais il y avait peut-être du vin, une bouteille en réserve à la cave pour le retour de Gregor –, quoi qu'il en soit ils n'avaient pas accueilli la proposition d'Herta, tardive il faut bien le reconnaître. Ou, plus simplement, ils ne cédaient pas au vice, ils s'aguerrissaient par le renoncement, parce que le vice affaiblit tandis qu'ils étaient habités par la force de la volonté. Ils avaient aboyé *Heil Hitler* en levant le bras – c'était moi qu'ils montraient.

La camionnette repartie, je m'étais approchée de la fenêtre. Les traces de pneus dans le gravier marquaient le chemin de ma condamnation. J'avais changé de fenêtre, de pièce, rebondissant d'un bout de la maison à l'autre, en quête d'air, d'une issue. Herta et Joseph me suivaient. S'il vous plaît, laissez-moi réfléchir, laissez-moi respirer.

À en croire les SS, mon nom leur avait été transmis par le maire, qui dans un petit village connaît tout le monde, nouveaux venus compris.

« Il faut trouver une solution », Joseph avait empoigné sa barbe et la pétrissait comme si une idée pourrait en jaillir.

Travailler pour Hitler, sacrifier sa vie pour lui : n'était-ce pas le lot de tous les Allemands ? Mais que j'avale des aliments empoisonnés et que je meure de cette façon, sans un coup de feu, sans une détonation, Joseph ne l'acceptait pas. Une mort en sourdine, en coulisses. Une mort de rat, pas de héros. Les femmes ne meurent pas en héros.

« Il faut que je parte. »

J'avais collé mon visage à la vitre ; j'essayais d'inspirer profondément, mais chaque fois une douleur aiguë aux clavicules me coupait le souffle. Je changeais de fenêtre. Une douleur aux côtes, le souffle restait bloqué.

« Je suis venue ici pensant que ce serait mieux, et voilà que je risque de mourir empoisonnée », avais-je ironisé sur un ton de reproche à l'égard de mes beaux-parents, à croire que c'étaient eux qui avaient soufflé mon nom aux SS.

« Il faut que tu te caches, avait déclaré Joseph, que tu te réfugies quelque part.

— Dans la forêt, avait suggéré Herta.

— Où, dans la forêt ? Pour mourir de froid et de faim ?

— On t'apportera à manger.

— Bien sûr, avait confirmé Joseph, on ne va pas t'abandonner.

— Et s'ils me recherchent ? »

Herta avait regardé son mari. « À ton avis, ils la rechercheront ?

— Évidemment, ils ne prendront pas ça bien… » Joseph restait circonspect.

J'étais un déserteur sans armée, j'étais ridicule.

« Tu pourrais retourner à Berlin, avait-il suggéré.

— Oui, tu pourrais rentrer chez toi, avait renchéri Herta, ils ne te suivront pas aussi loin.

— Je n'ai plus de chez-moi à Berlin, vous vous souvenez ? Je ne serais jamais venue jusqu'ici si je n'y avais pas été obligée ! »

Les traits d'Herta s'étaient figés. Brusquement j'avais enfreint la pudeur imposée par nos rôles, par la faible connaissance que nous avions l'une de l'autre.

« Excusez-moi, je ne voulais pas dire…

— Ça ne fait rien. »

Je lui avais manqué de respect, mais en même temps j'avais ouvert la porte à la familiarité. Je l'avais sentie si proche que j'aurais voulu m'agripper à elle, gardez-moi avec vous, occupez-vous de moi.

« Et vous ? avais-je demandé. S'ils viennent, qu'ils ne me trouvent pas et s'en prennent à vous ?

— On saura se tirer d'affaire, avait répondu Herta avant de s'éloigner.

— Que comptes-tu faire ? » Joseph avait lâché sa barbe. C'était sans solution.

Je préférais mourir dans un endroit étranger, plutôt que dans ma ville, où je n'avais plus personne.

Le deuxième jour de ma vie de goûteuse, je me levai à l'aube. Le coq avait chanté et soudain, les grenouilles s'étaient tues, comme si elles avaient sombré toutes ensemble dans le sommeil ; c'est alors que je me sentis seule, après une longue nuit blanche. Je vis mes cernes dans le reflet de la fenêtre et me reconnus. Ces disques sombres n'étaient pas dus à l'insomnie ou à la guerre, ils avaient toujours marqué mon visage. Ferme donc ces livres, m'ordonnait ma mère, tu as une mine de papier mâché ; elle ne manquerait pas de fer, docteur ? s'inquiétait mon père. Et mon frère frottait son front contre le mien parce que ce glissement soyeux l'aidait à s'endormir. Dans le reflet de la fenêtre, je vis les mêmes yeux battus de mon enfance, et je sus qu'ils avaient été un présage.

Je sortis chercher Zart qui somnolait, couché en rond près du grillage des poules, comme s'il en était responsable. D'ailleurs ce n'est guère prudent de laisser des dames seules – Zart, en monsieur de l'ancien temps, le savait. Gregor, lui, était parti : il voulait être un bon Allemand, pas un bon mari.

La première fois que nous étions sortis ensemble, il m'avait donné rendez-vous devant un café près de la cathédrale et était arrivé en retard. Nous nous étions installés en terrasse, dans l'air vif en dépit du soleil. Je m'étais prise au jeu de déchiffrer dans le chœur des oiseaux un thème musical et dans leur vol une chorégraphie exécutée pour moi seule, pour ce moment enfin venu qui ressemblait à l'amour tel que je l'avais attendu adolescente. Un oiseau sortait du groupe, piquant seul et fier comme s'il voulait plonger dans la Spree, il effleurait l'eau de ses ailes déployées et remontait aussitôt : ce n'avait été qu'un désir soudain de fuir, une percée d'inconscience, un geste impulsif né dans l'ivresse de l'euphorie. Et cette euphorie, je la sentais crépiter dans mes mollets. Devant mon chef, le jeune ingénieur assis à une terrasse de café avec moi, je me découvrais euphorique. Le bonheur venait de commencer.

J'avais commandé une part de gâteau aux pommes, à laquelle je n'avais pas touché. Gregor me l'avait fait remarquer : Tu n'aimes pas ? J'avais ri : Je ne sais pas. J'avais poussé mon assiette devant lui, mais le voir avaler presque tout rond une première bouchée, hâte dont il était coutumier, avait réveillé mon appétit. Alors j'en avais pris un petit morceau, puis un autre, et nous nous étions retrouvés à manger dans la même

24

assiette en parlant de tout et de rien, sans nous regarder, comme si cette intimité était déjà trop grande, jusqu'au moment où nos fourchettes à dessert s'étaient heurtées. Alors nous nous étions arrêtés, relevant la tête. Nous avions échangé un long regard, tandis que les oiseaux voltigeaient toujours ou se perchaient, fatigués, sur les branches, les balustrades, les réverbères, ou peut-être, allez savoir, pointaient du bec vers la rivière pour plonger et ne plus jamais refaire surface. Puis Gregor avait délibérément bloqué ma fourchette avec la sienne et c'était comme s'il m'avait touchée.

Herta vint ramasser les œufs plus tard qu'à son habitude : elle avait peut-être passé une nuit blanche elle aussi et ne s'était pas réveillée ce matin-là. Elle me trouva immobile sur la chaise en fer rouillée, Zart pour couvre-pieds ; elle s'assit à côté de moi, oubliant le petit déjeuner.

La porte grinça. «Ils sont déjà là ?» demanda Herta.

Adossé contre le chambranle, Joseph fit signe que non. «Les œufs», dit-il, l'index levé. Zart lui emboîta le pas, il marchait un peu de travers, sa chaleur me manqua.

Les lueurs de l'aube avaient reflué comme le ressac, dépouillant le ciel matinal maintenant pâle, exsangue. Les poules s'ébrouèrent, les oiseaux pépièrent et les abeilles bourdonnèrent contre cette lumière à vous donner la migraine, mais le grincement d'un véhicule qui freinait leur imposa silence. Nous entendîmes crier :

«Debout, Rosa Sauer !»

Nous nous relevâmes d'un bond, Herta et moi,

Joseph repartit en emportant les œufs, sans s'apercevoir qu'il en avait serré un trop fort : la coquille s'était brisée entre ses doigts, veinés de filets visqueux d'un orange brillant. Je ne pouvais m'empêcher de suivre leur trajet, ils se détacheraient de la peau et atterriraient sans bruit sur le sol.

« Dépêche-toi, Rosa Sauer ! » insistèrent les SS.

Herta me poussa dans le dos, j'avançai.

Je préférais attendre le retour de Gregor. Croire que la guerre finirait. Je préférais manger.

Dans l'autocar, après un rapide coup d'œil, je pris le premier siège libre, loin des autres femmes. Elles étaient quatre, deux assises ensemble, les autres isolées. Je ne me souvenais pas de leurs noms. Je ne connaissais que celui de Leni, qui n'était pas encore montée.

Aucune ne répondit à mon bonjour. Je regardai Herta et Joseph par la vitre auréolée de pluie. Sur le pas de la porte, elle levait le bras malgré son arthrose, il tenait un œuf cassé dans sa paume. Je regardai la maison – les tuiles noires de mousse, l'enduit rose et le buisson de valériane fleuri sur la terre nue – jusqu'à ce qu'elle disparaisse dans le virage. Je la regarderais tous les matins comme si je ne devais plus la revoir. Puis elle cesserait d'être un regret.

Le quartier général de Rastenburg était installé à trois kilomètres de Gross-Partsch, niché dans la forêt, invisible du ciel. Quand le chantier avait commencé, racontait Joseph, les gens des environs s'étaient interrogés sur cette ronde de fourgonnettes et de camions. L'aviation soviétique ne l'avait jamais localisé. Mais nous savions qu'Hitler était là, qu'il dormait tout près, et qu'en été il se débattrait peut-être dans son lit en essayant de tuer les moustiques qui troublaient son sommeil ; lui aussi s'acharnerait peut-être sur les cloques rougies, gagné par les envies contradictoires que suscite la démangeaison : vous avez beau ne pas supporter le chapelet de boutons sur votre peau, l'intense soulagement que vous éprouvez à vous gratter contredit votre envie de guérir.

On l'appelait Wolfsschanze, la Tanière du Loup. Le Loup était son surnom. Aussi ingénue que le Petit Chaperon rouge, j'avais atterri dans son ventre. Une armée de chasseurs le traquait. Pour le réduire à leur merci, ils n'hésiteraient pas à m'éliminer.

3

Arrivées à Krausendorf, devant l'école en briques rouges transformée en caserne, on se mit en marche les unes derrière les autres, en bon ordre. On traversa le hall, aussi dociles que des vaches, dans le couloir les SS nous arrêtèrent, nous fouillèrent. C'était odieux de sentir leurs mains s'attarder sur nos hanches, sous nos aisselles, et ne rien pouvoir faire, sinon rester en apnée.

On répondit à l'appel tandis qu'ils cochaient nos noms dans un registre; je découvris que la brune qui avait rudoyé Leni s'appelait Elfriede Kuhn.

Ils nous firent entrer deux par deux dans une pièce qui sentait l'alcool, les autres attendant leur tour dehors. Je posai le coude sur un bureau d'écolier, un homme en blouse blanche noua un garrot autour de mon bras et tapota ma peau du bout de son index et de son majeur. La prise de sang sanctionna de façon définitive notre statut de cobayes. Si la veille nous avions pu avoir l'impression d'une inauguration, d'une répétition générale, dorénavant nous ne pouvions plus échapper à notre fonction de goûteuses.

Quand l'aiguille piqua ma veine, je me détournai.

Elfriede était à côté de moi, concentrée sur la seringue qui aspirait son sang et se remplissait d'un rouge de plus en plus foncé. Je n'ai jamais supporté la vue de mon sang : admettre que ce liquide sombre vient de l'intérieur de moi me donne le vertige. Alors je fixai les yeux sur elle, sa posture à angle droit, son indifférence. Je devinais la beauté d'Elfriede, mais ne la voyais pas encore – un théorème mathématique en passe d'être démontré.

Avant que je m'en aperçoive, son profil se métamorphosa en un visage dur, braqué sur moi. Elle gonfla les narines comme si elle manquait d'air, tandis que j'ouvrais la bouche pour inspirer. Sans rien dire.

« Tenez-le », m'enjoignit le type en blouse en pressant un coton sur ma peau.

J'entendis le garrot libérer Elfriede dans un claquement et son siège racler le sol. Je me levai moi aussi.

Au réfectoire, j'attendis que les autres s'asseyent. La plupart avaient tendance à reprendre leur place de la veille ; la chaise en face de Leni resta inoccupée, elle devint la mienne.

Après le petit déjeuner – lait et fruits –, on nous servit le déjeuner. J'avais de la terrine d'asperges. Avec le temps, je comprendrais qu'en attribuant des combinaisons d'aliments différentes à des groupes différents, ils introduisaient un critère de contrôle supplémentaire.

J'observai la salle – les fenêtres et leurs barreaux en fer, la sortie sur la cour constamment surveillée par une sentinelle, les murs dépourvus de tableaux – comme on observe un lieu étranger. Mon premier

jour d'école, quand ma mère était partie en me laissant dans la classe, j'étais triste à l'idée qu'il puisse
m'arriver malheur à son insu. Ce n'était pas tant la
menace du monde planant sur moi qui m'attristait que
l'impuissance de ma mère. Que ma vie s'écoulât tandis qu'elle en ignorait tout me semblait inacceptable.
Ce qui restait caché, même si ce n'était pas prémédité,
constituait déjà une trahison. En classe, j'avais cherché
une fissure dans le mur, une toile d'araignée, quelque
chose qui puisse m'appartenir comme un secret. Mes
yeux avaient erré dans la pièce, qui semblait immense ;
puis j'avais remarqué qu'il manquait un bout de
plinthe et m'étais sentie rassurée.

Dans le réfectoire de Krausendorf, les plinthes couraient intactes. Gregor n'était pas là, et je me retrouvais
seule. Les bottes des SS dictaient le rythme du repas,
scandaient le compte à rebours de notre mort possible.
Quel délice, ces asperges, mais un poison est-il amer ?
Je déglutissais et mon cœur cessait de battre.

Elfriede aussi mangeait des asperges et m'observait,
je buvais de l'eau en abondance pour diluer l'angoisse.
C'était peut-être ma robe qui l'intriguait, Herta avait
peut-être raison, ce motif en damier était déplacé, je
n'allais pas au bureau, je ne travaillais plus à Berlin,
renonce à ton allure de citadine, m'avait dit ma belle-
mère, sinon tout le monde te regardera de travers.
Elfriede ne me regardait pas de travers, ou bien si, mais
j'avais choisi ma robe la plus confortable, celle que je
mettais le plus souvent – Gregor l'appelait l'uniforme.
La robe sur laquelle je ne me posais pas de questions,
ni si elle tombait bien, ni si elle me porterait chance ;
c'était un refuge, y compris contre Elfriede qui me

détaillait sans tenter de le dissimuler, fouillant mes carreaux avec une violence qui aurait pu les balayer, une violence qui aurait pu découdre les ourlets, dénouer les lacets de mes chaussures à talons, dégonfler la vague que mes cheveux dessinaient sur ma tempe, tandis que je continuais à boire et que je sentais enfler ma vessie.

Le repas n'était pas fini et je ne savais pas si nous avions l'autorisation de sortir de table. Ma vessie était douloureuse, comme dans la cave de Budengasse, où l'on se réfugiait la nuit, ma mère et moi, avec les autres occupants de l'immeuble quand retentissait l'alerte. Mais ici on n'avait pas de seau dans un coin et je n'arrivais pas à me retenir. Avant même de l'avoir décidé, je me levai, demandai à aller aux toilettes. Les SS acceptèrent ; alors qu'un échalas aux grands pieds m'escortait dans le couloir, j'entendis la voix d'Elfriede : « J'ai besoin d'y aller moi aussi. »

Le carrelage était abîmé, les joints noircis. Deux lavabos et quatre portes. Le SS resta en sentinelle dans le couloir, nous entrâmes, je m'enfermai dans un des WC. Je n'entendis aucune porte se fermer, ni l'eau couler. Elfriede avait disparu ou se tenait à l'affût. Le ruissellement de mon urine dans le silence était humiliant. Quand j'ouvris la porte, elle la bloqua du bout de sa chaussure. Elle posa sa main au creux de mon épaule, me plaqua contre le mur. Les carreaux sentaient le désinfectant. Elle approcha son visage du mien, avec une sorte de douceur.

« Que me veux-tu ? demanda-t-elle.

— Moi ?

— Pourquoi me regardais-tu pendant la prise de sang ? »

J'essayai de me dégager, mais elle m'en empêcha.

« Je te conseille de t'occuper de tes affaires. Ici il vaut mieux que chacune se mêle de ce qui la regarde.

— Je ne supporte pas la vue de mon sang.

— Mais le sang des autres, tu le supportes ? »

Un choc métallique contre le bois nous fit sursauter : Elfriede recula.

« Qu'est-ce que vous fabriquez ? » demanda le SS dehors, avant d'entrer. Les carreaux étaient humides et froids, ou bien c'était la sueur dans mon dos. « Vous complotez ? » Il était chaussé de bottes énormes, parfaites pour écraser une tête de serpent.

« J'ai fait un malaise, sans doute à cause de la prise de sang, bredouillai-je en massant le point rouge au creux de mon coude, sur la veine en relief. Elle est venue à mon secours. Je me sens mieux maintenant. »

Le garde nous avertit que s'il nous surprenait à nouveau dans une attitude aussi intime, il nous donnerait une bonne leçon. Ou plutôt non, il en profiterait. Et il eut un rire inattendu.

On retourna au réfectoire, l'Échalas sur nos talons, aux aguets. Il n'avait rien compris.

Ce n'était pas de l'intimité entre Elfriede et moi, c'était de la peur. Nous jaugions les autres et l'espace autour de nous avec la terreur inconsciente des nouveau-nés.

Le soir, dans les toilettes des Sauer, le parfum d'asperge de mon urine me fit penser à Elfriede. Elle aussi, assise dans son WC, respirait cette odeur. Et Hitler aussi, dans son bunker à la Wolfsschanze. Ce soir-là, l'urine d'Hitler et la mienne sentaient pareil.

4

Je suis née le 27 décembre 1917, onze mois avant la fin de la Grande Guerre. Un cadeau de Noël tardif. Ma mère disait que Santa Klaus m'avait oubliée dans son traîneau, si bien empaquetée dans les couvertures qu'on ne me voyait pas, puis que, m'ayant entendue vagir, il avait dû repartir pour Berlin à contrecœur : ses vacances venaient de commencer et cette livraison hors programme l'enquiquinait. Heureusement qu'il s'en est aperçu, disait papa, cette année-là tu as été notre seul cadeau.

Mon père était cheminot, ma mère couturière. Le sol du séjour était toujours jonché de bobines et de fils de toutes les couleurs. Ma mère léchait une extrémité de l'aiguillée pour l'enfiler plus facilement dans le chas, et je l'imitais. En cachette, je prenais un bout de fil dans ma bouche et le faisais tourner avec ma langue, tâtant sa consistance contre mon palais ; quand il était devenu une boule humide, je ne résistais pas à l'idée de l'avaler et de découvrir si, une fois dedans, il serait mortel. Je passais les minutes suivantes à guetter les signaux de ma mort imminente, mais comme je ne mourais pas, je l'oubliais. Je gardais quand même le secret, puis la nuit j'y repensais, certaine que ma dernière heure était arrivée. Ce jeu avec la mort avait commencé très tôt. Je n'en parlais à personne.

Le soir, mon père écoutait la radio, pendant que ma mère balayait les fils qui jonchaient le sol, avant d'aller se coucher avec le *Deutsche Allgemeine Zeitung*, impatiente de lire un nouvel épisode de son roman-feuilleton préféré. Voilà ce qu'a été mon enfance : les vitres embuées des fenêtres qui donnaient sur Budengasse, les tables de multiplication apprises par cœur de façon précoce, le trajet à pied pour l'école dans des chaussures trop grandes puis trop petites, les fourmis décapitées entre deux ongles, les dimanches à l'église quand papa et maman lisaient, elle le psaume, lui les épîtres aux Corinthiens, et que je les écoutais sur notre banc, partagée entre la fierté et l'ennui, un pfennig caché dans ma bouche – le métal salé picotait et, les yeux mi-clos de plaisir, je poussais la pièce avec ma langue jusqu'à l'entrée de ma gorge, dans un équilibre de plus en plus précaire, prête à rouler, avant de la recracher d'un coup. Mon enfance, c'était les livres sous l'oreiller, les comptines que chantait mon père, colin-maillard dans la rue, le *Stollen* à Noël, les sorties au Tiergarten, ce jour où je m'étais approchée du berceau de Franz, avais saisi sa menotte entre mes dents et mordu de bon cœur. Mon frère avait hurlé comme tous les bébés au réveil, personne n'avait su ce que je lui avais infligé.

Ce fut une enfance constellée d'actes coupables et de secrets que j'étais trop occupée à préserver pour me soucier des autres. Je ne me demandais pas où mes parents se procuraient le lait qui coûtait des centaines puis des milliers de marks, s'ils prenaient d'assaut les épiceries en défiant la police. Je ne me suis pas demandé non plus des années plus tard s'ils se sentaient humiliés par le traité de Versailles, s'ils haïssaient les États-Unis comme tout le monde, s'ils se considéraient comme injustement condamnés pour s'être rendus coupables d'une guerre à laquelle mon père avait participé – il avait passé toute une nuit dans un cratère avec un Français, finissant par s'assoupir à côté du cadavre.

À cette époque où l'Allemagne accumulait blessure sur blessure, ma mère mouillait son aiguillée lèvres pincées, ce qui lui donnait un museau de tortue qui m'amusait, mon père écoutait la radio après son travail en fumant des cigarettes Juno et Franz sommeillait dans son berceau le bras replié et la main près de l'oreille, ses petits doigts refermés sur sa paume à la chair tendre.

Dans ma chambre, je faisais l'inventaire de mes fautes et de mes secrets, sans en concevoir le moindre remords.

5

«Je n'y comprends rien», gémit Leni. Nous étions assises à la table du réfectoire, débarrassée après le dîner, devant nos livres ouverts, munies de crayons que nous avaient fournis les gardes. «Il y a trop de mots difficiles.

— Par exemple ?

— Alym, non, amyl, attends.» Leni consulta une page. «Amylase salivaire, et celui-là, pepsi, euh, pep-si-no-gène.»

À huit jours de nos débuts, le cuisinier s'était présenté au réfectoire pour distribuer une série de manuels sur l'alimentation, qu'il nous invitait à lire : nous étions chargées d'une tâche sérieuse, avait-il déclaré, qui requérait des compétences. Il s'était présenté comme Otto Günther, mais nous savions que tout le monde le surnommait Krümel, La Miette. C'était ainsi que l'appelaient les SS, peut-être parce qu'il était petit et fluet. Quand nous arrivions à la caserne, il s'affairait déjà avec son équipe pour le petit déjeuner, que nous prenions tout de suite, tandis qu'Hitler s'attablait vers dix heures, après avoir reçu les nouvelles du front. Puis, vers onze heures, nous mangions ce qui constituerait son déjeuner. Après l'heure de battement, on nous ramenait chez nous, mais à cinq heures de l'après-midi, on revenait nous chercher pour goûter son dîner.

Le matin où Krümel nous avait distribué les livres, une des goûteuses avait feuilleté quelques pages et soupiré en haussant les épaules. Des épaules qu'elle avait larges et carrées, disproportionnées par rapport aux chevilles fines que découvrait sa jupe noire. Elle s'appelait Augustine. Leni en revanche avait pâli comme si on lui avait annoncé une interrogation imminente à laquelle elle était sûre d'échouer. Pour ma part, j'y voyais plutôt une consolation, non qu'il me semblât utile de mémoriser les phases du processus de digestion ou qu'il m'importât de briller. Ces schémas, ces tableaux étaient un dérivatif. Je pouvais me reconnaître dans ce goût pour l'apprentissage qui avait toujours été le mien et nourrir ainsi l'illusion de ne pas perdre mon identité.

« Je n'y arriverai jamais, dit Leni. Tu crois qu'ils vont nous interroger ?

— Tu vois les gardes s'asseoir au bureau et nous distribuer des notes ? Réfléchis ! » lui répondis-je avec un sourire. Leni ne me le rendit pas :

« Peut-être le médecin, à la prochaine prise de sang ! Il nous posera une question piège.

— Ce serait drôle.

— Qu'est-ce que ça a de drôle ?

— J'ai l'impression d'espionner les tripes d'Hitler, dis-je, prise d'une incompréhensible gaieté. On pourrait même calculer approximativement à quel moment son sphincter se dilatera.

— C'est dégoûtant ! »

Ce n'était pas dégoûtant, c'était humain. Adolf Hitler était un être humain qui digérait.

« Ça y est ? Non, pour savoir. Parce que si la prof a fini son cours, on l'applaudit. »

C'était Augustine qui avait parlé, la femme en noir aux épaules carrées. Les gardes ne nous imposèrent pas le silence : c'était par volonté du cuisinier que le réfectoire avait repris une apparence de salle de classe, une volonté qu'il fallait respecter.

« Je regrette, dis-je en baissant la tête, je ne voulais pas te déranger.

— On le sait que tu as étudié à la ville.

— Et toi, ça te regarde ses études ? intervint Ulla. De toute façon, maintenant elle est ici et elle mange comme nous, oh, des plats délicieux, à peine relevés d'un soupçon de poison. » Et elle rit toute seule.

La taille fine, les seins haut placés, Ulla était à croquer, un petit bonbon comme disaient les SS. Elle découpait des photos d'actrices dans les magazines et les collait sur un cahier ; parfois elle le feuilletait en les commentant une par une : les joues de porcelaine d'Anny Ondra qui avait épousé Max Schmeling, le boxeur ; les lèvres d'Ilse Werner, douces et pulpeuses, froncées pour siffloter à la radio le refrain de *Sing ein Lied wenn Du mal traurig bist* – parce qu'il suffisait de chanter une chanson pour ne plus se sentir triste et seul, il fallait que les soldats allemands le sachent ; mais la préférée d'Ulla était Zarah Leander dans le film *La Habanera*, avec ses sourcils en accent circonflexe, le visage encadré d'accroche-cœur.

« Tu as raison de te mettre sur ton trente et un pour

venir à la caserne», me dit-elle. J'avais ce jour-là une robe lie-de-vin à col Claudine et manches bouffantes, cousue par ma mère. «Au moins si tu meurs, tu portes déjà ta plus belle robe. Ça leur évitera de devoir te préparer.

— Pourquoi vous dites toujours des horreurs?» protesta Leni.

Herta avait raison, mon apparence les gênait. Elfriede n'était donc pas la seule, elle qui le deuxième jour avait fouillé du regard le damier de ma robe et qui, en ce moment, lisait adossée au mur, le crayon entre les lèvres comme une cigarette éteinte. On aurait dit qu'il lui en coûtait de rester assise. Elle semblait toujours sur le point de s'en aller.

«Elle te plaît, cette robe?»

Ulla hésita avant de me répondre: «Elle est un peu sévère, mais sa coupe semble parisienne. C'est toujours mieux que les *Dirndl* que Frau Goebbels voudrait nous imposer.» Elle baissa la voix. «Et que porte l'autre», ajouta-t-elle en montrant des yeux ma voisine, celle qui le premier jour s'était levée à la fin du repas. Gertrude ne l'entendit pas.

«En voilà des bêtises» – Augustine frappa des paumes sur la table comme pour prendre son élan et s'éloigna. Ne sachant comment ponctuer son brutal retrait de la conversation, elle eut l'idée de s'approcher d'Elfriede. Mais celle-ci ne lâchait pas son manuel des yeux.

«Alors, elle te plaît, oui ou non?» répétai-je.

Comme s'il lui en coûtait, Ulla admit que oui.

«Bien, alors elle est à toi.»

Un petit bruit mat me fit relever la tête. Elfriede

avait fermé son livre et croisait les bras, le crayon encore dans la bouche.

« Et maintenant ? Tu vas te déshabiller ici devant tout le monde comme saint François et la lui donner ? » lança Augustine avec un rire mauvais, en cherchant la complicité d'Elfriede. Qui resta impassible.

Je m'adressai à Ulla : « Je te l'apporte demain si tu veux. Ou plutôt non, je vais prendre le temps de la laver. »

Un murmure se propagea dans la salle. Elfriede quitta le mur et vint s'asseoir en face de moi. Elle laissa tomber bruyamment son livre sur la table, y posa les doigts et tambourina sur la couverture en me dévisageant. Augustine la suivit, convaincue qu'elle allait émettre un jugement sur moi d'un instant à l'autre, mais Elfriede ne disait rien, les doigts désormais immobiles.

« Elle arrive de Berlin pour faire œuvre de bienfaisance, renchérit Augustine. Cours de biologie et charité chrétienne : elle veut absolument se montrer meilleure que nous.

— Je la veux bien, dit Ulla.

— Tu l'auras », lui répondis-je.

Augustine claqua de la langue. Je découvrirais que c'était sa manière de désapprouver. « Enfin, zut… »

« En rang ! ordonnèrent les gardes. L'heure est passée. »

Les femmes se hâtèrent de se lever. Le petit numéro d'Augustine les passionnait, mais le désir de quitter le réfectoire était plus fort, aujourd'hui encore elles rentraient saines et sauves.

Tandis que je rejoignais le rang, Ulla m'effleura le coude. « Merci », dit-elle en me dépassant.

Elfriede venait derrière moi : « On n'est pas dans un pensionnat de jeunes filles à Berlin. C'est une caserne, ici.

— Occupe-toi de tes affaires, me surpris-je à lui répliquer, la nuque aussitôt brûlante. C'est toi qui me l'as appris, n'est-ce pas ? » Ma réponse tenait plus de l'excuse que de la provocation.

J'aurais préféré abonder dans le sens d'Elfriede, et non pas la heurter, j'ignorais pourquoi.

« De toute façon, dit-elle, la petite a raison : ces livres ne sont pas drôles. À moins que ça t'amuse d'apprendre les symptômes des différents types d'empoisonnement. Ça te plaît de te préparer à la mort ? »

Je continuai à avancer sans répondre.

Le soir même, je lavai ma robe lie-de-vin pour Ulla. Ce cadeau n'était pas un geste de générosité ni une manière de me concilier sa sympathie. La voir sur elle reviendrait à transplanter mon existence berlinoise à Gross-Partsch, donc à la perdre. C'était de la résignation.

Je la lui apportai trois jours après, sèche et repassée, emballée dans du papier journal. Je ne verrais jamais Ulla la porter au réfectoire.

Herta prit mes mesures et retoucha plusieurs de ses vêtements pour que je puisse les porter, elle les resserra aux hanches et, parce que j'insistais, les raccourcit un peu : c'est la mode, expliquais-je, la mode de Berlin répliquait-elle, les épingles dans la bouche comme ma mère. Mais chez cette femme de la campagne, pas un bout de fil ne traînait par terre.

J'avais remisé la robe à damier dans l'armoire qui avait appartenu à Gregor, avec toutes mes tenues de bureau. J'avais gardé les chaussures – où vas-tu avec ces talons, protestait Herta, mais c'était grâce à eux que je reconnaissais mes pas, devenus si hésitants. Certains matins d'épais brouillard, il m'arrivait de décrocher le cintre avec une rage sourde, il n'y avait aucune raison pour que je me fonde dans le lot, je n'avais rien en commun avec les autres goûteuses, pourquoi tenais-je tant à me faire accepter ?

Puis je croisais mes cernes dans la glace et ma colère virait au découragement. Je laissais la robe à damier dans l'obscurité de l'armoire, refermais la porte. Ces cernes avaient été un avertissement que je n'avais pas su écouter pour anticiper sur le destin, lui barrer la route. Maintenant que cette prostration redoutée depuis toujours était là, il m'apparaissait clairement qu'il n'y avait plus de place pour la fillette qui chantait dans la chorale de l'école, patinait avec ses copines l'après-midi, leur passait ses devoirs de géométrie. Disparue la secrétaire pour qui son chef avait perdu la tête, remplacée par une femme que la guerre avait soudain vieillie, parce que c'était inscrit dans son sang.

Cette nuit de mars 1943 où mon destin avait bifurqué, la sirène s'était déclenchée comme toujours, après un gémissement, petite course d'élan vers le plein régime, le temps que ma mère sorte du lit. « Lève-toi, Rosa, m'appelait-elle, il y a un bombardement. »

Depuis que mon père était mort, je dormais à sa place pour être auprès d'elle. Nous étions deux femmes adultes qui l'une comme l'autre avaient connu, et perdu, la quotidienneté du lit conjugal; l'odeur si semblable de nos corps entre les draps relevait de l'obscénité. Mais je voulais lui tenir compagnie quand elle se réveillait en pleine nuit même lorsqu'il n'y avait pas de sirènes. Ou peut-être avais-je peur de dormir toute seule. C'était pour cela qu'après le départ de Gregor, j'avais quitté l'appartement que nous louions à Altemesseweg pour retourner chez mes parents. Je m'exerçais encore à mon rôle d'épouse que déjà je devais redevenir une fille.

« Dépêche-toi », me dit-elle, en me voyant chercher un vêtement à enfiler. Pour sa part, elle passait son manteau par-dessus sa chemise de nuit et descendait en pantoufles.

Cette alerte n'était pas différente des autres : un long mugissement qui montait comme s'il devait durer toujours, mais qui, à la onzième seconde, baissait d'intensité, s'amenuisait. Puis reprenait.

Nous n'avions jusque-là connu que de fausses alertes. Chaque fois nous avions dévalé l'escalier, nos torches allumées malgré le black-out. Dans le noir, nous aurions trébuché, heurté nos voisins, qui eux aussi se dirigeaient vers la cave avec force couvertures, enfants et gourdes remplies d'eau. Ou bien sans rien : hébétés. Chaque fois nous avions trouvé une place exiguë et nous étions assises par terre, sous une ampoule allumée qui pendait nue du plafond. Le sol était froid, la pièce bondée, l'humidité vous pénétrait jusqu'à la moelle.

Entassés les uns sur les autres, nous les habitants du 78 Budengasse avions pleuré et prié et invoqué de l'aide, nous avions uriné dans un seau à trop grande proximité des regards ou nous étions retenus malgré nos vessies douloureuses ; un gosse avait croqué dans une pomme, un autre la lui avait chipée et avait mordu dedans le plus possible avant qu'on ne la lui reprenne avec une claque ; nous avions eu faim, étions restés silencieux ou avions dormi, et, à l'aube, étions sortis le visage froissé.

Bientôt la promesse d'un jour nouveau inonderait le crépi bleu ciel d'un immeuble cossu dans la banlieue berlinoise et le ferait étinceler. Mais rentrant nous terrer dans ce même immeuble, nous ne percevrions pas cette débauche de lumière et n'y accorderions aucun crédit.

Cette nuit-là, en me hâtant dans l'escalier au bras de ma mère, je me demandais sur quelle note résonnait l'alerte aérienne. Petite, j'avais chanté avec la chorale de l'école, la maîtresse me félicitait pour ma justesse, le timbre de ma voix, mais je n'avais pas appris la musique et étais incapable de déchiffrer une partition. Pourtant, pendant que je m'installais à côté de Frau Reinach coiffée de son foulard marron, que je regardais les chaussures noires de Frau Preiß déformées par l'hallux valgus, les poils qui sortaient des oreilles de Herr Holler et les deux minuscules incisives d'Anton, le fils des Schmidt, et que l'haleine de ma mère me murmurant tu as froid couvre-toi devenait la seule odeur obscène et familière à laquelle me raccrocher, rien ne m'importait si ce n'est la note sur laquelle la sirène hurlait à n'en plus finir.

Le vrombissement des avions chassa toutes ces pensées en un éclair. Ma mère me serra la main, ses ongles me scièrent la peau. Pauline, qui venait d'avoir trois ans, se leva. Anne Langhans, sa mère, essaya de la ramener vers elle, mais, avec toute l'obstination de ses quatre-vingt-dix centimètres, l'enfant lui échappa. Nuque renversée, elle regardait en l'air, tournant la tête comme si elle cherchait l'origine de ce bruit ou suivait la trajectoire de l'avion.

Puis le plafond trembla. Pauline tomba et le sol tangua, un sifflement aigu recouvrit tout, même nos cris et ses pleurs. L'ampoule s'éteignit. Le grondement emplit la cave, les murs s'incurvèrent et le souffle nous projeta d'un côté, puis de l'autre. Dans le vacarme obsédant des explosions, nos corps se cognaient, se mêlaient, glissaient, tandis que les murs toussaient des gravats.

Quand le bombardement cessa, les sanglots et les cris arrivèrent ouatés à nos tympans blessés. Quelqu'un poussa la porte de la cave : elle était bloquée. Les femmes hurlaient, les quelques hommes présents l'assaillirent à coups de pied et réussirent à ouvrir.

Nous étions sourds et aveugles, la poussière avait modifié nos traits au point de nous rendre étrangers à nos propres parents. Nous les cherchions en répétant maman, papa, incapables de prononcer aucun autre mot. Je ne vis que de la fumée. Puis Pauline : elle saignait à la tempe. Je déchirai avec les dents l'ourlet de ma jupe et l'épongeai, j'enroulai la bande de tissu autour de sa tête, cherchai sa mère, cherchai la mienne. Je ne reconnaissais personne.

Quand tout le monde fut évacué, le soleil se montra. Notre immeuble ne s'était pas effondré, mais le toit s'ornait d'un trou énorme; le bâtiment d'en face, lui, avait été décapité. Dans la rue s'étirait une file de blessés et de morts. Dos au mur, les gens tentaient de respirer, mais la poussière brûlait la gorge, bouchait le nez. Frau Reinach avait perdu son foulard, ses cheveux étaient des paquets de suie, comme une éclosion de bubons sur sa tête. Herr Holler boitait. Pauline ne saignait plus. Moi, j'étais entière, je n'avais mal nulle part. Ma mère était morte.

6

«Je donnerais ma vie pour le Führer», déclara Gertrude, les yeux mi-clos pour souligner la solennité de sa déclaration. Sa sœur Sabine acquiesça. Son menton fuyant m'empêchait de savoir si elle était plus jeune ou plus âgée. La table du réfectoire était débarrassée, il restait une demi-heure avant la sortie. Contre le ciel de plomb encadré dans la fenêtre se profilait une autre goûteuse, Theodora.

«Moi aussi, je donnerais ma vie pour lui, confirma Sabine. Pour moi, il est comme un frère aîné. Il est le frère que nous n'avons plus, Gerti.

— Moi, dit Theodora en plaisantant, je le prendrais bien pour mari.»

Sabine fronça les sourcils, comme si Theodora avait manqué de respect au Führer. L'encadrement trembla : Augustine venait de s'y appuyer. «Gardez-le pour vous, votre Grand Consolateur, dit-elle. Il envoie au casse-pipe vos frères, vos pères, vos maris. Pas grave, s'ils meurent vous pouvez toujours voir en lui un frère, n'est-ce pas ? Ou rêver qu'il vous épouse.» Augustine passa son index et son pouce à la commissure de ses lèvres, essuya la salive blanche, écumeuse :

« Vous êtes ridicules.

— Prie pour que personne ne t'entende ! » Gertrude montait sur ses grands chevaux. « Ou tu veux que j'appelle les SS ?

— Si ç'avait été possible, dit Theodora, le Führer aurait évité la guerre. Mais il n'a pas pu faire autrement.

— Vous étiez déjà ridicules mais là, excusez-moi, c'est de la rage ! »

Je ne savais pas encore que désormais le surnom d'« Enragées » désignerait Gertrude et son petit groupe. La trouvaille venait d'Augustine qui écumait. Son mari était tombé au front, voilà pourquoi elle s'habillait toujours en noir, c'était Leni qui me l'avait dit.

Ces femmes avaient grandi dans le même village, s'étaient assises sur les mêmes bancs de la communale : elles se connaissaient toutes, au moins de vue. Sauf Elfriede. Elle n'était pas de Gross Partsch ni des environs, et Leni m'avait dit qu'elle ne l'avait jamais rencontrée avant de devenir goûteuse. Comme moi, Elfriede venait d'ailleurs, mais personne ne lui cherchait noise pour autant. Augustine n'osait pas l'asticoter ; elle s'acharnait contre moi, moins parce que je venais de la capitale que parce que mon besoin de m'intégrer lui sautait aux yeux : il me rendait vulnérable. Ni les autres ni moi n'avions demandé à Elfriede de quelle ville elle venait et elle ne l'avait pas mentionné. Sa distance nous inspirait de la crainte.

J'aurais aimé savoir si Elfriede aussi s'était réfugiée à la campagne, et si elle avait aussitôt été recrutée comme moi. Sur quelles bases nous avaient-ils choisies ? La première fois que j'étais montée dans l'autocar, je m'attendais à tomber sur une bande de nazies ferventes chantant en chœur et agitant des drapeaux ; j'avais vite compris que le critère de sélection n'avait pas été la foi dans le parti, sauf peut-être pour les Enragées. Avaient-ils enrôlé les plus pauvres, les plus démunies ? Les mères qui avaient des bouches à nourrir ? Elles parlaient sans cesse de leurs enfants, sauf Ulla et Leni les plus jeunes, et Elfriede. Elles n'en avaient pas, comme moi. Mais elles ne portaient pas d'alliance, alors que moi j'étais mariée depuis quatre ans.

Je n'avais pas franchi le seuil de la maison qu'Herta me demanda de l'aider à plier les draps. C'est à peine si elle me dit bonjour : elle semblait impatiente, comme si elle avait attendu plusieurs heures avant de pouvoir ranger le linge sec et qu'elle ne comptait pas m'accorder une minute de plus maintenant que j'étais arrivée. «Prends la panière s'il te plaît.» D'habitude elle s'informait de mon travail, me disait va te reposer, allonge-toi un moment, ou me préparait un thé. Cette rudesse me mit mal à l'aise.

J'apportai la panière à la cuisine, la posai sur la table. «Allez, dit Herta, dépêchons-nous.»

Je tirai sur un pan de tissu, en veillant à l'extraire du fouillis sans faire basculer la panière, un peu maladroite dans cette hâte qu'on m'imposait. Au moment où je donnais un dernier coup vigoureux pour dégager complètement le drap, un rectangle blanc jaillit du tas en voltigeant. Je crus que c'était un mouchoir : il allait tomber par terre et ma belle-mère se fâcherait. Il fallut qu'il touche le sol pour que je m'aperçoive que ce n'était pas un mouchoir, mais une lettre. Je regardai Herta.

« Ah ! Quand même ! dit-elle en riant. Pour un peu tu ne l'aurais pas trouvée ! »

Je ris moi aussi : de stupeur, de gratitude.

« Alors ? Tu ne la ramasses pas ? »

Pendant que je me penchais, elle murmura : « Si tu veux, tu peux la lire dans ta chambre. Mais reviens tout de suite me dire comment va mon fils. »

Ma Rosa,
Je peux enfin te répondre. On a beaucoup roulé en dormant dans les camions et on n'a pas quitté nos uniformes de toute la semaine. Plus je traverse les rues et les villages de ce pays, plus je découvre la pauvreté partout. Les gens sont affaiblis, les maisons ressemblent plus à des masures, on est loin du paradis bolchevik, du paradis des travailleurs… Maintenant, on n'avance plus : tu trouveras ci-dessous la nouvelle adresse où envoyer tes lettres. Merci de m'écrire autant, et excuse-moi si j'écris moins que toi, mais à la fin de la journée je suis exténué. Hier j'ai passé la matinée à pelleter la neige de la tranchée, puis la nuit j'ai été de garde quatre heures (j'avais deux pulls sous mon uniforme) tandis que la tranchée se remplissait à nouveau de neige.

Quand j'ai pu me jeter sur ma paillasse, j'ai rêvé de toi. Tu dormais dans notre ancien appartement à Alte-messeweg. Enfin, je savais que c'était cet appartement, même si la chambre était un peu différente. Ce qui était bizarre, c'était la présence d'un chien sur la descente de lit, genre chien de berger, qui dormait lui aussi. Je ne me demandais pas ce que faisait un chien chez nous, si c'était le tien, je savais juste que je ne devais pas le réveiller parce qu'il était dangereux. Je voulais m'allonger près de toi, alors je m'approchais tout doucement, pour ne pas déranger le chien, qui se réveillait quand même et se mettait à gronder. Tu n'entendais rien, tu continuais à dormir, et moi je t'appelais, j'avais peur que le chien te morde. À un moment, il aboyait fort, il sautait et alors je me suis réveillé. J'ai été longtemps de mauvaise humeur. Je me faisais peut-être du souci pour ton voyage. Maintenant que tu es à Gross-Partsch, je suis plus tranquille, mes parents s'occuperont de toi.

Je souffrais de te savoir seule à Berlin, avec tout ce qui t'est arrivé. J'ai repensé à nos disputes il y a trois ans quand j'ai décidé de m'engager. Je te disais qu'on ne pouvait pas se montrer égoïste, lâche, que nous défendre était une question de vie ou de mort. J'avais en tête l'après-guerre, et pas toi, tu étais trop jeune, mais moi je me souvenais de cette misère. Notre peuple avait été naïf, il s'était laissé humilier. L'heure était venue de s'endurcir. Je devais faire ma part, même si cela signifiait m'éloigner de toi. Mais aujourd'hui je ne sais plus que penser.

Les paragraphes suivants avaient été biffés : ces traits qui rendaient les phrases illisibles m'inquiétèrent. Je tentai en vain de déchiffrer ces lignes. «Mais aujourd'hui je ne sais plus que penser», avait écrit Gregor. D'habitude il évitait les phrases compromettantes, il craignait que le courrier soit ouvert et censuré ; ses lettres étaient courtes, au point de me sembler froides parfois. C'était sans doute ce cauchemar qui avait sapé sa retenue, il n'avait eu d'autre choix ensuite que de raturer violemment : par endroits, la feuille était percée.

Gregor ne rêvait jamais, à ce qu'il disait, et il se moquait de moi qui accordais de l'importance à mes rêves, comme s'ils m'apportaient des révélations. Il s'était inquiété pour moi, voilà pourquoi il avait écrit une lettre aussi mélancolique. Je pensai fugitivement que le front me rendrait un homme différent et me demandai si je le supporterais. J'étais enfermée dans la chambre où il avait rêvé petit, mais je ne connaissais pas ses rêves d'enfant. Et il ne me suffisait pas de me retrouver au milieu de ce qui lui avait appartenu pour le sentir proche. Ce n'était pas comme lorsque nous dormions ensemble dans notre appartement en location, lui allongé sur le côté, le bras tendu pour tenir mon poignet. Moi qui lisais toujours au lit, je tournais les pages d'une seule main pour ne pas rompre le contact. Parfois il sursautait dans son sommeil, ses doigts serraient mon poignet comme mus par un ressort, puis le relâchaient. À qui s'agrippait-il maintenant ?

Une nuit, sentant mon bras ankylosé, j'avais voulu changer de position. Lentement, en essayant de ne pas le réveiller, je m'étais dégagée. J'avais vu ses doigts se refermer en tenaille sur rien, saisir le vide. Tout mon amour pour lui m'était monté à la gorge.

C'est étrange de te savoir chez mes parents sans que j'y sois. Je ne suis pas du genre à me laisser envahir par l'émotion, mais ça m'arrive ces jours-ci en t'imaginant aller et venir dans ces pièces, toucher les vieux meubles de toujours, préparer la confiture avec ma mère (merci de m'en avoir envoyé, embrasse-la de ma part, et donne le bonjour à mon père).

Maintenant j'y vais, demain je dois me réveiller à cinq heures. Les orgues de Staline jouent à toute heure, mais nous y sommes habitués. La survie, Rosa, est le fruit du hasard. Mais ne crains rien : désormais je devine à leur sifflement si les balles passent près ou loin. Et puis il y a cette croyance que j'ai découverte en Russie selon laquelle un soldat dont l'épouse est fidèle ne sera jamais tué. En somme, je ne peux que compter sur toi !

Pour me faire pardonner mon silence prolongé, j'ai écrit une longue lettre, tu ne peux pas te plaindre. Raconte-moi tes journées. Je n'arrive pas à me représenter une femme comme toi vivant à la campagne. Tu finiras par t'habituer, tu verras, ça te plaira. Parle-moi aussi de ce travail, s'il te plaît. Tu m'as dit que tu m'expliquerais de vive voix, qu'il valait mieux ne pas le faire par lettre. Dois-je m'inquiéter ?

J'ai gardé le meilleur pour la fin : je viendrai en permission à Noël, je resterai une dizaine de jours. Nous le fêterons ensemble, pour la première fois à l'endroit où j'ai grandi, et j'ai hâte de t'embrasser.

Je descendis du lit. La feuille entre les mains, je relus : je ne m'étais pas trompée, il l'avait vraiment écrit. Gregor allait venir à Gross-Partsch !

Je regarde ta photo tous les jours. À force de rester dans ma poche, elle est de plus en plus froissée. Il y a un pli qui te coupe la joue en deux. Tu m'en donneras une autre quand je viendrai, parce que sur celle-ci tu parais plus vieille. Mais tu sais quoi ? Tu es belle, même vieille.

«Herta !» Je sortis de ma chambre en brandissant la lettre, la tendis à ma belle-mère. «Lisez ici !» Je montrai les lignes où Gregor parlait de sa permission. Juste celles-ci, le reste ne regardait que nous.

«Il passera Noël ici», dit-elle incrédule. Elle était impatiente que Joseph rentre pour lui communiquer la bonne nouvelle.

L'inquiétude que j'avais éprouvée quelques minutes plus tôt se dissipa, le bonheur avait submergé tout autre sentiment. Je m'occuperais de lui. Nous dormirions de nouveau ensemble et je l'étreindrais si fort qu'il n'aurait plus peur de rien.

7

Assis près de la cheminée, nous nous imaginions l'arrivée de Gregor.

Joseph avait l'idée de tuer un coq pour le repas de Noël et je me demandais si je devrais manger au réfectoire ce jour-là. Que ferait Gregor pendant que je serais à la caserne ? Il avait ses parents, il resterait avec eux. J'étais jalouse du temps qu'Herta et Joseph passeraient avec lui sans moi.

« Il pourra peut-être venir à Krausendorf, c'est un soldat de la Wehrmacht après tout.

— Non, me dit Joseph, les SS ne le laisseraient pas entrer. »

On finit par parler de Gregor petit, ça arrivait souvent. Ma belle-mère raconta que jusqu'à seize ans il avait été plutôt grassouillet.

« Il avait les joues rouges, même quand il ne courait pas, il avait toujours l'air d'avoir bu.

— D'ailleurs, dit Joseph, un jour il s'est soûlé.

— C'est vrai ! s'écria Herta. Quels souvenirs tu vas repêcher… Écoute ça, Rosa. Il devait avoir sept ans tout au plus. C'était l'été, on est rentrés des champs et on l'a trouvé allongé sur le coffre, là – elle montra le coffre en bois contre le mur –, tout content. Maman, a-t-il dit, il est très bon le jus que tu as fait.

— Sur la table il y avait la bouteille de vin débouchée, à moitié vide, expliqua Joseph. Je lui ai demandé : "Mon Dieu, pourquoi tu en as bu ?" Et lui : "Parce que j'avais une grosse soif." » Et il éclata de rire.

Herta rit aux larmes elle aussi. Je vis ses mains déformées par l'arthrose sécher ses yeux et je pensai à toutes les fois où elles avaient caressé Gregor au réveil, dégageant ses cheveux sur son front pendant qu'il prenait son petit déjeuner, à toutes les fois où elles avaient savonné les replis de son corps crasseux, quand il revenait à bout de forces de ses guérillas au bord du marais, la fronde dépassant de la poche de son pantalon. À toutes les fois où elle l'avait calotté et puis où, assise dans sa chambre, elle aurait voulu se couper la main par laquelle le scandale était arrivé : le scandale de frapper quelqu'un qui avant d'être une autre personne avait été vous-même.

« Puis il a grandi d'un coup, dit Joseph. Il s'est allongé en l'espace d'une nuit, comme s'il avait laissé tremper ses pieds dans l'eau. »

J'imaginai Gregor comme un arbre, un peuplier très haut, comme ceux qui longeaient la route de Krausendorf, le tronc large et droit, l'écorce claire tachetée, et j'eus envie de le prendre dans mes bras.

Je comptais les jours en les barrant d'une croix sur le calendrier, chaque croix raccourcissait un peu l'attente. Pour la tromper, je me créai une série d'habitudes.

L'après-midi, avant de reprendre l'autocar, j'allais tirer l'eau au puits avec Herta et au retour je portais à manger aux poules. Je laissais la pâtée dans le poulailler et elles se précipitaient pour picorer, avec des mouvements secs et nerveux. Il y en avait toujours une qui n'arrivait pas à se glisser dans le groupe et remuait la tête à droite et à gauche, désorientée ou seulement apeurée. Son crâne malingre m'impressionnait. En émettant un gloussement sourd, profond, la poule rôdait et finissait par s'immiscer avec tant de force entre deux de ses congénères qu'elle en éjectait une. Puis l'équilibre changeait à nouveau. Il y avait assez pour tout le monde, mais les poules en doutaient toujours.

Je les regardais couver dans leur nid, hypnotisée par leur bec qui vibrait, leur cou qu'elles dressaient, baissaient, inclinaient d'un côté puis de l'autre, par saccades. Ce cou semblait soudain se briser, dans le cri étranglé qui ouvrait tout grand le bec de la poule et ses yeux ronds couleur d'émeraude. Je me demandais si elle gémissait parce qu'elle avait mal, si la condamnation à accoucher dans la douleur pesait sur elle aussi et quel péché elle devait expier. Ou si ce n'étaient pas au contraire des cris de triomphe : la poule assistait chaque jour à son miracle, moi je n'en avais jamais connu.

Un jour, je surpris la plus jeune picorant l'œuf qu'elle venait de pondre, j'esquissai un coup de pied, mais fus prise de vitesse, elle l'avait déjà mangé.

« Elle a mangé son propre petit », dis-je, alarmée, à Herta.

Celle-ci m'expliqua que ça arrivait, les poules cassent un œuf par erreur et d'instinct elles le goûtent. Et comme c'est bon, elles l'avalent.

Au réfectoire, Sabine avait raconté à sa sœur Gertrude et à Theodora la peur dont son fils, petit, avait été saisi un jour en entendant Hitler à la radio. Son menton avait tremblé, s'était creusé de petites fossettes, et l'enfant avait éclaté en sanglots. C'est notre Führer, lui avait dit sa mère, pourquoi tu pleures ? Surtout que le Führer aime beaucoup les enfants, avait commenté Theodora.

Les Allemands aimaient les enfants. Les poules mangeaient leurs propres petits. Je n'avais jamais été une bonne Allemande, et j'étais parfois horrifiée par les poules, par les êtres vivants.

Un dimanche avec Joseph, j'allai ramasser du bois en forêt. Les arbres retentissaient d'un concert de sifflements. Nous transportâmes sur un chariot souches et branches, que nous empilerions dans la grange, où l'on stockait autrefois le fourrage pour les bêtes. Les grands-parents de Gregor avaient cultivé la terre et élevé des vaches et des bœufs, comme ses arrière-grands-parents d'ailleurs. Puis Joseph avait tout vendu pour payer les études de Gregor et trouvé un emploi de jardinier au château von Mildernhagen. Pourquoi as-tu fait ça ? lui avait demandé son fils. Ma foi, on est vieux maintenant, lui avait-il répondu, on n'a pas besoin de grand-chose pour vivre. Gregor était fils unique : sa mère avait accouché de deux autres enfants, mais ils étaient morts tous les deux, il ne les avait pas connus. Il était arrivé par hasard, alors que ses parents s'étaient résignés à vieillir seuls.

Quand il avait annoncé qu'il partirait faire ses études à Berlin, son père avait été déçu. Non seulement ce fils qu'ils n'avaient pas espéré avait grandi d'un seul coup, en une nuit, mais voilà qu'il se mettait en tête de les quitter.

« On a eu des mots, m'avoua Joseph. Je ne comprenais pas, je m'énervais. Je lui ai garanti qu'il ne partirait pas, qu'il n'aurait pas mon autorisation.

— Et alors ? » Gregor ne m'avait jamais raconté cette histoire. « Il n'a quand même pas fugué ?

— Non, ça, jamais. » Joseph arrêta le chariot. Une grimace contracta son visage. Il se massa les reins.

« Vous avez mal ? Laissez, je vais pousser.

— Je suis vieux, répliqua-t-il, mais pas à ce point ! » Il se remit en route. « Un de ses enseignants est venu nous parler. Il s'est assis à table avec Herta et moi, et a expliqué que Gregor était un excellent élève, méritant. J'étais furieux qu'un étranger connaisse mon fils mieux que moi. J'en voulais à ce professeur, je l'ai envoyé promener. Puis, dans l'étable, Herta m'a ramené à la raison et je me suis senti idiot. »

Après la visite du professeur, Joseph avait décidé de se débarrasser de ses animaux, à l'exception des poules, et Gregor avait déménagé à Berlin.

« Il a bien travaillé et obtenu ce qu'il voulait, une excellente profession. »

Je revis Gregor dans son bureau, assis devant sa planche à dessin, perché sur un tabouret : il déplaçait les règles sur la feuille et se grattait la nuque avec son crayon. J'aimais l'observer au travail, l'observer chaque fois qu'il se consacrait à ce qu'il faisait en oubliant ce qui l'entourait, en m'oubliant moi. Était-il toujours lui quand je n'étais pas là ?

« Si seulement il n'était pas parti à la guerre… »

Joseph s'arrêta à nouveau, mais pas pour se masser les reins. Il regarda dans le vide, sans parler, comme s'il avait besoin de se repasser encore le film des événements. Il avait fait les bons choix pour son fils, mais les bons choix n'avaient pas suffi.

On rangea le bois dans la grange en silence. Ce ne fut pas un silence triste. Nous parlions souvent de Gregor, qui était tout ce que nous avions en commun, mais après ces conversations, il nous fallait un temps de silence.

Quand on rentra à la maison, Herta nous signala qu'il n'y avait plus de lait. Je proposai d'aller en chercher le lendemain après-midi, désormais je connaissais le chemin.

À l'odeur de fumier je sus que j'étais arrivée, bien avant d'apercevoir les femmes qui faisaient la queue avec leurs bouteilles vides. J'avais apporté une pleine hotte de légumes à troquer.

Un mugissement retentit dans la campagne comme un appel à l'aide, on aurait dit une sirène d'alarme, il contenait le même désespoir. Je fus la seule à m'en soucier, les femmes avancèrent en bavardant ou en silence, tenant leurs enfants par la main ou les appelant s'ils s'étaient éloignés.

Je vis sortir deux jeunes femmes, qui me semblèrent familières. Quand elles furent près de moi, je m'aperçus que c'étaient deux goûteuses. L'une était coiffée à la garçonne et avait la peau du visage sèche, elle s'appelait Beate. La poitrine et les larges hanches de l'autre étaient serrées dans une veste marron et une jupe cloche. Elle avait un visage de bas-relief et s'appelait Heike. Spontanément j'esquissai un salut du bras, mais me retins aussitôt. Je ne savais pas jusqu'à quel point notre tâche était secrète, s'il fallait cacher que nous nous connaissions. Je n'étais pas du village et ne les avais jamais rencontrées dans cette ferme. En outre, au réfectoire, nous n'avions jamais eu de véritable conversation, il était peut-être déplacé de leur dire bonjour et elles ne me répondraient peut-être pas.

Elles passèrent près de moi sans un signe. Beate avait les yeux rougis, Heike lui disait : « Partageons celui-ci, la prochaine fois tu me donneras un peu du tien. »

Je fus gênée d'avoir surpris leur échange. Beate ne pouvait pas se payer de lait ? On ne nous avait pas encore versé notre premier salaire, mais nous serions rétribuées pour notre travail, les SS l'avaient dit, même s'ils n'avaient pas spécifié le montant. Un instant, alors que je les avais vues de près, je doutai que ces femmes soient des goûteuses. Comment pouvaient-elles ne pas me reconnaître ? Je les suivis des yeux en espérant qu'elles se retournent ; mais non. Elles s'éloignèrent et disparurent, peu après ce fut mon tour.

Sur la route du retour, il se mit à pleuvoir. L'eau colla mes cheveux sur mes tempes et trempa mon manteau, je frissonnai de froid. Herta m'avait conseillé de prendre une cape, mais je l'avais oubliée. Avec mes chaussures de ville, je risquais de glisser dans la boue ; la vue brouillée par la pluie battante, je pouvais me tromper de chemin. Je me mis à courir malgré mes talons. Arrivée près de l'église, je remarquai les silhouettes de deux femmes bras dessus bras dessous. Je les reconnus à la jupe cloche d'Heike ou peut-être aux dos que chaque jour mes yeux enregistraient dans le rang au réfectoire. Si elles avaient ouvert leurs capes, nous aurions pu nous y abriter toutes les trois. Je les appelai, un coup de tonnerre couvrit ma voix. Je les appelai une deuxième fois. Elles ne se retournèrent pas. Je m'étais peut-être trompée, ce n'étaient pas elles. Je ralentis, m'arrêtai et restai immobile sous la pluie.

Le lendemain au réfectoire, j'éternuai.

« À tes souhaits », dit quelqu'un à ma droite.

C'était Heike. Je fus étonnée de reconnaître sa voix, par-delà l'écran du corps d'Ulla, assise entre nous deux.

« Tu as pris froid hier, toi aussi ? »

Alors elles m'avaient vue.

« Oui, répondis-je, je me suis enrhumée. »

Elles ne m'avaient pas entendue les appeler ?

« Du lait chaud avec du miel, dit Beate, comme si elle avait attendu l'autorisation d'Heike pour me parler. Si on avait du lait à gaspiller, ce serait la panacée. »

Les semaines passèrent et notre méfiance à l'égard de la nourriture faiblit, comme devant un homme qui vous fait la cour et à qui vous autorisez une intimité croissante. Nous, humbles servantes, nous repaissions désormais avec avidité, mais aussitôt après, le renflement de nos abdomens diminuait notre enthousiasme, ce qui pesait sur l'estomac semblait peser sur le cœur, et ce quiproquo teintait de découragement l'heure qui suivait le banquet.

Chacune de nous redoutait encore de s'empoisonner. Cela arrivait si un nuage obscurcissait soudain le soleil vertical de midi, cela arrivait dans ces secondes de désarroi qui souvent précèdent le crépuscule. Pourtant aucune ne pouvait cacher le réconfort que lui procurait la *Griessnockerlsuppe* aux petits gnocchis de semoule qui fondaient dans la bouche, ni l'enthousiasme que lui inspirait l'*Eintopf,* malgré l'absence de porc et de veau, et même de poulet. Mais Hitler proscrivait la viande et, à la radio, incitait ses compatriotes à manger du pot-au-feu de légumes au moins une fois par semaine. Il devait penser qu'il était facile de trouver des légumes en ville pendant la guerre. Ou bien ça ne le regardait pas : un Allemand ne meurt pas de faim ou, s'il meurt de faim, c'est un mauvais Allemand.

Je pensais à Gregor et me touchais le ventre, maintenant qu'il était plein et qu'on n'y pouvait plus rien. L'enjeu de ma bataille contre le poison était trop sérieux pour que mes jambes ne tremblent pas chaque fois que la satiété minait mes défenses. Épargne-moi jusqu'à Noël, implorais-je intérieurement, et avec l'index j'ébauchais un signe de croix clandestin à l'endroit où se terminait mon œsophage – du moins là où je supposais qu'il se terminait, me représentant l'intérieur de mon corps comme un assemblage d'éléments grisés, ainsi que je l'avais vu dans les manuels de Krümel.

Peu à peu nous trouvâmes les larmes pathétiques, y compris Leni ; si la panique l'envahissait, je serrais sa main dans la mienne, caressais ses joues marquées de couperose. Elfriede ne pleura jamais. Pendant l'heure d'attente, j'écoutais sa respiration bruyante. Quand elle était distraite, son regard oubliait d'être dur et elle devenait belle. Beate mâchait avec l'ardeur qu'elle aurait mise à lessiver des draps. Heike était assise en face d'elle, elles habitaient des maisons voisines depuis leur enfance, m'avait appris Leni, qui, tirant sa truite au beurre et au persil en gauchère, levait le coude et heurtait le bras d'Ulla. Ulla ne réagissait pas, occupée à se lécher la commissure des lèvres. Ce devait être ce geste enfantin, répété machinalement, qui ravissait les SS. J'observais le contenu des autres assiettes, et la goûteuse qui avait reçu le même plat que moi ce jour-là me devenait plus chère qu'un proche parent. J'éprouvais une tendresse soudaine pour le bouton qui était sorti sur sa joue, pour l'énergie ou l'indolence avec laquelle elle se débarbouillait le matin, pour les bourres de laine des vieilles chaussettes de nuit qu'elle enfilait peut-être avant d'entrer dans son lit. Sa survie m'importait autant que la mienne, parce qu'on partageait le même sort.

Avec le temps, les SS s'assouplirent. S'ils étaient bien lunés, ils discutaient pendant le repas sans trop s'occuper de nous et ne nous imposaient pas de nous taire. Si au contraire ils étaient excités, ils ne nous lâchaient pas des yeux et nous disséquaient vives. Ils nous regardaient comme nous regardions la nourriture, comme s'ils allaient mordre dans notre chair, ils circulaient entre les chaises, pistolet dans l'étui, en calculant mal les distances, et leurs armes nous frôlaient le dos, nous faisaient sursauter. Parfois ils se penchaient sur l'une de nous, par-derrière en général ; sur Ulla, leur petit bonbon. Ils tendaient le doigt vers sa poitrine en murmurant : Tu t'es tachée, et aussitôt Ulla s'arrêtait de manger. On s'arrêtait toutes.

Mais Leni était leur préférée, parce que ses yeux verts brillaient sur sa peau transparente, trop fine pour dissimuler aucune des perplexités que le monde éveillait en elle et parce qu'elle était si désarmée. Un garde lui pinçait la joue en la complimentant d'une voix de fausset : En voilà de grands yeux ! Et Leni souriait, mais pas d'embarras. Elle croyait que la tendresse qu'elle suscitait chez les autres la protégerait. Elle était prête à payer le prix de sa fragilité et les SS le sentaient.

À la caserne de Krausendorf, nous risquions la mort tous les jours – mais pas plus que n'importe quel être vivant. Sur ce point, ma mère avait raison, pensais-je pendant que la chicorée craquait sous mes dents et que le chou-fleur imprégnait les murs de son odeur domestique, rassurante.

8

Un matin, Krümel annonça qu'il allait nous dorloter. Il employa ce verbe, *dorloter*, pour s'adresser à nous qui pensions ne plus avoir droit à rien de cet ordre. Il nous ferait goûter sa *Zwieback*, dit-il, il venait de la sortir du four pour faire une surprise à son chef : «Il en raffole, il en préparait même dans les tranchées pendant la Grande Guerre.

— Ben voyons, au front rien de plus facile que de trouver les ingrédients, persifla Augustine. Beurre, miel, levure, il les produisait lui-même, en transpirant.» Heureusement, les SS ne l'entendirent pas et Krümel avait déjà disparu à la cuisine avec ses seconds.

Elfriede laissa échapper un bruit nasal, une sorte de rire. Je ne l'avais jamais entendue rire, et je fus si surprise que j'eus envie de rire à mon tour. J'essayai de me retenir, mais je perçus à nouveau ce bref grognement et un rire silencieux me secoua. «Alors la Berlinoise, on ne se contrôle plus ?» dit-elle et là, j'entendis frémir dans le réfectoire un mélange de hoquets et de gémissements, qui enfla jusqu'à la capitulation. On éclata toutes de rire, devant les SS incrédules.

« Qu'est-ce qu'il y a de si drôle ? » Les doigts sur l'étui du pistolet. « Qu'est-ce qui vous prend ? » Un garde frappa du poing sur la table. « Il faut que je vous fasse passer l'envie de rire ? »

On se calma tant bien que mal. « De la discipline ! » cria l'Échalas une fois l'hilarité retombée.

Mais ça avait eu lieu : on avait ri ensemble, pour la première fois.

La *Zwieback* était croustillante et savoureuse, je goûtai la douceur impitoyable de mon privilège. Krümel était satisfait : avec le temps, je découvrirais qu'il l'était toujours. C'était affaire de fierté, une fierté professionnelle.

Berlinois lui aussi, il avait débuté à la Mitropa, la compagnie européenne qui s'occupait de la gestion des wagons-lits et restaurants. En 1937, il avait été engagé par le Führer pour le *dorloter* pendant ses voyages dans son train spécial. Celui-ci était équipé d'une batterie antiaérienne pour riposter aux raids à basse altitude et doté de suites élégantes, disait Krümel, si bien qu'Hitler le qualifiait plaisamment d'« hôtel du frénétique chancelier du Reich ». Il s'appelait *Amerika*, du moins jusqu'à l'entrée en guerre des Américains. Puis il avait été déclassé en *Brandenburg*, dont les accents me semblaient moins épiques, mais je gardai mon avis pour moi. À présent, logé dans la Wolfsschanze, Krümel cuisinait plus de deux cents repas par jour, nous dorlotant nous aussi, les goûteuses.

On n'avait pas le droit d'entrer dans sa cuisine et il ne sortait que s'il avait quelque chose à nous dire ou si les gardes le convoquaient, par exemple quand

Heike signalait que l'eau avait un drôle de goût et que Beate par conséquent en faisait autant. Les femmes bondissaient de leurs chaises – maux de tête, nausées, hoquets d'angoisse. Mais enfin, c'était la Fachingen, la préférée du Führer ! On l'appelait « eau du bien-être », comment aurait-elle pu être nocive ?

Un mardi, souffrant d'un accès de fièvre, deux seconds de cuisine manquèrent à l'appel. Krümel vint au réfectoire et me demanda de donner un coup de main. J'ignore pourquoi il s'adressa à moi, peut-être parce que j'étais la seule à avoir étudié ses manuels sur l'alimentation, les autres s'étaient vite ennuyées ; ou peut-être parce que j'étais berlinoise comme lui.

Devant son choix, les Enragées firent la grimace : si quelqu'un devait accéder à la cuisine, c'étaient elles, les ménagères modèles. Un jour, j'avais entendu Gertrude dire à sa sœur : « Tu as lu l'histoire de cette jeune femme qui était entrée dans une boutique juive et qu'ils avaient séquestrée sans lui laisser le temps de dire ouf ? — Non, où ça ? » avait demandé Sabine. Mais Gertrude avait continué : « Tu te rends compte, dans l'arrière-boutique on accédait à un tunnel. Par là, le commerçant, avec la complicité d'autres Juifs, l'avait emmenée dans la synagogue, et puis tous ensemble ils l'avaient violée. » Sabine s'était bouché les oreilles, à croire qu'elle assistait au viol : « C'est vrai, Gerti ? — Bien sûr, avait répondu sa sœur, ils les violaient toujours avant de les offrir en sacrifice. — Tu l'as lu dans *Der Stürmer* ? avait demandé Theodora. — Je le sais, un point c'est tout, avait répondu Gertrude, désormais les ménagères comme nous n'étaient plus en sécurité même quand elles allaient faire leurs courses. — C'est vrai, avait dit Theodora, heureusement qu'ils ont fermé ces magasins. »

Elle aurait défendu bec et ongles l'idéal allemand de l'épouse, mère et ménagère, et se targuant d'en être une digne représentante demanda à parler avec Krümel. Elle lui expliqua que sa famille avait tenu un restaurant avant-guerre : la cuisine, elle s'y entendait, et voulait le prouver. Le cuisinier se laissa convaincre.

Il nous remit un tablier et une cagette de légumes. Je les lavai dans le grand évier, tandis que Theodora les détaillait en cubes ou en rondelles. Le premier jour, à part me reprocher d'avoir laissé de la terre ou créé une pataugeoire, elle ne m'adressa pas la parole. Elle passa son temps à espionner les seconds comme si elle était apprentie, tellement collée dans leurs pattes qu'elle gênait leurs mouvements. « Pousse-toi ! » lui ordonna Krümel, quand elle faillit lui faire un croche-pied. Theodora s'excusa, avant d'ajouter : « Un métier, ça ne s'apprend pas, ça se vole ! Je n'arrive pas à croire que je travaille au coude à coude avec un chef de votre niveau ! — Au coude à coude ? Je t'ai dit de te pousser ! »

Mais les jours suivants, convaincue d'être désormais membre à part entière de l'équipe, elle décida par déontologie de tenir compte de moi. Après tout, j'étais une collaboratrice moi aussi, mieux : mon incompétence manifeste faisait de moi sa subalterne. C'est ainsi qu'elle me parla du restaurant de ses parents, un petit établissement qui comptait à peine dix tables : « Mais d'un charme, fallait voir. » La guerre les avait obligés à fermer : elle projetait de le rouvrir une fois la paix revenue, et avec beaucoup plus de couverts. Les rides ajoutaient au coin externe de ses yeux une minuscule nageoire caudale qui leur donnait une forme de petits poissons. Son rêve de restauratrice l'enthousiasmait, elle s'échauffait et alors les nageoires frétillaient sur son visage, si bien que je m'attendais à les voir sauter, ces yeux, dessiner une brève parabole et plonger droit dans la casserole d'eau bouillante.

« Mais si les bolcheviks arrivent, adieu, dit-elle, on ne risquera pas d'ouvrir un restaurant, ce sera la fin de tout. » Les nageoires se figèrent tout à coup, ses yeux ne bondissaient plus en eau vive, c'étaient des fossiles millénaires. Quel âge avait Theodora ?

« J'espère que ce ne sera pas la fin de tout, me risquai-je, parce que je ne sais pas si nous gagnerons cette guerre.

— Oublie. Si les Russes gagnent, notre sort sera la dévastation et l'esclavage, même le Führer l'a dit. Des colonnes d'hommes en marche vers la toundra sibérienne, tu l'as entendu ? »

Non, je ne l'avais pas entendu.

Je me souvins de Gregor dans notre salon à Altemesseweg : il avait quitté le fauteuil que nous avions acheté chez un brocanteur, et s'était approché de la fenêtre en soupirant : « Il fait un temps de Russes. » Entre soldats, ils utilisaient cette expression, m'avait-il expliqué, parce que les Russes attaquaient même dans les pires conditions météorologiques : « Rien ne les arrête. »

Il était venu en permission et me parlait du front, ça lui arrivait parfois. Par exemple du *Morgenkonzert*, comme ils l'appelaient, le concert de tirs auquel se livrait l'Armée rouge au réveil.

Un soir au lit, il avait déclaré : «Si les Russes arrivent, ils n'auront aucune pitié.

— Qu'est-ce qui te fait dire ça ?

— Les Allemands ne traitent pas les prisonniers soviétiques comme les autres. Les Anglais et les Français reçoivent des colis de la Croix-Rouge, et l'après-midi ils peuvent même jouer au foot, tandis que les Soviétiques doivent creuser des tranchées sous la surveillance de militaires de leur propre armée.

— De leur propre armée ?

— Oui, des individus alléchés par la promesse d'un bout de pain ou d'une louche de soupe supplémentaire, avait-il répondu en éteignant la lumière. S'ils nous font ce qu'on leur a fait, ce sera terrible.»

Je m'étais longtemps retournée dans le lit, incapable de dormir, et Gregor avait fini par me prendre dans ses bras. «Excuse-moi, je n'aurais pas dû te raconter tout ça, tu n'as pas à le savoir. À quoi ça sert de savoir ?»

J'étais restée éveillée même quand il avait sombré dans le sommeil.

«Nous aurons mérité ce qu'ils nous feront», dis-je.

Theodora me toisa, outrée, et se remit à m'ignorer. Son hostilité m'affecta. Il n'y avait pas de raison d'être affectée, ce n'était pas quelqu'un avec qui je souhaitais partager quoi que ce soit, et en réalité il n'y avait rien à partager avec les autres non plus. Ni avec Augustine qui m'asticotait : «Tu t'es fait une nouvelle copine ?», ni avec Leni qui se répandait en appréciations sur la nourriture comme si c'était moi qui avais cuisiné. Je n'avais rien en commun avec ces femmes, à part cet emploi dans lequel je ne me serais jamais imaginée. Tu feras quoi quand tu seras grande ? Goûteuse d'Hitler.

Pourtant, l'hostilité de l'Enragée me mit mal à l'aise. Je m'activai dans la cuisine avec plus de maladresse que d'habitude et, victime de ma distraction, me brûlai au poignet : je poussai un cri.

Devant le spectacle de ma peau qui se fripait autour de la brûlure, Theodora renonça à ses projets de silence, elle me saisit par le bras et ouvrit le robinet. « Passe-le sous l'eau froide ! » Puis elle éplucha une pomme de terre, pendant que les cuisiniers continuaient leur travail. Elle me sécha avec un torchon et appliqua une tranche de pomme de terre crue sur la brûlure. « Ça va calmer l'irritation, tu verras. » Je fus attendrie par cette prévenance maternelle.

Debout dans un coin, la tranche de pomme de terre sur mon poignet, je vis Krümel jeter un ingrédient dans la soupe et ensuite rire dans sa barbe. Remarquant que je l'avais surpris, il plaça son index devant sa bouche : « Ce n'est pas bon de supprimer complètement la viande, dit-il, tu l'as appris toi aussi dans les manuels que je vous ai donnés, n'est-ce pas ? Il s'obstine à ne pas vouloir le comprendre, alors je lui glisse en douce du lard dans sa soupe. Tu ne peux pas savoir la colère qu'il pique quand il s'en aperçoit ! Mais il ne s'en aperçoit quasiment jamais. » Et il s'en réjouissait déjà. « Quand il se met dans la tête qu'il a grossi, j'ai beau faire, il ne mange plus rien. »

Theodora qui versait de la farine dans un saladier s'approcha.

«Rien, croyez-moi, dit le cuisinier en la regardant. Les spaghettis de semoule au quark? Il les digère si bien… et pourtant il n'en veut pas. Le gâteau aux pommes bavarois, son préféré: pensez, j'en sers tous les soirs au thé de la nuit, après la dernière réunion; mais je vous assure: s'il s'est mis au régime, il n'y touche pas. En deux semaines, il peut perdre jusqu'à sept kilos.

— C'est quoi le thé de la nuit? demanda l'Enragée.

— Un moment entre amis tard le soir. Le chef boit un thé ou un chocolat chaud. Il est fou de chocolat. Les autres s'enfilent du schnaps en veux-tu en voilà. On ne peut pas dire que ça lui plaise, il le tolère. Il ne s'est fâché qu'une fois avec Hoffmann, le photographe, mais c'est carrément un poivrot. En général, le chef n'y prête pas attention, il écoute *Tristan et Yseult*, les yeux fermés. Il dit toujours: si je devais mourir, je voudrais que ce soit la dernière chose que mes oreilles entendent.»

Theodora était en extase. J'enlevai la tranche de pomme de terre de mon poignet, la plaie s'était étendue. Je voulais la lui montrer, je m'attendais à ce qu'elle peste, s'approche pour remettre la tranche à sa place: laisse ça là et arrête de faire des histoires. Ma mère soudain me manquait.

Mais l'Enragée était pendue aux lèvres de Krümel, elle ne se souciait plus de moi. À la façon dont le cuisinier parlait d'Hitler, on comprenait qu'il le chérissait et tenait pour acquis qu'il en allait de même pour nous, pour moi. D'ailleurs je m'étais mise en situation de mourir pour le Führer. Tous les jours, mon assiette, nos dix assiettes alignées évoquaient sa présence comme dans une transsubstantiation. Pas de promesse d'éternité : deux cents marks par mois, telle était notre rétribution.

On nous les avait remis quelques soirs plus tôt, dans une enveloppe, à la sortie. Nous l'avions vite rangée dans notre poche ou notre sac, personne n'avait osé regarder ce qu'elle contenait dans l'autocar. Enfermée dans ma chambre, j'avais feuilleté la liasse de billets, stupéfaite : la somme dépassait mon salaire berlinois.

Je jetai la tranche de pomme de terre dans le seau à déchets. « Le chef prétend que, s'il mange de la viande ou boit du vin, il transpire. Mais moi je lui réponds qu'il transpire parce qu'il est trop agité. » Krümel était intarissable quand il parlait de lui. « Prends les chevaux, me répète-t-il, ou les taureaux. Ils sont herbivores, et ce sont des animaux forts et résistants. À l'inverse, regarde les chiens : dès qu'ils courent, ils tirent la langue.

— C'est vrai, commenta Theodora. Je n'y avais pas pensé : il a raison.

— Ma foi, je ne sais pas s'il a raison. De toute façon il dit aussi qu'il ne supporte pas la cruauté des abattoirs. » Krümel désormais ne s'adressait plus qu'à elle.

Je pris une petite miche de pain dans un grand panier, en enlevai la croûte pour garder la mie.

« Un jour, au dîner, il a raconté à ses invités qu'il avait visité un abattoir et qu'il se souvenait encore du bruit des galoches pataugeant dans le sang frais.

Et dire que ce pauvre Dietrich a dû repousser son assiette… C'est un type impressionnable. »

L'Enragée rit de bon cœur. Je roulai la mie, la pétris pour obtenir de petits objets : des ronds, des tresses, des pétales. Krümel me reprocha ce gaspillage.

« Ils sont pour vous, dis-je. Ils sont comme vous, La Miette. »

Il remua le bouillon sans daigner répondre et demanda à Theodora de surveiller la cuisson des radis au four.

« Ici, c'est le règne du gaspillage, continuai-je. Nous les goûteuses, on est pur gaspillage. Personne n'arriverait jamais à l'empoisonner avec un tel système de surveillance, c'est absurde.

— Tu t'y connais en surveillance, c'est nouveau. Et en stratégie militaire aussi ? demanda l'Enragée.

— Arrêtez », nous lança Krümel. On aurait dit un père dont les filles se chamaillent.

« Et il faisait comment avant de nous embaucher ? dis-je consciente de le provoquer. Il n'avait pas peur qu'on l'empoisonne, avant ? »

À cet instant, un garde entra dans la cuisine pour nous appeler à table. Mes figures en mie restèrent sécher sur le plan de travail en marbre.

Le lendemain, tandis que je vaquais entre la coordination impeccable des garçons de cuisine en pleine action et le zèle de l'Enragée, Krümel nous fit un cadeau inattendu : il nous donna en cachette, à Theodora et moi, des fruits et du fromage. Il les fourra lui-même dans mon sac, le sac en cuir que j'emportais au bureau à Berlin. « Pourquoi ? demandai-je. — Vous le méritez », dit-il.

J'emportai le tout à la maison. Herta n'en crut pas ses yeux quand elle ouvrit les paquets offerts par Krümel. Elle aurait un dîner de choix, et c'était grâce à moi. Grâce à Hitler.

9

Augustine parcourut la travée de l'autocar si vite
que l'ourlet de sa jupe sombre sembla mousser, elle
posa la main sur le dossier en effleurant les cheveux de Leni et proposa : « On échange ? Juste pour
aujourd'hui. »

Dehors il faisait nuit. Leni me regarda, hésitante,
puis elle se leva pour aller occuper un siège vide.
Augustine prit sa place à côté de moi.

« Ton sac est plein », dit-elle.

Tout le monde avait les yeux braqués sur nous, pas
seulement Leni. Beate aussi, Elfriede aussi. Pas les
Enragées, qui étaient assises à l'avant, juste derrière
le chauffeur.

Des groupes s'étaient formés spontanément. Certes
pas dans l'espoir d'y trouver de l'affection. Simplement, des fractures et des rapprochements avaient eu
lieu, aussi inexorables que la dérive des continents.
En ce qui me concernait, le besoin de protection de
Leni, qui transparaissait à chaque battement de ses
cils, m'avait chargée d'une responsabilité. Et Elfriede
qui m'avait poussée dans les toilettes. Je percevais
dans son geste la même peur que chez moi. C'était

une tentative de contact. Intime, oui : l'Échalas ne s'y était peut-être pas trompé. Elfriede avait cherché l'affrontement, comme ces gamins qui ne comprennent à qui faire confiance qu'après une bonne bagarre. Le garde avait coupé court à notre empoignade et il nous restait un compte à régler, un crédit réciproque de proximité corporelle qui créait entre nous un champ magnétique.

« Il est plein ? Réponds. »

Theodora se retourna, une réaction automatique à la voix rauque d'Augustine.

Quelques semaines plus tôt, elle avait déclaré que le Führer agissait à chaud, que c'était un homme instinctif. Oh oui, c'est une tête, avait commenté Gertrude, deux épingles à cheveux entre les dents, sans se rendre compte qu'elle contredisait son amie. Mais tu sais tout ce qu'on ne lui dit pas ? avait-elle continué après avoir profondément enfoncé les épingles dans la tresse enroulée sur un côté de sa tête. Il n'est pas informé de tout ce qui se passe, ce n'est pas toujours sa faute. Augustine avait fait semblant de leur cracher dessus.

Maintenant elle était assise à côté de moi, les jambes croisées, un genou coincé contre le siège de devant. « Depuis quelques jours, le cuisinier te donne du rab à emporter.

— Oui.

— Eh bien, on en veut nous aussi. »

Nous, qui ? Je ne savais que lui répondre. La solidarité n'était pas prévue entre les goûteuses. Nous étions des mottes de terre, qui flottaient ou entraient en collision, dérivaient côte à côte ou s'éloignaient.

« Tu ne voudrais pas être égoïste. Il t'a à la bonne, demandes-en plus.

— Prends ce que j'ai là, dis-je en lui tendant mon sac.

— Ça ne suffit pas. On veut du lait, au moins deux bouteilles : on a des enfants et on a besoin de lait. »

Elles avaient aussi un salaire supérieur à celui de la moyenne des ouvriers, ce n'était pas une question de besoin. C'est une question de justice, aurait rétorqué Augustine si je lui avais fait la remarque, pourquoi recevrais-tu plus que nous ? Demande à Theodora, aurais-je pu répliquer par défi. Elle savait que Theodora refuserait. Pour quelle raison en revanche s'attendait-elle à ce que j'accepte ? Je n'étais pas son amie. Mais elle flairait mon besoin anxieux de consensus, l'avait flairé depuis le début.

Comment devient-on amies ? Maintenant que je savais déchiffrer les expressions de mes compagnes, que je pouvais même les prévoir, leurs visages me semblaient différents de ceux que j'avais vus le premier jour.

Ça arrive à l'école ou au travail, là où l'on passe par obligation de longues heures de son existence. On devient amies dans la contrainte.

« D'accord, Augustine. J'essaierai de demander demain. »

Le lendemain matin, Krümel nous informa que les seconds étaient revenus, on n'avait plus besoin de nous deux. Je l'expliquai à Augustine et aux autres qui l'avaient choisie pour porte-parole, mais Heike et Beate ne se résignaient pas. Ce n'est pas juste que tu aies bénéficié d'un surplus et pas nous. Nous, on a des enfants. Toi, tu as qui ?

Je n'avais pas d'enfants. Chaque fois que j'en parlais avec Gregor, il disait que notre situation ne s'y prêtait pas, qu'il était pris par la guerre et que je vivais seule. Il était parti en 1940, un an après notre mariage. Je m'étais retrouvée sans lui dans notre appartement meublé chez un brocanteur où nous aimions aller le samedi matin, parfois juste pour petit-déjeuner à la boulangerie voisine d'un *Schnecke* à la cannelle ou d'un strudel aux graines de pavot que nous mangions sur le pouce, une bouchée à tour de rôle en marchant. Je m'étais retrouvée sans lui et sans enfants, dans un appartement envahi par les bibelots.

Les Allemands aimaient les enfants, aux défilés le Führer leur caressait la joue et exhortait les femmes à en avoir beaucoup. Gregor voulait être un bon Allemand, pourtant il ne se laissait pas convaincre. Il disait qu'en donnant le jour à quelqu'un, on le condamnait à mort. Mais la guerre finira par finir, objectais-je. Ce n'est pas la guerre, répondait-il, c'est la vie : tout le monde meurt, forcément. Toi, ça ne va pas, je lui reprochais, depuis que tu es au front, tu déprimes, et il se fâchait.

À Noël, avec l'aide d'Herta et Joseph, je réussirais peut-être à le convaincre.

Si je tombais enceinte, je nourrirais l'enfant dans mon ventre avec les repas du réfectoire. Une femme enceinte n'est pas un bon cobaye, elle peut fausser l'expérience, mais les SS n'en sauraient rien – du moins tant que les analyses ou mon tour de taille ne me trahiraient pas.

Je courrais le risque d'empoisonner le bébé, on serait deux à mourir. Ou à survivre. Ses os friables et ses muscles tendres profiteraient de la nourriture d'Hitler. Ce serait l'enfant du Reich avant d'être le mien. Après tout, personne ne vient au monde exempt de toute faute.

«T'as qu'à faucher, me dit Augustine. Tu vas à la cuisine et tu tiens la jambe au cuisinier : tu lui parles de Berlin, de tes sorties à l'opéra, trouve quelque chose. Et dès qu'il regarde ailleurs, tu piques du lait.

— Tu es folle ? Je ne peux pas.

— Ça ne lui appartient pas, tu ne le prives de rien.

— Mais ce n'est pas juste, il ne mérite pas ça.

— Pourquoi Rosa, nous, on mérite ça ? »

La lumière faisait briller le marbre des plans de travail récurés par les garçons de cuisine.

«Tôt ou tard, les Soviétiques capituleront, tu verras», dit Krümel.

Nous étions seuls : il avait envoyé ses aides décharger les vivres qui arrivaient en train à la gare de la Wolfsschanze, en annonçant qu'il les rejoindrait bientôt parce que je lui demandais des éclaircissements sur un chapitre du manuel qu'il m'avait donné ; je n'avais pas trouvé de meilleure excuse pour le retenir. Après la séance d'explication – le rôle d'enseignant le mettait aux anges –, je comptais lui demander deux bouteilles de lait. Alors que Krümel ne m'en avait jamais donné. Alors que ce serait impoli et grossier. C'est une chose de recevoir un cadeau, c'en est une autre de le réclamer. Et pour qui en plus ? Je n'ai pas d'enfants, n'ai jamais allaité personne.

Krümel s'était assis pour parler avec moi : en quelques minutes, l'exaltation l'avait gagné et il m'avait abreuvée de paroles comme toujours. Le désastre de Stalingrad, en février, avait démoralisé tout le monde.

« Ils sont morts pour que l'Allemagne puisse continuer à vivre.

— C'est ce que dit le Führer.

— Et je le crois. Pas toi ? »

Je ne voulais pas le braquer, sinon je n'aurais pas pu prétendre à un régime de faveur. J'acquiesçai, hésitante.

« Nous vaincrons, dit-il. Parce que c'est juste. »

Il me raconta que le soir Hitler mangeait face à un mur tendu d'un drapeau soviétique, conquis au début de l'opération *Barbarossa*. Dans cette pièce, il illustrait pour ses invités les dangers du bolchevisme : les autres nations européennes les sous-estimaient. Elles ne s'apercevaient donc pas que l'URSS était incompréhensible, obscure, inquiétante comme le vaisseau fantôme de l'opéra de Wagner ? Seul un homme obstiné comme lui réussirait à la torpiller, quitte à la pour suivre jusqu'au Jugement dernier.

« Lui seul en est capable, commenta Krümel en regardant l'heure. Diable, il faut que j'y aille. As-tu besoin d'autre chose ? »

J'ai besoin de lait frais. Du lait pour des enfants qui ne sont pas les miens. « Non, merci. Au contraire, puis-je faire quelque chose en échange ? Vous avez été si aimable.

— Tu pourrais me rendre un service. Il y a plusieurs kilos de haricots à égrener. Tu voudrais bien commencer, au moins jusqu'au moment où on vous ramène ? Je dirai aux gardes que tu dois rester ici. »

Il me laissait seule dans sa cuisine. J'aurais pu empoisonner les provisions, mais Krümel n'y pensait pas une seconde : j'étais une goûteuse d'Hitler, je faisais partie de son équipe, je venais de Berlin moi aussi. Il me faisait confiance.

En rang vers l'autocar, mon sac serré contre mon ventre, j'avais l'impression d'entendre tinter le verre des bouteilles, j'essayais de les bloquer avec mes mains, de marcher lentement, mais pas trop, pour ne pas éveiller les soupçons des SS. Elfriede était derrière moi, comme souvent dans le rang. Nous réagissions les dernières. Il ne s'agissait pas d'indolence, mais d'une incapacité à suivre le mouvement. Nous avions beau être disposées à entrer dans la procédure, la procédure nous englobait difficilement. Comme deux morceaux faits de matériaux incompatibles ou à la mauvaise dimension, mais c'est tout ce que vous avez pour bâtir votre forteresse, alors vous finissez par trouver comment les employer.

Son haleine me chatouilla la nuque : « Tu es tombée dans le piège, la Berlinoise. »

« Silence », ordonna un garde sans conviction.

Je serrai les bouteilles à travers le cuir. J'avançais lentement, pour prévenir tout choc.

« Je croyais que tu avais compris qu'ici il vaut mieux que chacune s'occupe de ses affaires. » L'haleine d'Elfriede était une torture.

Je vis l'Échalas s'approcher sans se presser. Arrivé à ma hauteur, il me jaugea. Je continuai derrière les autres jusqu'au moment où il me saisit le bras, le décollant du cuir. J'attendis le tintement immédiat du verre entrechoqué, mais les bouteilles ne vacillèrent pas, je les avais placées de façon qu'elles ne bougent pas dans l'antre sombre du sac, je m'étais bien débrouillée.

«Encore à comploter toutes les deux?»

Elfriede s'arrêta.

Le garde l'attrapa elle aussi: «Je vous avais dit que si je vous y reprenais, ce serait votre fête.»

Le verre froid contre ma hanche. Il suffisait que le garde frôle mon sac par inadvertance, et il me démasquerait. Il lâcha mon bras, me prit le menton entre le pouce et l'index, se pencha sur moi. Mon menton tremblait, je cherchai Elfriede.

«Tu as une petite odeur de brocoli aujourd'hui. Disons que ce sera pour une autre fois.» L'Échalas se mit à rire grassement, un peu trop longtemps pour que ses collègues le suivent jusqu'au bout. Ils avaient déjà épuisé leur capital de joyeuse camaraderie quand il lança: «Ne fais pas cette tête, je plaisantais. On vous offre même la rigolade. Que voulez-vous de plus?»

L'échange eut lieu derrière l'écran des sièges. Augustine avait apporté un petit sac en toile. Mon menton tremblait encore; sous ma joue, un nerf palpitait.

«Tu as été habile et généreuse.» Le sourire avec lequel elle me remerciait semblait sincère.

Comment devient-on amies?

Eux et nous. Voilà ce que me proposait Augustine. Nous, les victimes, les jeunes femmes qui n'avaient pas le choix. Eux, les ennemis. Qui abusaient de leur pouvoir. Krümel n'était pas des nôtres, c'était ce que voulait dire Augustine. Krümel était un nazi. Et chez nous, personne n'avait jamais été nazi.

La seule qui évita de me sourire fut Elfriede. Elle était concentrée sur les étendues de champs et de granges qui défilaient à travers la vitre. Chaque jour dans cet autocar je parcourais huit kilomètres jusqu'au virage de Gross-Partsch, mon lieu d'exil.

10

Allongée dans le lit de Gregor, je laissais mon regard s'attarder sur une photo de lui, glissée dans le cadre de la glace au-dessus de la commode. Il devait avoir quatre ou cinq ans, je n'aurais su dire. Il était chaussé de bottes de neige et plissait les yeux au soleil.

Je n'arrivais pas à m'endormir. Comme chaque soir depuis que j'étais à Gross-Partsch. Mais à Berlin non plus, entassés comme nous l'étions à la cave avec les rats. Herr Holler disait qu'on finirait par en manger, quand on ne trouverait plus de chats ni de moineaux, exterminés eux aussi et sans monument aux morts à leur gloire. C'était Holler qui disait ça, lui à qui l'angoisse tordait les boyaux et qui, s'il s'isolait dans le coin où nous posions le seau, émettait une puanteur insoutenable.

Nos valises étaient prêtes, pour fuir au plus vite si nécessaire.

Après la bombe sur Budengasse, j'étais remontée chez nous : l'appartement était inondé, les canalisations ayant été touchées. De l'eau aux genoux, j'avais ouvert la valise sur le matelas, cherché l'album photos parmi les vêtements, il n'était pas mouillé. Puis j'avais ouvert la valise de maman et flairé ses affaires. Leur odeur ressemblait trop à la mienne. Maintenant qu'elle était morte et pas moi, cette odeur dont j'étais restée la seule responsable, la seule héritière, me semblait encore plus obscène. Dans sa valise, j'avais trouvé une photo de Franz, envoyée d'Amérique en 1938, quelques mois après qu'il s'était embarqué. Nous n'avions pas revu mon frère depuis. Il n'y avait pas de photo de moi, si nous avions dû fuir, nous l'aurions fait ensemble, pensait ma mère. Et voilà qu'elle était morte.

Après la bombe, je l'avais enterrée, étais entrée dans les appartements abandonnés, avais fouillé dans les placards, avalé ce que je pouvais, volé des tasses et des théières pour les revendre au marché noir d'Alexanderplatz avec le service en porcelaine qu'elle conservait dans notre buffet vitré.

Anne Langhans m'avait hébergée, nous dormions dans le même lit, la petite Pauline entre nous. Parfois je faisais semblant que c'était la fillette que je n'avais jamais eue. Son haleine me consolait, plus familière désormais que celle de ma mère. J'étais sûre qu'un jour, Gregor reviendrait de la guerre, nous réparerions les canalisations dans l'appartement de mes parents et aurions un – non, deux enfants. Dans leur sommeil, ils respireraient doucement la bouche ouverte, comme Pauline.

Il était si grand, Gregor, quand il marchait à mes côtés sur l'Unter den Linden, dont les tilleuls avaient disparu : il fallait que les gens voient le Führer quand il défilait, voilà pourquoi on avait abattu les arbres.

Je lui arrivais tout juste à l'épaule et, sur l'avenue, il m'avait pris la main.

J'avais dit : « Ce n'est pas un peu convenu comme histoire, la secrétaire et son patron ? »

Il avait répondu : « J'aurai le droit de t'embrasser si je te licencie ? »

Il me faisait rire. Il s'était arrêté et, s'adossant contre une vitrine de magasin, m'avait attirée doucement à lui, j'avais étouffé mon rire dans la laine de son pull-over. Puis j'avais levé le visage et aperçu le portrait dans la vitrine : l'auréole peinte autour de la tête était jaune et le regard noir comme s'il venait de chasser les marchands du Temple. Nous nous étions embrassés sous ses yeux. Adolf Hitler en personne avait béni notre amour.

J'ouvris le tiroir de la table de nuit, sortis toutes les lettres de Gregor, les relus une à une. C'était comme entendre sa voix, sentir sa présence à côté de moi. Les croix au stylo sur le calendrier me rappelaient que bientôt elle serait réelle.

Le matin de son départ, il m'avait vue écroulée sur le seuil de notre chambre, le front contre le chambranle. Qu'as-tu ? Je n'avais pas répondu.

C'est avec lui que j'avais éprouvé pour la première fois le sentiment de bonheur. Je n'avais jamais pensé y avoir droit avant. Les cernes autour de mes yeux marquaient peut-être un destin. Et voilà qu'en démenti Gregor m'avait apporté un bonheur éclatant, entier, un bonheur à moi, comme si c'était la chose la plus simple du monde. Sa vocation personnelle.

Puis il avait renoncé à cette tâche, une autre plus

importante s'était présentée. Je reviendrai vite, avait-il dit, et il m'avait caressé la tempe, la joue, les lèvres, il avait essayé d'introduire ses doigts dans ma bouche, à notre façon de toujours, notre pacte silencieux, fais-moi confiance, je te fais confiance, aime-moi, je t'aime, fais l'amour avec moi – mais j'avais serré les dents et il avait retiré sa main.

Je l'imaginais dans les tranchées, rapide et efficace, son haleine condensée en nuages de vapeur dans le froid glacial. «Ils sont deux à ne pas avoir compris qu'il fait froid en Russie, m'avait-il écrit. L'un est Napoléon»; il n'avait pas mentionné l'autre, par pru-dence. Quand je l'avais interrogé sur les opérations militaires, il avait invoqué le secret auquel ils étaient tenus: c'était sans doute une excuse pour ne pas m'effrayer. Peut-être en ce moment dînait-il devant le feu, les soldats avaient posé leur gamelle remplie de viande en conserve sur leurs genoux, dans leur uni-forme de plus en plus large parce qu'ils avaient mai-gri; et je savais que Gregor mangeait sans se plaindre pour que ses camarades ne le ressentent pas comme un poids. Pour se sentir fort, il a toujours eu besoin que les autres s'appuient sur lui.

Au début il m'avait écrit que ça lui faisait froid dans le dos de dormir avec des inconnus, tous armés. N'importe lequel aurait pu tirer sur lui à tout moment, à cause d'une algarade aux cartes, d'un cauchemar trop violent, d'un malentendu pendant une marche forcée. Gregor n'avait pas confiance en eux, j'étais la seule en qui il avait confiance. Ces pensées lui avaient fait honte quand, par la suite, il s'était attaché à ses camarades.

Il y avait un peintre qui avait perdu deux phalanges à la guerre et ignorait s'il peindrait encore. Il nourrissait une haine égale pour les nazis et pour les Juifs. Un autre, en revanche, nazi bon teint, se souciait fort peu des Juifs, persuadé qu'ils n'empêchaient pas non plus Hitler de dormir. Il disait que Berlin ne serait jamais bombardé parce que le Führer ne le permettrait pas. Puis l'immeuble de mes parents avait été touché, et j'ignore si cela avait suffi à entamer sa conviction. Hitler a tout calculé, disait ce compagnon d'armes ; mon mari l'écoutait parce qu'il était dans sa compagnie et qu'à la guerre, disait-il, on devient un seul corps. C'étaient eux le corps auquel il se sentait appartenir, un miroir qui reflétait le sien à l'infini. C'étaient eux, et pas moi, la chair de sa chair.

Et puis il y avait Reinhard, que tout effrayait, même les poux, et qui collait Gregor comme un fils son père, alors qu'il avait à peine trois ans de moins que lui. Le merdeux, comme je l'appelais. Dans la dernière lettre que j'avais reçue à Berlin, Gregor m'avait écrit que la merde était la preuve de la non-existence de Dieu. Il aimait provoquer parfois, tout le monde le savait au bureau. Mais il n'avait jamais dit une chose pareille. « Ici on a toujours la diarrhée, écrivait-il, à cause de la nourriture, du froid, de la peur. » Reinhard avait fait dans son pantalon en mission : ce genre d'imprévu était à l'ordre du jour, mais pour lui, il avait été dégradant.

« Si l'être humain avait vraiment été créé par Dieu, disait mon mari, crois-tu qu'il aurait inventé une chose aussi vulgaire que la merde ? Il n'aurait pas pu trouver une autre méthode, qui évite les résidus répugnants de la digestion ? La merde est une trouvaille si perverse que soit Dieu est un pervers, soit il n'existe pas. »

De son côté, le Führer aussi luttait contre les résidus de sa digestion. C'était un souci qui rongeait Krümel : le régime alimentaire qu'il avait défini pour son chef était des plus sains, et pourtant ce dernier marchait au Mutaflor. La prescription venait du professeur Morell, mais ces derniers temps, même lui, le médecin personnel d'Hitler, était pris de court. Il tergiversait en lui donnant des pilules contre les flatulences : son patient en absorbait jusqu'à seize par jour. Hitler avait imaginé un système élaboré pour se protéger d'un empoisonnement et en attendant, il s'intoxiquait.

« Il vaudrait mieux que je ne te raconte pas tout ça. Je potine, dit Krümel avec un petit rire. Mais tu le gardes pour toi, n'est-ce pas ? »

Après le déjeuner, je retournai à la cuisine finir la montagne de haricots qu'il m'avait confiée. Theodora avait proposé de m'aider, la cuisine était son territoire, elle détestait que je l'occupe sans elle. Je lui avais dit que ce n'était pas nécessaire et Krümel était trop bousculé pour se soucier d'elle. Il partit pour la gare avec ses aides et me laissa seule de nouveau.

Je me levai tout doucement de ma chaise afin qu'elle ne frotte pas contre le sol et, en atténuant chacun de mes pas – pas le moindre frottement ne devait attirer le garde de l'autre côté de la porte –, je prélevai deux bouteilles de lait dans le frigo. Je sentais des picotements sur ma peau en le faisant. Pourtant j'étais satisfaite de mon audace, au point de ne pas prendre en considération l'hypothèse où Krümel remarquerait l'absence des deux, non, des quatre bouteilles, ou de croire qu'il ne s'en apercevrait pas. À l'évidence toutes les marchandises présentes dans la cuisine avaient été comptées, à l'évidence il tenait une liste de ce qui entrait et sortait. Mais pourquoi aurait-il dû me soupçonner ? Il y avait les seconds de cuisine, ce pouvait être eux.

Alors que nous avancions en rang, l'Échalas piqua droit sur moi et ouvrit mon sac.

Ce ne fut pas un geste spectaculaire, le fermoir sauta et le col des bouteilles apparut. L'Échalas se tourna vers Theodora, qui s'écria : « Et voilà. — Je ne veux pas entendre voler une mouche », lui signifia-t-il. Mes compagnes arboraient des mines alarmées, hébétées.

Quelqu'un alla quérir le cuisinier à la Wolfsschanze. On nous ordonna de rester debout dans le couloir jusqu'à son arrivée. Quand il fut devant moi, il me sembla encore plus chétif, on aurait dit qu'il était friable.

« C'est moi qui les lui ai données », déclara-t-il.

Un coup au ventre. Pas un coup de pied de bébé, mais la perversion de Dieu.

« C'est une petite gratification pour son travail en cuisine. Rosa Sauer n'est pas payée pour ça, elle est payée pour goûter. Il me semblait donc correct de la récompenser, parce qu'elle a travaillé, y compris après le retour des seconds de cuisine. J'espère que ce n'est pas un problème. »

De nouveau un coup au ventre. Personne n'avait jamais ce qu'il méritait, pas même moi.

«Aucun problème, c'est toi qui juges. Mais la prochaine fois, avertis.» L'Échalas regarda de nouveau Theodora, elle me regarda. Elle ne demandait pas pardon, elle déclarait son mépris.

«Alors finissons-en», dit un autre SS. Qu'entendait-il par là ? Qu'il fallait en finir de donner des vivres à Rosa Sauer ? Qu'il fallait en finir de dénoncer Rosa Sauer ? Ou bien : tu vas finir de trembler, Rosa Sauer, bon sang ! «En avant, marche.»

Mes oreilles étaient bouillantes et des larmes, remontées à la surface comme l'eau dans un forage, me brouillaient la vue. Il suffisait de ne pas battre des paupières et elles stagneraient dans la cuvette de mes yeux, elles s'évaporeraient. Je ne les laisserais pas couler dans l'autocar non plus.

Augustine ne me tendit pas son sac en toile, les bouteilles voyagèrent avec moi jusqu'au virage près de la maison. Dès que l'autocar redémarra, je vidai les bouteilles par terre.

Ce lait était destiné à leurs enfants, non, il était destiné à Hitler. Comment pouvais-je gaspiller un tel concentré de calcium, fer, vitamines, protéines, sucres et acides aminés ? La matière grasse du lait est différente de toutes les autres, c'était écrit dans les manuels que Krümel m'avait donnés, elle est plus facile à assimiler, l'organisme l'utilise vite et bien. J'aurais pu garder les bouteilles au frais à la cave, inviter Augustine, Heike et Beate, voici le lait pour vos enfants. Pete, Ursula, Mathias et même les jumeaux, ce sont les deux derniers litres, je suis désolée que ça n'ait pas duré plus longtemps, ça en valait la peine quand même. J'aurais pu les recevoir dans la cuisine d'Herta en leur servant du thé. Comment devient-on amies ? Elles m'avaient demandé de voler pour elles.

J'aurais pu apporter les bouteilles à Herta et Joseph, en mentant sur la façon dont je me les étais procurées. Krümel est si généreux, il ferait tout pour moi. Tenez, buvez, c'est du lait frais et nourrissant, et tout le mérite m'en revient.

Mais non, j'étais là, penchée, hypnotisée par le lait qui giclait sur le gravier. Je voulais le gaspiller, personne ne devait le boire. Je voulais le refuser aux enfants d'Heike, de Beate, d'Augustine, le refuser à tout enfant qui ne soit pas le mien, sans éprouver de remords.

Quand les bouteilles furent vides, je relevai la tête. Et vis Herta à la fenêtre. Je séchai mon visage d'un revers de main.

Le lendemain, je pris mon courage à deux mains pour ouvrir la porte de la cuisine. «Je suis venue pour les haricots», dis-je. J'avais préparé la phrase, et surtout mon intonation : *allegro ma non troppo,* sur un fond de prière si on y prenait garde. Le résultat avait cependant été une voix affectée.

Krümel ne se retourna pas. «Merci, on n'a plus besoin.»

Les cagettes étaient empilées dans un coin, vides. Le frigo se trouvait en face, je n'osai pas le regarder. Je vérifiai mes ongles, ils avaient jauni, mais maintenant que le travail était fini, ils redeviendraient comme avant, des ongles de secrétaire.

Je m'approchai de Krümel : «C'est moi qui vous remercie. Et qui vous demande pardon.» Ma voix n'était pas affectée, elle était hachée.

« Ne remets plus jamais les pieds dans ma cuisine »,
rétorqua-t-il. Et il se retourna.

Je ne soutins pas son regard.

Je secouai la tête vers le bas, plusieurs fois, pour
dire que j'obéirais, et sortis en oubliant de dire au
revoir.

11

Décembre était bien entamé. Depuis le début de la guerre et surtout depuis que Gregor était parti, Noël avait perdu pour moi son air de fête. Cette année, je l'attendais avec la même impatience que dans mon enfance, parce qu'il m'apporterait mon mari en cadeau.

Le matin, j'enfonçais sur ma tête un bonnet en laine tricoté par Herta avant de monter dans l'autocar qui, à travers des étendues de neige, entre des colonnades de hêtres et de bouleaux, m'emmènerait à Krausendorf, où avec d'autres jeunes Allemandes je participerais à la liturgie du repas au réfectoire. Une armée de fidèles, prêtes à recevoir sur la langue une communion qui ne serait pas notre rédemption.

Mais qui aurait préféré la vie éternelle à sa vie ici sur terre ? Pas moi, assurément. J'avalais la bouchée qui aurait pu me tuer comme si j'accomplissais un vœu, trois vœux par jour, chaque jour de la neuvaine de Noël. Offre au Seigneur, disait mon père quand il priait avec moi le soir, ton travail d'école, ton chagrin pour ton patin cassé ou ton rhume. Alors regarde cette offrande, regarde-la : j'offre ma peur de mourir, mon rendez-vous avec la mort repoussé depuis des mois et que je n'ai pas les moyens d'annuler, je les offre en échange de sa venue, papa, de la venue de Gregor. La peur entre trois fois par jour, toujours sans frapper, elle s'assied à côté de moi, si je me lève elle me suit, désormais elle me tient compagnie.

On s'habitue à tout, à extraire le charbon dans les boyaux des mines, en dosant ses besoins en oxygène ; à marcher avec aisance sur une poutrelle de chantier suspendue dans le vide, en affrontant son vertige. On s'habitue aux sirènes, à dormir tout habillé pour se précipiter au refuge quand elles retentissent, on s'habitue à la faim, à la soif. Je m'étais habituée à être payée pour manger. Ce qui pouvait sembler un privilège était un travail comme un autre.

La veille de Noël, Joseph attrapa un coq par les pattes, le retourna tête en bas et, d'une légère pression du poignet, lui tordit le cou. Un son bref et sec. Herta mit une casserole sur le feu et quand l'eau fut bouillante, elle y plongea le coq trois ou quatre fois, en le tenant d'abord par la tête, puis par les pattes. Enfin elle le pluma, tirant à pleines mains. Toute cette férocité pour Gregor qui allait arriver. Heureusement Hitler était parti et je serais libre de manger avec mon mari et mes beaux-parents.

La dernière fois que Gregor était venu en permission, à Berlin, je m'étais approchée pour le caresser tandis qu'il écoutait la radio, assis dans notre séjour de Budengasse. Il avait accueilli mes caresses sans réagir. Cela pouvait sembler un défi, c'était de la distraction. Je n'avais rien dit, je ne voulais pas gâcher les quelques heures qu'il nous restait à passer ensemble. Il m'avait prise dans mon sommeil, sans un mot. Je m'étais réveillée avec son corps sur moi, sa fureur. Encore somnolente, je ne l'avais ni contrée ni secondée. Après, je m'étais dit qu'il avait besoin de l'obscurité : pour faire l'amour avec moi, il avait besoin que je n'y sois pas. Cette découverte m'avait effrayée.

La lettre arriva la veille de Noël, elle était très courte. Gregor nous annonçait qu'il se trouvait dans un hôpital de campagne. Il ne disait pas ce qui lui était arrivé, ni où il était blessé, il disait seulement de ne pas nous inquiéter. Nous lui répondîmes aussitôt, en le priant de nous donner un peu plus de précisions.

« S'il a pu nous écrire, dit Joseph, c'est qu'il n'a rien de grave. » Mais Herta enfouit son visage dans ses mains déformées par l'arthrose et refusa de manger le coq qu'elle avait préparé.

Le soir du 25, victime de mon insomnie habituelle, je n'arrivais plus à rester dans sa chambre, la photo de Gregor à cinq ans me déchirait le cœur. Je me glissai hors de mon lit et errai dans le noir à travers la maison.

Je heurtai quelqu'un.

« Excusez-moi, dis-je en reconnaissant Herta. Je n'arrive pas à dormir.

— C'est moi qui m'excuse, répondit-elle. Cette nuit, nous voilà somnambules. »

Je prends le chemin que m'indique la Providence avec l'assurance d'un somnambule, avait déclaré Hitler en occupant la Rhénanie.

C'est une pauvre somnambule, décrétait mon frère, quand je parlais dans mon sommeil.

Ma mère se plaignait elle parle tout le temps, elle est incapable de se taire même quand elle dort. Franz se levait de table : il étendait les bras, sortait la langue et marchait comme une marionnette en proférant des sons gutturaux. Mon père disait arrête et mange.

Je rêvais que je volais. Une force me soulevait de terre et m'emportait de plus en plus haut, mes pieds foulaient le vide, le vent hurlait et me jetait contre les arbres, les murs des immeubles, je les évitais de justesse, le fracas m'assourdissait. Je savais que c'était un rêve et que si je parlais, le sortilège serait brisé et je retrouverais mon lit. Mais j'étais sans voix, une bulle d'air coincée dans ma gorge – elle éclatait une seconde avant l'impact, explosait en un cri : Franz ! Au secours !

Au début, mon frère demandait la bouche pâteuse : Qu'est-ce qu'il y a ? Qu'est-ce que je t'ai fait ? Puis il se réveillait énervé et tout ce qu'il trouvait à dire était : On peut savoir après qui tu en as ?

J'appelais ça le *ravissement*. Pas avec Franz ni avec mes parents. Je l'appelais ainsi intérieurement. Et une fois avec Gregor, qui m'avait prise dans ses bras, trempée de sueur. J'avais murmuré : C'est le ravissement, ça faisait des années que ça ne m'était pas arrivé. Il n'avait pas demandé d'explications, il avait murmuré : Ce n'était qu'un rêve.

Dantzig venait d'être occupé.

Après la bombe, je crus que le ravissement avait toujours été un rêve prémonitoire. Mais au fond toute vie est une contrainte et le risque de se cogner aux murs, permanent.

Le 27 décembre, c'était mon anniversaire, il avait cessé de neiger et je souhaitais que le ravissement m'aspire, ce serait une libération, un flot d'angoisse expulsé d'un seul coup, sans la responsabilité de le retenir pour ne pas perturber Herta déjà très éprouvée, ne pas inquiéter Joseph.

Le ravissement ne revint pas. Mon mari n'était pas là et il ne nous écrirait plus jamais.

On nous remit une autre lettre, deux mois et demi après, en provenance du Bureau central pour les nouvelles aux familles des militaires. Elle disait que Gregor Sauer, 34 ans, 1,82 m, 75 kilos, 101 cm de tour de poitrine, cheveux blonds, nez et menton réguliers, yeux bleus, dentition saine, profession ingénieur, était porté disparu.

Disparu. Il n'était pas écrit sur cette feuille que l'homme répondant au nom de Gregor Sauer avait des mollets maigres, et que ses gros orteils séparés de leur voisin par une sorte de golfe usaient l'intérieur de ses semelles, et qu'il aimait la musique mais ne chantonnait jamais, m'implorant même de me taire parce que moi je chantonnais sans cesse, du moins avant la guerre, et qu'il se rasait tous les jours, du moins en temps de paix, et que la blancheur de sa mousse à raser étalée au blaireau rendait par contraste ses lèvres plus rouges et charnues qu'elles ne l'étaient, et que sur ces lèvres minces il passait son index quand il conduisait sa vieille NSU, et que ça m'agaçait parce que j'y voyais une marque d'hésitation : je ne l'aimais pas s'il était vulnérable, s'il interprétait le monde comme une menace, s'il refusait de me donner un enfant; ce doigt sur sa bouche me faisait l'effet d'un écran, d'une distance à mon égard. Il n'était pas écrit sur cette feuille que le matin il préférait se réveiller tôt et prendre son petit déjeuner tout seul, bénéficier d'une trêve dans mon flot de paroles alors que nous étions mariés depuis une petite année et qu'il devait partir au front, mais si je faisais semblant de dormir, tout de suite après son thé, il s'asseyait au bord du lit et embrassait mes mains avec la dévotion qu'on met à embrasser les enfants.

Ils croyaient l'identifier avec cette série de chiffres, mais s'ils ne disaient pas que c'était mon mari, alors ce n'était pas de lui qu'ils parlaient.

Herta s'écroula sur la chaise. «Herta», l'appelai-je. Elle ne répondit pas. «Herta.» Je la secouai. Elle était à la fois raide et molle. Je lui donnai de l'eau, qu'elle ne but pas. «Herta, s'il vous plaît.» Elle courba le cou, je déplaçai le verre. Le visage au plafond, elle dit: «Je ne le reverrai plus jamais.

— Il n'est pas mort!» J'avais crié, son corps frappa le dossier. Elle me regarda enfin. «Il n'est pas mort, il est porté disparu. C'est écrit *disparu*. Vous avez compris?» Ses traits revinrent peu à peu à la surface, pour aussitôt se tordre. «Où est Joseph? — Je vais l'appeler, d'accord? Mais il faut boire.» Et j'approchai le verre. «Où est Joseph?» répéta-t-elle.

Je courus au village, en direction du château von Mildernhagen. Des troncs graciles, filiformes, des branches souffreteuses, des tuiles envahies de mousse, des oies perplexes derrière les grillages, des femmes aux fenêtres et un homme à vélo qui ôta son chapeau pour me saluer sans cesser de pédaler, alors que je courais et l'ignorais. Sur un poteau électrique, un nid. La cigogne pointait son bec vers le ciel, en prière aurait-on dit – elle ne priait pas pour moi.

En nage, je m'agrippai au portail et appelai Joseph. Les cigognes étaient déjà arrivées, si tôt ? Ce serait bientôt le printemps et Gregor ne reviendrait pas. C'était mon mari. C'était mon bonheur. Je ne jouerais plus avec le lobe de ses oreilles, il ne presserait plus son front sur mes seins en se pelotonnant contre moi pour se faire caresser le dos. Il n'approcherait jamais son oreille de mon gros ventre, je n'aurais jamais d'enfant de lui, il ne le tiendrait jamais dans ses bras, ne lui raconterait jamais ses équipées de gosse de la campagne, les journées entières dans les arbres, les plongeons dans le lac genoux à la poitrine, l'eau glacée et les lèvres violettes. J'aurais voulu introduire encore mes doigts dans sa bouche pour me sentir en sécurité.

Le nez entre les barreaux, je criai. Un homme arriva et me demanda qui j'étais, je bredouillai que je cherchais le jardinier, je suis sa belle-fille, et avant qu'il ait ouvert, j'étais déjà entrée et courais sans savoir où j'allais, puis j'entendis la voix de Joseph et me précipitai vers lui. Je lui donnai le papier ; il le déplia et le lut.

« Venez, s'il vous plaît, Mutti a besoin de vous. »

Un claquement de talons sur les marches nous obligea à nous retourner.

« Joseph. » Une femme rousse au visage rond, velouté, tenait le coin de sa robe comme si elle avait pressé le pas pour nous rejoindre. Son manteau posé sur ses épaules glissait sur un côté, découvrant une manche bordeaux.

«Madame la baronne.» Mon beau-père s'excusa pour l'affolement, expliqua ce qui était arrivé et demanda l'autorisation de rentrer. Elle s'approcha et prit ses mains entre les siennes, j'eus l'impression qu'elle les soutenait par crainte qu'elles ne tombent. «Je suis vraiment désolée», lui dit-elle les yeux humides. C'est alors que Joseph fondit en larmes.

Je n'avais jamais vu pleurer un homme, un vieux. C'étaient des pleurs muets, qui faisaient grincer ses articulations, quelque chose qui avait à voir avec l'ostéoporose, la claudication, la perte de contrôle musculaire. Un désespoir sénile.

La baronne essaya de le consoler, puis elle renonça, attendit qu'il se calme. «Vous êtes Rosa, n'est-ce pas?» J'acquiesçai. Que savait-elle de moi? «C'est bien dommage de se rencontrer en pareilles circonstances. Et dire que je souhaitais tellement faire votre connaissance. Joseph m'a parlé de vous.» Je n'eus pas le temps de me demander pourquoi elle voulait faire ma connaissance, pourquoi il lui parlait de moi, pourquoi elle, une baronne, conversait avec un jardinier; mon beau-père retira ses mains des siennes, essuya ses cils clairsemés et m'invita à nous mettre en route. Je ne sais combien de fois il s'excusa auprès de la baronne, et auprès de moi chemin faisant.

J'étais veuve. Non, je ne l'étais pas. Gregor n'était pas mort: nous ne savions pas où il était ni s'il reviendrait un jour, c'était tout. Combien de soldats portés disparus étaient revenus de Russie? Je n'avais même pas de croix au pied de laquelle déposer des fleurs fraîches toutes les semaines. J'avais sa photo enfant, les yeux plissés au soleil, où il ne souriait pas.

Je l'imaginais couché sur le côté dans la neige, le bras tendu, tandis que mon poignet était hors d'atteinte, absent : sa main serrait du vide ; je l'imaginais endormi, il n'avait pas résisté à la fatigue, ses camarades n'avaient pas voulu l'attendre, pas même le merdeux, quelle ingratitude, et il était mort de froid. À la belle saison, le bloc de glace qui autrefois était mon mari fondrait et peut-être une jeune fille aux joues rouges de matriochka le réveillerait-elle d'un baiser. Il recommencerait une nouvelle vie avec elle, ferait des enfants, Yuri ou Irina, vieillirait dans une datcha et parfois devant la cheminée serait visité par un pressentiment qu'il ne pourrait pas expliquer. À quoi penses-tu ? lui demanderait la matriochka. C'est comme si j'avais oublié quelque chose, ou plutôt quelqu'un, répondrait-il. Mais je ne sais pas qui.

Ou bien, des années plus tard, une lettre arriverait de Russie. Le cadavre de Gregor Sauer retrouvé dans une fosse commune. Comment pourraient-ils savoir que c'était lui ? Comment pourrions-nous savoir qu'ils ne s'étaient pas trompés ? Nous les croirions, il n'y aurait rien d'autre à faire.

12

Quand l'autocar des SS freina, je remontai le drap sur mon visage.

« Debout, Rosa Sauer », crièrent-ils sous ma fenêtre. La veille dans l'après-midi, je n'avais rien laissé paraître. La nouvelle m'avait tellement sonnée que mon organisme l'avait rejetée au lieu de la métaboliser. Seule Elfriede avait demandé : Qu'est-ce que tu as, la Berlinoise ? Rien, avais-je répondu. Redevenant sérieuse, elle avait posé la main sur mon épaule : Rosa, ça va ? Je m'étais éloignée. Le contact de sa main avait abattu la digue.

« Rosa Sauer », répétèrent-ils. J'écoutai le vrombissement du moteur qui finit par s'éteindre, je ne bougeai pas. Les poules ne s'ébrouaient pas, elles ne le faisaient plus depuis des mois, Zart leur avait imposé silence ; sa présence suffisait à les calmer. Elles s'étaient habituées aux pneus qui crissaient sur le gravier, nous nous étions tous habitués.

On frappa deux coups à la porte de ma chambre, la voix d'Herta m'appela. Je ne répondis pas.

« Viens, Joseph », dit-elle, puis je la sentis approcher, dégager le drap, me secouer. Elle s'assura que j'étais vivante, que c'était moi. «Qu'est-ce qui te prend, Rosa?» Mon corps était là, il n'était pas porté disparu, mais il ne réagissait pas.

Joseph la rejoignit: «Que se passe-t-il?» et à ce moment-là, on frappa.

Mon beau-père se dirigea vers l'entrée. Je mendiai son aide:

«Ne leur ouvrez pas.

— Que dis-tu? protesta Herta.

— Qu'ils me fassent ce qu'ils veulent, ça m'est égal. Je suis fatiguée.»

Un sillon était creusé entre les sourcils d'Herta, une petite coupure verticale que je n'avais jamais remarquée. Ce n'était pas de la peur, c'était du ressentiment. Je jouais à faire la morte quand son fils était peut-être mort pour de bon. Je me mettais en danger, et eux avec.

«Lève-toi.»

Mes deux cents marks mensuels de salaire lui rendaient bien service.

«S'il te plaît.» Elle chercha mon poignet à tâtons par-dessus les couvertures, le caressa à travers le tissu, et un SS fit irruption dans la chambre. «Sauer.» Nous sursautâmes.

«*Heil Hitler*», débita Herta. Puis elle expliqua: «Ma belle-fille ne s'est pas sentie bien cette nuit, excusez-nous. Maintenant elle va se préparer et venir.»

Je ne me levai pas. Ce n'était pas de la révolte, c'était un manque de force.

Derrière le SS, Joseph m'observait, malheureux. Herta s'approcha du visiteur en uniforme. «En attendant, puis-je vous offrir à boire?» Cette fois elle s'était souvenue de faire les honneurs de la maison. «Allez, Rosa, dépêche-toi.»

J'avais les yeux rivés au plafond.

«Rosa, supplia Herta.

— Je ne peux pas, je le jure. Joseph, dites-le-lui.

— Rosa, supplia Joseph.

— Je suis fatiguée.» Je tournai la tête, regardai le SS : «De vous surtout.»

L'homme repoussa Herta, repoussa les couvertures, me saisit par un bras, me tira à bas du lit, puis par terre, son autre main fermement posée sur l'étui de son arme. Les poules ne bronchaient pas, elles ne flairaient aucun danger.

«Mets tes chaussures, ordonna le SS en lâchant mon bras, si tu ne veux pas venir pieds nus.

— Excusez-la, elle ne se sentait pas bien, se risqua Joseph.

— Tais-toi ou votre compte est bon, à tous les trois.»

Qu'avais-je fait ?

Je voulais mourir, maintenant que Gregor n'était plus là. Porté disparu, avais-je dit à Herta, il n'est pas mort, vous comprenez ? Mais pendant la nuit, je m'étais persuadée que lui aussi m'avait abandonnée, comme ma mère. Je n'avais pas prémédité de me rebeller – étais-je en train de me rebeller ? Je n'étais pas un soldat, que diable, nous n'étions pas une armée. La chair à canon de l'Allemagne, disait Gregor, je ne me bats plus pour l'Allemagne parce que j'y crois, parce que je l'aime. Je tire parce que j'ai peur.

Je n'avais pas pensé aux conséquences : un procès

express, une exécution sommaire ? Je voulais disparaître tout simplement, moi aussi.

« Je vous en prie, gémit Herta en se pliant en deux, ma belle-fille ne sait plus ce qu'elle dit, mon fils vient d'être porté disparu. Je viens à sa place aujourd'hui. Je goûterai à sa place…

— Je vous ai dit de vous taire ! » Le SS frappa Herta d'un coup de coude ou du canon de son pistolet, je ne sais pas, je ne le vis pas, je vis seulement ma belle-mère se courber encore plus. Elle se recroquevilla, une main aux côtes. Joseph la soutint, j'étouffai un cri et attrapai mes chaussures, je tremblais, je me chaussai, mon pouls battait fort dans ma gorge, métallique, je me relevai, le garde me poussa vers le portemanteau, je pris mon vêtement, l'enfilai, Herta ne relevait pas la tête, je l'appelai, je voulais lui demander pardon, Joseph l'étreignait en silence, ils attendaient que je sorte pour gémir, s'évanouir de douleur ou se remettre au lit, changer la serrure et ne plus jamais m'ouvrir. Je ne mérite rien à part ce que je fais : manger la nourriture d'Hitler, manger pour l'Allemagne, pas parce que je l'aime, ni même par peur. Je mange la nourriture d'Hitler parce que c'est ce que je mérite, ce que je suis.

« La petite a fait son caprice ? » ricana le chauffeur quand son collègue me balança sur un siège. Theodora, au premier rang comme d'habitude, évita de me dire bonjour. Ni Beate ni Heike n'osèrent le faire ce matin-là. Puis, pendant que les autres faisaient semblant de dormir, Augustine assise à gauche deux places devant moi m'appela à voix basse. Son profil mobile, nerveux, était une tache floue dans mon champ de vision. Je ne répondis pas.

Leni monta et s'approcha de moi. Elle hésita, mon manteau par-dessus ma chemise de nuit avait dû l'effrayer. Elle ne savait pas que ma mère était morte habillée ainsi, que pour moi cette tenue coïncidait avec la fin. J'avais mis mes chaussures sans bas, j'avais froid aux jambes, les orteils engourdis dans le cuir. C'étaient les chaussures que je portais à Berlin, dans le bureau où Gregor était mon chef et moi son régal, où vas-tu avec ces talons, me disait Herta, mais ce matin elle avait une côte cassée ou fêlée, elle n'était pas en état de parler, où vas-tu avec ces talons, a dû penser Leni, des talons avec une chemise de nuit, n'importe quoi, elle cligna plusieurs fois ses yeux verts, puis s'assit.

J'aurais des ampoules, je les percerais avec l'ongle pour les faire éclater, un pouvoir exercé sur mon corps, par moi seule. Leni me prit la main et à ce moment-là, je m'aperçus que je l'avais abandonnée sur ma cuisse. « Rosa, que s'est-il passé ? » dit-elle et Augustine se retourna. Une tache, un trouble de la vue. Gregor disait je vois des papillons, des mouches qui volent, des araignées ; je lui disais regarde-moi mon amour, concentre-toi.

« Rosa. » Leni me tenait la main avec délicatesse. Elle cherchait une réponse chez Augustine, qui secouait la tête : la tache dansait, la vue fléchissait. Les forces me manquaient.

On peut cesser d'exister alors qu'on vit encore ; Gregor était peut-être vivant, mais il n'existait plus, plus pour moi. Le Reich continuait à se battre, projetait des *Wunderwaffen*, croyait aux miracles, moi je n'y avais jamais cru. La guerre continuera jusqu'à ce que Göring réussisse à enfiler le pantalon de Goebbels, disait Joseph, la guerre semblait devoir durer éternellement, mais j'avais décidé de ne plus me battre, je me rebellais, pas contre les SS, contre la vie. Je cessais d'exister, assise dans le bus qui m'emmenait à Krausendorf, le réfectoire du Royaume.

Le chauffeur freinait à nouveau. Par la vitre je vis Elfriede qui attendait au bord de la route, une main dans la poche de son manteau et la cigarette dans l'autre. Ses yeux croisèrent les miens et ses pommettes saillirent sous sa peau. Elle écrasa son mégot avec sa semelle sans cesser de m'observer, et monta.

Elle vint vers nous, j'ignore si Leni lui fit signe, si Augustine lui parla ou si ce furent mes yeux ; elle s'assit à côté de Leni, de l'autre côté du couloir étroit et dit : «Bonjour.»

Leni gênée bredouilla : «Salut.» Il ne s'agissait pas d'un bon jour, Elfriede ne l'avait pas compris ?

«Qu'est-ce qu'elle a ?

— Je ne sais pas, répondit Leni.

— Qu'est-ce qu'ils lui ont fait ?»

Leni se tut. Du reste Elfriede ne s'adressait pas à elle. Elle me parlait à moi, mais je n'existais plus.

Elfriede s'éclaircit la gorge. «La Berlinoise, tu as adopté la coiffure "sortie de refuge" ce matin ?»

Elles gloussèrent, seule Leni se retint.

Je pensais : je ne peux pas, Elfriede, je te jure, je ne peux pas.

«Ulla, que dis-tu de ses cheveux ? Tu approuves ?

— C'est mieux que des tresses, répondit timidement Ulla.

— Ce doit être la mode à Berlin.

— Elfriede, la rabroua Leni.

— Et ta tenue aussi ne manque pas d'audace, la Berlinoise. Même Zarah Leander n'aurait pas osé. »

Augustine toussa fort. C'était peut-être un signal pour Elfriede, n'insiste pas, n'exagère pas, elle avait peut-être compris, elle qui avait perdu son mari à la guerre et avait décidé de porter le noir du deuil pour toujours.

« Qu'est-ce que tu en sais, Augustine, tu n'es qu'une femme de la campagne. Notre Berlinoise défie le froid, rien que ça, au nom de la mode. Apprends-lui donc, la Berlinoise ! »

Je gardais les yeux rivés sur le toit du bus, j'espérais qu'il s'écroule sur moi.

« Nous ne sommes pas dignes du moindre petit signe, à ce qu'il semblerait. »

Pourquoi se comportait-elle ainsi ? Pourquoi me harcelait-elle ? Et toujours avec cette histoire de vêtements en plus. Je te conseille de t'occuper de tes affaires, avait-elle dit. Pourquoi ce jour-là ne me laissait-elle pas en paix ?

« Leni, tu as lu *Ilse, tête de mule* ?

— Oui… quand j'étais petite.

— C'était un chouette bouquin. Quelque chose me dit que c'est comme ça qu'on va appeler Rosa maintenant : Tête de mule.

— Arrête », l'implora Leni en étreignant ma main. Je la retirai, pressai mes doigts sur ma cuisse à en avoir mal.

« C'est juste, l'ennemi nous écoute, comme dit Goebbels. »

Je tournai brutalement la tête vers Elfriede : « On peut savoir ce que tu veux ? »

Leni se boucha le nez avec le pouce et l'index, comme avant un plongeon. C'était sa façon de contenir son appréhension.

« Pousse-toi », lui dis-je.

Elle me laissa passer. Je sortis de mon siège, me plantai devant Elfriede, me penchai sur elle : « Mais enfin qu'est-ce que tu veux ? »

Elfriede m'effleura un genou : « Tu as la chair de poule. »

Je la giflai. Elle se leva d'un bond, me poussa, je la jetai à terre et fus sur elle en un éclair. À la surface de son cou affleurèrent des faisceaux de veines comme des cordes tendues qu'on pouvait tirer, arracher. Je ne savais pas ce que je voulais faire de cette femme. Haïr, disait ma prof d'histoire au lycée, une jeune Allemande doit savoir haïr. Elfriede grinçait des dents, tentait de se dégager, de me renverser. Je haletais, ma respiration contre la sienne.

« Tu t'es bien défoulée ? » me dit-elle au bout d'un moment. J'avais desserré ma prise sans m'en rendre compte.

Avant que je puisse répondre, le garde m'attrapa au collet, me traîna dans l'allée de l'autocar comme il l'avait fait à la maison, me décocha des coups de pied dans le ventre, visa aussi mes cuisses dénudées, m'obligea à me relever et à m'asseoir à la première place, derrière le chauffeur, à côté de Theodora, dans la même rangée que Gertrude et Sabine. Theodora s'était bouché les oreilles : elle ne s'attendait pas à ce que les SS nous frappent, nous les goûteuses d'Hitler, à la mission si importante, une question de vie ou de mort, monsieur le caporal, un peu de respect. Ou bien elle y était habituée, son mari la battait régulièrement et pas seulement quand il avait forcé sur la bière. Plus l'homme est grand, plus la femme doit être insignifiante, même Hitler le dit. Et alors, l'Enragée, reste à ta place, ne te monte pas la tête.

Après moi, ce fut le tour d'Elfriede ; j'entendis le choc de la botte sur ses os et pas une plainte.

Au réfectoire, rien ne passait ou presque, je me forçai. Ce n'était pas par crainte des SS : j'espérais le poison. Si seulement j'en avalais une bouchée, je serais livrée à la mort sans devoir me la donner, exonérée au moins de cette responsabilité. Mais les aliments étaient sains et je ne mourais pas.

Cela faisait des mois que mes compagnes ne voyaient pas leurs maris ou leurs fiancés. Si Augustine était l'unique veuve officielle, toutes nous étions seules depuis longtemps, je n'avais pas l'exclusivité de la souffrance, elles ne me l'auraient pas accordée. C'est peut-être pour cette raison que je n'avais rien dit : pas même à Leni, pas même à Elfriede, qui n'étaient ni mariées ni fiancées.

Leni parlait d'amour avec l'ingénuité rêveuse d'une lectrice de feuilletons, qui ne sait pas très bien de quoi il s'agit. Elle ne savait pas ce que signifie dépendre affectivement d'un autre être humain, quelqu'un qui ne vous a pas engendré, qui n'était pas là à votre naissance. Elle n'avait jamais quitté ses parents pour s'unir à un étranger.

Un jour Augustine avait dit : « Leni veut que la guerre finisse parce qu'elle a peur sinon de ne pas avoir le temps de se marier. » Elle était en quête du grand amour, elle se préservait dans cette attente.

« Ne te moque pas de moi, avait pleurniché Leni.

— Mais la guerre a éclaté, avait continué Augustine, et les hommes se sont volatilisés. »

Leni s'était défendue : « Je ne suis pas la seule vieille fille.

— Mais tu n'es pas vieille fille, l'avais-je rassurée, tu es toute jeune.

— Elfriede non plus n'est pas mariée, avait dit Leni. Et elle reste toujours dans son coin. »

Elfriede l'avait entendue. Elle avait porté le poing à sa bouche comme pour retenir ses paroles. Ses lèvres avaient touché son annulaire nu.

Seule au monde, sans personne à attendre ou à perdre, Elfriede mangeait tête baissée, une fourchetée après l'autre. Quand elle eut fini, elle demanda à aller aux toilettes. Il n'y avait pas l'Échalas, ni le SS qui nous avait frappées dans l'autocar. Tandis qu'un garde l'accompagnait, je lançai : « Il faut que j'y aille moi aussi », et à ce moment-là, Elfriede rata un pas.

Elle s'enferma dans un cabinet, je m'approchai de la porte. « C'est ma faute – je posai le front sur le bois peint en blanc –, excuse-moi. » Je ne l'entendis pas faire pipi, bouger, rien. « Gregor est porté disparu, voilà ce qui s'est passé. Il est peut-être mort, Elfriede.»

La clé tourna dans la serrure, la porte fut poussée vers l'extérieur, je reculai. Je restai immobile, attendant qu'elle s'ouvre complètement. Elfriede sortit, ses yeux étaient durs, ses pommettes aiguës. Elle se jeta sur moi, je ne bougeai pas. Elle m'étreignit.

Elle ne l'avait jamais fait. Elle me serra contre son corps anguleux : ce corps n'attendait personne, il pouvait offrir un abri au mien. Il était si chaud, si accueillant que les sanglots montèrent dans ma poitrine et débordèrent. Je n'avais pas encore pleuré depuis que j'avais reçu la lettre. Cela faisait des mois que je ne serrais personne dans mes bras.

Herta arrêta de faire le pain, de ramasser les œufs le matin pour le petit déjeuner avec Joseph, de bavarder le soir avec nous en tricotant. Elle détricota l'écharpe qu'elle avait faite pour Gregor et jeta le peloton. Zart le retrouva en fouillant dans la poubelle derrière la maison et joua avec à travers toutes les pièces, déroulant le fil, qui s'emmêla dans les pieds des chaises et de la table ; des brins de laine planaient, se collaient partout. Autrefois, cette polissonnerie nous aurait peut-être amusés. Herta repensa peut-être aux bêtises de son fils et ce fut pour en chasser le souvenir qu'elle expédia le chat dehors d'un coup de pied las.

Joseph n'arrêta pas d'écouter la radio après dîner, en fumant sa pipe. Au contraire il cherchait les stations étrangères avec plus de ténacité qu'avant, comme s'il s'attendait à capter la voix de Gregor : je suis vivant, je suis en Russie, venez me chercher. Mais ce n'était pas une chasse au trésor, il n'y avait pas de carte et pour seuls indices, des nouvelles de plus en plus alarmantes. J'arrêtai de faire de la confiture avec Herta et d'aller au jardin avec Joseph. Depuis mon arrivée, pour ramasser les légumes, je mettais les galoches de Gregor enfant, son père les avait retrouvées à la cave, elles me serraient à peine. La douceur des pieds d'enfant de mon mari, des pieds que je n'avais jamais vus, jamais touchés, m'avait émue. À présent elle me déchirait le cœur.

Je décidai de lui écrire tous les jours, ce qui me passait par la tête, un journal de son absence. À son retour, nous le lirions ensemble, il me taquinerait en indiquant les passages les plus tristes ou trop sentimentaux et je lui donnerais un coup de poing dans la poitrine, mais pour rire. J'essayai : je fus incapable d'écrire, il n'y avait rien que je puisse raconter.

Je n'allais plus dans la forêt, ne découvrais plus de nids de cigogne vides, ne poussais plus jusqu'au lac de Moy pour m'accroupir devant l'eau et chanter. J'avais perdu l'envie de chanter.

Leni tentait maladroitement de prendre soin de moi, elle était la seule. « Je suis sûre qu'il est en vie, proclamait-elle avec un optimisme insupportable. Si ça se trouve, il a déserté et maintenant il est sur le chemin du retour. »

Que le veuvage, effectif ou potentiel, fût un état courant ne me consolait pas : je n'avais jamais cru que ça pouvait m'arriver. Gregor avait surgi dans ma vie pour me rendre heureuse, c'était son rôle, tous les autres cas de figure relevaient de l'escroquerie, je me sentais bernée.

Elfriede le devinait peut-être, voilà pourquoi elle ne tentait même pas de me consoler. « Tu veux une cigarette ? me demanda-t-elle un jour. — Tu sais que je ne fume pas. — Tu vois ? Tu es plus forte que moi », et elle sourit. Un instant ce sourire, dont seule j'étais digne, rétablit l'ordre. Un instant, une somnolence clémente se répandit dans mon corps. Elfriede n'avait même pas inspecté les bleus sur ses cuisses dans les jours qui avaient suivi notre passage à tabac, elle les avait déjà archivés mentalement avant qu'ils pâlissent, j'en étais certaine.

Moi en revanche j'avais examiné les miens tous les matins : si j'appuyais avec mon doigt, ils palpitaient et c'était comme si Gregor n'était pas complètement perdu. Mes bleus étaient les témoins d'une insoumission encore en cours. Quand cette douleur physique disparaîtrait aussi, il ne viendrait plus aucun signal de la présence de mon mari sur terre.

Un jour Herta se réveilla les yeux moins gonflés que d'habitude et décida que Gregor allait bien : il apparaîtrait sur le pas de la porte un matin à l'aube, identique à celui qui s'était enrôlé, mais doté de beaucoup plus d'appétit. Je l'imitai et tentai de m'en convaincre moi aussi.

Je le cherchais sur la dernière photo de l'album, celle qui le montrait en uniforme. Je lui parlais, et c'était comme la prière du soir : son existence était un pari, ma foi en ce pari une habitude. Les premières années de notre relation, l'abandon avec lequel chacun de mes organes avait accueilli l'évidence de sa chair et de ses os me faisait m'écrouler comme un bébé. Maintenant, en revanche, mon sommeil était irrégulier et agité. Gregor était porté disparu ou peut-être mort, et je continuais à l'aimer. D'un amour d'adolescente, univoque, qui n'a pas besoin de retour, mais seulement d'obstination, d'attente confiante.

J'écrivis à Franz une longue lettre à sa vieille adresse américaine. Le besoin de parler à quelqu'un de ma famille était trop fort, quelqu'un qui avait fait la course à vélo avec moi, qui avait pris son bain avec moi le dimanche avant la messe, quelqu'un que je connaissais depuis sa naissance, depuis qu'il dormait dans son berceau et pleurait, cramoisi parce que je lui avais mordu la main – mon frère.

Je lui racontai que je n'avais plus de nouvelles de Gregor, comme je n'en avais plus de lui. C'était une lettre dépourvue de sens et en l'écrivant je m'aperçus que j'étais incapable de me rappeler les traits de Franz. Je voyais son dos large sanglé dans un blouson de drap, les jambes torses qui l'emmenaient, mais je ne voyais pas son visage. Avait-il la moustache maintenant ? L'herpès sur sa lèvre était-il revenu ? Avait-il dû s'acheter des lunettes ? Franz adulte était un inconnu pour moi. Quand je pensais à mon frère, quand je lisais dans un livre le mot *frère* ou que je l'entendais prononcer, je revoyais ses genoux pointus toujours écorchés, ses jambes en X striées d'égratignures : c'était ça qui déclenchait l'urgence de le serrer à nouveau dans mes bras.

Pendant des mois, j'espérai une réponse, mais

aucune lettre de Franz n'arriva. Personne ne m'écrivit plus.

Je ne me rappelle rien de ces mois, à part le jour où le violet du trèfle dans les prés, intercepté par la vitre de l'autocar pour Krausendorf, me réveilla de mon quotidien monacal. Le printemps était arrivé et une nostalgie sans objet m'envahit. Ce n'était pas seulement l'absence de Gregor, c'était l'absence de vie.

DEUXIÈME PARTIE

13

Un après-midi de fin avril, j'étais assise sur un banc avec Heike et Augustine, dans la cour de la caserne, fermée par une grille. Depuis la hausse des températures, les SS nous permettaient de sortir sous leur surveillance pendant l'heure d'attente après le repas : l'un montait la garde à la porte-fenêtre tandis que l'autre allait et venait le menton levé et les mains derrière le dos.

Heike avait la nausée, mais personne ne pensait plus au poison.

« Tu as peut-être encore faim, dit Elfriede, debout devant nous.

— Ou tu vas avoir tes règles », suggéra Leni qui passait l'heure à compter ses pas en suivant les restes d'une marelle tracée à la peinture blanche sur le ciment. On distinguait à peine les cases, et c'est peut-être pour cette raison, et pas parce que cela lui aurait semblé excessif, que Leni ne sautait pas. Mais elle aimait rester là, comme si se placer au centre de ce périmètre l'immunisait contre toute attaque possible. « Moi, elles viennent d'arriver et c'est bien connu que les cycles des femmes qui passent beaucoup de temps ensemble finissent par s'harmoniser.

— Qu'est-ce que tu racontes ? » Augustine claqua de la langue pour signifier que les propos de Leni ne tenaient pas debout.

«C'est vrai.» Ulla assise par terre approuvait avec tant d'ardeur que ses boucles châtain clair faisaient un mouvement de ressort. «Je le savais moi aussi.»

Je me trouvais avec elles, mais c'était comme si je n'étais pas là. Je n'avais rien à dire. Mes compagnes essayaient parfois de me réveiller de ma torpeur, de façon parfois adroite ; mais globalement elles s'étaient habituées à mon silence.

«Ce sont des bêtises, s'insurgea Augustine. Les cycles qui s'harmonisent ! Encore une superstition, comme toutes celles qui servent à nous dominer. On va se mettre à croire à la magie maintenant ?

— Moi j'y crois.» Beate quitta la balançoire : son élan fit vibrer le siège, les cordes s'enroulèrent pour se détordre aussitôt en tournant sur elles-mêmes.

Depuis le premier instant où ils nous avaient fait sortir dans la cour je me demandais pourquoi les SS n'avaient pas démonté cette balançoire. Le temps avait peut-être manqué, les priorités étaient autres. Ils espéraient peut-être qu'un jour, quand l'Est serait conquis et le péril communiste vaincu, la caserne accueillerait de nouveau des élèves. Ces hommes l'avaient peut-être gardée parce qu'elle leur rappelait leurs enfants qu'ils avaient laissés quelque part, dans une ville du Reich, et qui avaient tant grandi qu'ils ne les reconnaîtraient pas, quand ils rentreraient en permission.

«Je suis voyante, figurez-vous, dit Beate. Je sais

faire les horoscopes, lire les lignes de la main et les cartes aussi.

— Je confirme, dit Heike. Elle me les a tirées plusieurs fois.»

Leni traversa sa ligne de peinture défraîchie et s'arrêta devant Beate. «Tu peux prédire l'avenir?

— Bien sûr. Elle sait même avec précision quand finira la guerre, dit Augustine. Demande-lui si ton mari est vivant, Rosa.»

Mon rythme cardiaque perdit le tempo, dérailla.

«Arrête, la reprit Elfriede. Pourquoi es-tu toujours aussi brutale?»

Puis elle s'éloigna. J'aurais pu la suivre, prononcer le merci qui voulait jaillir de ma gorge, mais je restai assise à côté d'Augustine, juste parce que ça ne demandait pas d'effort.

«Tu pourrais jeter un sort à Hitler», lança Ulla en essayant de changer de sujet. Elles rirent pour alléger la tension; pas moi.

«Dis – Leni désormais s'était prise au jeu –, tu peux voir si je trouverai un fiancé après la guerre?

— Ça m'aurait étonnée, commenta Augustine.

— Chiche», dit Ulla en frappant dans ses mains.

Beate sortit de sa poche un petit sac en velours noir fermé par une cordelette, l'ouvrit et en tira un jeu de tarots.

«Tu l'as toujours sur toi? demanda Leni.

— Je ne serais pas une sorcière sinon.»

Beate s'agenouilla et étala les cartes par terre. Elle les disposa selon un critère qui nous échappait, à gestes lents, concentrés. Elle les tirait de la rangée pour les poser ailleurs, mélangeait le jeu, puis retournait d'autres cartes. Augustine l'observait d'un air sceptique.

« Alors ? » Ulla s'impatientait. Leni n'osait plus parler. Les autres faisaient cercle, penchées au-dessus de son dos, sauf Elfriede qui se promenait en fumant, sauf les Enragées qui, pleines de zèle, ne sortaient presque jamais après le repas pour rester à pied d'œuvre. Et sauf moi, toujours sur le banc.

« En effet, je vois un homme.

— Mon Dieu ! » Leni enfouit son visage dans ses mains.

« Ben alors, Leni – elles la tirèrent par un bras, la bousculèrent gentiment –, demande-lui comment il est au moins. Joli garçon ? »

Il fallait bien survivre, toute l'énergie était dirigée vers ce but unique. Voilà à quoi elles s'employaient. Moi, je ne pouvais plus.

« Je ne vois pas s'il est joli garçon, s'excusa Beate. Mais je vois qu'il arrivera bientôt.

— Et pourquoi cet air sombre ? lui demanda Heike.

— Il est moche et elle ne veut pas me le dire », pleurnicha Leni et les autres de nouveau éclatèrent de rire.

Beate reprit : « Écoute… », mais une voix retentit dans la cour.

« Debout ! »

Il arrivait sur nous. Il portait l'uniforme, nous ne l'avions jamais vu. Toutes se redressèrent, je me levai de mon banc, Beate ramassa ses cartes, essayant de les glisser dans le petit sac en velours, mais elles s'emmêlaient et tombaient. L'homme hurla : « J'ai dit debout ! »

Quand il fut près de nous, Leni se couvrait encore le visage de ses mains.

«C'est quoi ce cirque?» L'homme toisa Beate. «Et toi, arrête de te cacher.» Il bouscula Leni qui croisa les bras en plantant ses doigts dans ses épaules pour se rassurer ou se punir.

Les gardes s'approchèrent. «Lieutenant Ziegler, que se passe-t-il?

— Et vous, où étiez-vous?»

Les soldats se mirent au garde-à-vous en nous jetant un coup d'œil hargneux: à cause de nous, ils allaient avoir des ennuis. Ils ne répondirent pas, il était clair pour tout le monde qu'il valait mieux se taire.

«Ce sont des cartes toutes bêtes. On ne nous a pas dit que c'était interdit et nous ne faisions rien de mal.»

C'est moi qui avais parlé.

L'étonnement fut palpable, et pas seulement chez mes compagnes. Le lieutenant me regarda. Il avait un petit nez enfantin. Les yeux un peu rapprochés, noisette. C'était sa limite: ses yeux ne me faisaient pas peur.

Elfriede était adossée contre le mur, les SS ne l'appelaient pas, ils attendaient comme nous le verdict du lieutenant. À ce moment-là, la cour de l'ancienne école, la caserne, les fermes de Krausendorf, les chênes et les sapins qui se succédaient jusqu'à Gross-Partsch, le quartier général caché dans la forêt, la Prusse-Orientale, l'Allemagne tout entière, le Troisième Reich bien déterminé à s'élargir jusqu'aux confins de la planète et les huit mètres de l'intestin irritable d'Hitler convergèrent vers le seul point au monde occupé par le lieutenant Ziegler, l'homme qui avait pouvoir de vie et de mort sur moi.

« Eh bien moi je te l'interdis. *Obersturmführer* Ziegler. Souviens-toi de mon nom, parce qu'à partir d'aujourd'hui, tu vas faire ce que je dis, et tout le monde avec. En attendant, salue comme on te l'a appris. »

Pendant que je levais mécaniquement le bras, Ziegler donna une sorte de coup de patte pour saisir le petit sac de Beate, mais dans la collision celui-ci tomba, les cartes s'éparpillèrent et un coup de vent en fit voler plusieurs qui atterrirent un mètre plus loin. Il commanda aux gardes : « Faites-les monter dans l'autocar.

— À vos ordres, mon lieutenant. En avant, marche ! »

Beate s'avança la première, Leni la suivit et peu à peu toutes les autres se joignirent à elles. L'*Obersturmführer* piétina le petit sac, ordonna à ses hommes : « Jetez-les » et s'éloigna.

Sur le seuil, il remarqua Elfriede. « Et toi, qu'est-ce que tu fais, tu te caches ? lui dit-il en entrant. Mets-toi en rang. »

Je me dirigeai vers elle. Quand j'arrivai à sa hauteur, elle me toucha le bras que je n'avais pas eu le temps de tendre comme il fallait : son geste traduisait de l'appréhension. J'avais couru un risque, sans raison. D'ailleurs je n'avais pas besoin d'une raison de mourir, si tel était l'enjeu, pas plus que je n'avais de raisons de vivre. Voilà pourquoi Ziegler ne me faisait pas peur.

Il avait parfaitement vu mon inclination pour la mort et avait dû détourner le regard.

14

Le lever du bras dans le salut nazi n'était pas une mince affaire. Bien sûr l'*Obersturmführer* Ziegler avait entendu de nombreuses conférences où on le lui avait expliqué : pour que le bras se lève de façon nette et incontestable, il faut contracter tous ses muscles, fesses serrées, ventre rentré, sternum en avant, jambes collées, genoux tendus et diaphragme gonflé pour lancer à l'expiration *Heil Hitler !*. Fibres, tendons et nerfs doivent tous contribuer à la tâche solennelle de tendre le bras.

Il y a ceux qui le tendent poussivement en crispant l'épaule, laquelle doit au contraire rester basse, loin de l'oreille, pour éviter toute asymétrie et célébrer la pose athlétique de l'individu qui, espère-t-il, ne sera pas abattu : il s'en remet donc à un homme invincible, ayant par-dessus le marché l'étoffe d'un messie. Il y a ceux qui, au lieu de le lever à quarante-cinq degrés, le montent presque à la verticale : mais bon sang vous n'êtes pas en train de donner un avis à main levée. Une seule personne ici donne son avis, il ne vous reste qu'à suivre et à faire votre travail comme il faut. Les doigts par exemple, ne les écartez pas comme si on allait vous vernir les ongles. Serrez-les, tendez-les ! Levez le menton, décrispez le front, transmettez à la ligne du bras toute votre force, toute votre intention, imaginez que vous écrasez sous votre paume la tête de ceux qui n'ont pas une carrure de vainqueurs – les hommes ne sont pas égaux, la race est l'âme vue de l'extérieur : mettez votre âme dans votre bras, offrez-la au Führer. Il ne vous la rendra pas, et vous pourrez vivre allégé de ce poids.

L'*Obersturmführer* Ziegler était indubitablement un expert en salut nazi, il s'entraînait depuis des années. Ou alors il était doué. Moi aussi, mais je manquais de zèle. Mon salut soutenait l'examen, mais c'était une exécution passe-partout. Pourtant petite, pratiquant le patin, je maîtrisais bien mon corps, de sorte qu'au début de l'année scolaire, quand on nous réunissait dans la grande salle pour une conférence sur le salut nazi, je me distinguais par mon attitude, trop altière pour m'attirer des remontrances ; puis, au fil des mois, je régressais peu à peu vers la médiocrité, au grand dam de mes enseignants qui me lançaient en vain des regards noirs pendant le lever du drapeau à la croix gammée.

Pendant les festivités pour l'arrivée de la flamme olympique à Berlin – après une course de relais qui, partie de Grèce, avait traversé Sofia, Belgrade, Budapest, Vienne et Prague –, j'avais vu les petits *Pimpfe* en rang dans leur uniforme des Jeunesses hitlériennes : au bout de vingt minutes ils n'arrivaient plus à rester immobiles, dansant d'un pied sur l'autre, soutenant du bras gauche leur bras droit tendu, trop fatigués pour éviter la punition qui les guettait.

La radio diffusa en direct les comptes rendus des compétitions : la voix du Führer croassait à cause de la mauvaise qualité de la transmission, mais elle tonnait, soutenue par la foule en liesse qui l'invoquait à l'unisson, et traversait les ondes pour arriver jusqu'à moi. Cette nation qui s'offrait à lui – et le déclarait sans ambages en scandant son nom, formule magique et rituelle, vocable à la puissance démesurée –, cette nation était poignante, le sentiment d'appartenance conjurait la solitude à laquelle tout être est condamné par naissance. C'était une illusion à laquelle il m'importait peu de croire, j'aurais voulu la sentir en moi comme une langueur – pas comme un sentiment de victoire, mais comme un écho.

Agacé, mon père éteignait la radio, lui qui avait considéré le national-socialisme comme un phénomène transitoire, une forme de déviance pour mineurs indisciplinés, un virus venu d'Italie, jusqu'au jour où on lui avait préféré ses collègues inscrits au parti nazi. Lui qui, en brave catholique, avait toujours voté Zentrum, pour le voir ensuite favoriser la loi conférant les pleins pouvoirs à Hitler, c'est-à-dire favoriser sa propre dissolution. Mon père ignorait ce désir en moi, venu en traître brusquement pendant que j'imaginais la foule immense qui ingurgitait des *Würstel* et buvait de la limonade dans l'excitation des jours de fête, persuadée que les existences humaines individuelles, irréductibles, pouvaient coïncider en une unique pensée, un unique destin. J'avais dix-huit ans.

Combien en avait Ziegler à cette époque ? Vingt-trois ? Vingt-cinq ? Mon père mourut d'un infarctus un an et demi après l'entrée en guerre. Ziegler était à coup sûr déjà dans l'armée, il effectuait le salut nazi de façon impeccable, connaissait les règles et les faisait respecter, prêt à écraser les tarots de Beate sous ses semelles et mon insolence sous son regard ; il aurait écrasé tout individu qui se serait immiscé entre l'Allemagne et la réalisation de ses grandioses ambitions.

Voilà à quoi je pensais, cet après-midi-là, quelques minutes après avoir fait sa connaissance. Il venait de prendre ses fonctions à Krausendorf et nous promettait déjà que plus rien n'y serait comme avant. Où était l'officier qui avait dirigé la caserne jusque-là ? Nous l'avions croisé parfois dans les couloirs, sans qu'il daigne jamais nous accorder un signe d'intérêt. Il ne serait jamais venu nous rappeler à l'ordre dans la cour. Nous étions dix tubes digestifs et il ne se donnait sûrement pas la peine d'adresser la parole à des tubes digestifs.

Dans l'autocar, je pensais à Gregor, qui avait peut-être écrasé sous ses bottes des cadavres et non des cartes et me demandais combien de personnes il avait tuées avant de disparaître. Ziegler était un Allemand face à une Allemande. Gregor un Allemand face à un étranger. Il avait besoin de beaucoup plus de haine pour renoncer à la vie. Ce n'était pas Ziegler qui provoquait ma colère ce jour-là – c'était mon mari porté disparu.

Ou plutôt c'était moi. La faiblesse réveille le sentiment de culpabilité chez celui qui la reconnaît et je le savais. Petite, j'avais mordu la main de Franz.

15

« Celle-là, elle finira mal. » Augustine montra Ulla, qui s'était isolée dans un coin du réfectoire, avec l'Échalas et un autre garde, en attendant que le repas soit servi. Krümel était en retard ce jour-là, ça arrivait depuis quelque temps. Je me demandais s'il rencontrait des difficultés d'approvisionnement, si les effets de la guerre commençaient à se faire sentir jusqu'ici, dans notre paradis mortel.

Ulla tortillait une mèche de cheveux entre ses doigts, puis jouait avec un pendentif qui tombait assez bas pour effleurer le sillon entre ses seins. Aucune de nous n'aurait pu la blâmer. Depuis trop longtemps nous étions des femmes sans homme : ce n'était pas le sexe qui nous manquait, mais la sensation d'être regardées.

« Ces bonnes femmes qui bavent devant le pouvoir, c'est la plaie. » Si, Augustine la blâmait.

Dans un éclat de rire sonore, Ulla pencha la tête de côté et la masse de ses boucles glissa sur une seule épaule, dénudant une partie de son cou. L'Échalas lorgna cette peau blanche sans prendre la peine de se cacher.

« La plaie, c'est la guerre. »

Augustine ne fut pas surprise que je lui réponde, contrevenant à l'apathie où je me confinais désormais. Du reste, j'avais répondu à Ziegler, quand elle-même était restée coite.

« Non, Rosa. Tu sais ce qu'a dit Hitler ? Il a dit que les masses sont comme les femmes : elles ne veulent pas un défenseur, mais un dominateur. *Comme les femmes*, a-t-il dit. Parce qu'il existe des femmes comme Ulla.

— Ulla veut s'amuser, c'est tout. La frivolité est un remède parfois.

— Un remède empoisonné.

— À propos de poison : c'est prêt, dit Elfriede qui s'assit en dépliant sa serviette sur ses genoux. Bon appétit, mesdames. Comme d'habitude, espérons que ce ne soit pas notre dernier repas.

— Oh ! Arrête ! » Augustine s'assit à son tour.

Ulla prit place en face d'elle : « Qu'est-ce que tu veux ? lui demanda-t-elle, se sentant observée.

— Silence, ordonna l'Échalas qui, la minute précédente, admirait son pendentif. Mangez. »

« Heike, tu ne te sens pas bien ? » demanda Beate à mi-voix.

Heike scrutait sa soupe d'avoine, intacte.

« C'est vrai, tu es toute pâle, dit Leni.

— Tu ne lui aurais pas jeté un sort, petite sorcière ?

— Augustine, dit Beate, tu en veux à tout le monde aujourd'hui ?

— J'ai la nausée, admit Heike.

— Encore ? Tu as de la fièvre ? » Leni se pencha

par-dessus la table, en diagonale, pour tenter de lui toucher le front, mais Heike ne s'approcha pas pour lui faciliter les choses, elle resta appuyée contre son dossier. «Alors ce n'étaient pas tes règles. Nos cycles ne sont pas harmonisés», murmura Leni, déçue que son idée de sororité ne trouve pas de confirmation.

Heike ne répondit pas, et Leni se rongea un ongle, déjà barricadée à l'intérieur d'elle-même, redevenue la fillette jouant à la marelle toute seule et continuant à l'âge adulte, même sans marelle.

«Je m'étais trompée», dit-elle après cinq bonnes minutes.

Augustine lâcha sa cuillère, qui tomba en faisant tinter la porcelaine blanche.

«Moins de bruit!» ordonna le garde.

Les beignets de pomme de terre arrivèrent en même temps qu'un *Heil Hitler* auquel je ne prêtai pas attention. Les SS entraient et sortaient sans arrêt de la salle et j'avais l'eau à la bouche devant les beignets, je ne me contrôlais pas, j'en pris tout de suite un dans mon assiette, me brûlai, soufflai sur le bout de mes doigts.

«Tu ne manges pas?»

C'est au ton inflexible de sa voix que je le reconnus. Je relevai la tête.

«Je ne me sens pas bien, répondit Heike, je dois avoir de la fièvre.»

Leni sembla revenir parmi nous, du pied elle me toucha la jambe sous la table.

«Goûte la soupe d'avoine! C'est pour ça que tu es ici.» Ziegler était revenu à la caserne.

Nous ne l'avions pas revu depuis son coup de

semonce dans la cour ; il s'était peut-être enfermé dans l'ancien bureau du directeur pour discuter avec d'autres officiers – il avait besoin d'un bureau sur lequel poser ses bottes – ou il était rentré chez lui, dans sa famille. Ou quelque mission importante l'avait appelé loin de Krausendorf.

Heike plongea sa cuillère dans son assiette et recueillit l'équivalent d'un gramme de soupe qu'avec une lenteur exaspérante elle porta à ses lèvres sans pour autant les desserrer. Elle avait beau se concentrer sur sa cuillère, elle n'arrivait pas à l'introduire dans sa bouche.

Les doigts de Ziegler se refermèrent en pince sur ses joues et la bouche s'ouvrit. « Mange. » Heike avait les yeux humides tandis qu'elle avalait. Dans ma poitrine, mon cœur s'emballa.

« C'est bien, bravo. On n'a pas besoin d'une goûteuse qui ne goûte pas. C'est le médecin qui dira si tu as de la fièvre, je te ferai ausculter demain.

— Ce n'est pas nécessaire, se hâta-t-elle de répondre. C'est juste un peu de fièvre, rien de grave. »

Elfriede me regarda, inquiète.

« Alors mange ce qu'on t'a servi, dit Ziegler, et on verra demain. » Il jeta un regard à la ronde, ordonna aux SS de surveiller Heike et sortit.

Le lendemain, Heike mangea comme les autres, puis demanda à aller aux toilettes. Elle se livra un certain temps à ce petit manège, jouant sur la relève des gardes. Elle vomissait en vitesse, en essayant de ne pas faire de bruit. La nourriture devait rester dans nos estomacs le temps nécessaire pour vérifier l'absence de poison. Il n'était pas permis de s'en débarrasser volon-

136

tairement. Mais nous savions qu'elle vomissait. Les yeux enfoncés dans deux cuvettes bleuâtres, le teint cireux. Aucune de nous n'osait poser de questions. Quand aurait lieu la prochaine prise de sang ?

« Elle a deux gosses à nourrir, dit Beate. Elle ne peut pas se permettre de perdre son travail.

— Mais cette grippe n'en finit pas, soupirai-je.

— Elle est enceinte, me glissa Elfriede à l'oreille pendant que nous étions en rang. Tu n'as donc pas compris ? »

Non, je n'avais pas compris. Le mari d'Heike était au front, ça faisait presque un an qu'elle ne l'avait pas vu.

Nous étions des femmes sans hommes. Les hommes se battaient pour la patrie – *D'abord mon peuple, puis tous les autres ! D'abord ma patrie, puis le monde !* – et parfois ils revenaient en permission, parfois ils mouraient. Ou étaient portés disparus.

Nous avions toutes besoin d'être désirées, parce que le désir des hommes vous fait exister plus fort. Toutes les femmes l'apprennent tôt, à treize ou quatorze ans. Vous constatez ce pouvoir quand il est trop tôt pour l'utiliser. Vous ne le maîtrisez pas, et pour cette raison, il peut devenir un piège. Il émane de ce corps que vous ne connaissez pas encore : vous ne vous êtes jamais regardée nue dans la glace, et pourtant c'est comme si les autres vous avaient déjà vue. Le pouvoir doit être exercé, sinon il vous phagocyte ; si en plus il concerne votre intimité, il peut basculer dans la faiblesse. Il est plus facile de se soumettre que de dominer. Ce ne sont pas les masses qui ressemblent aux femmes, mais le contraire.

Je n'arrivais pas à imaginer qui était le père de l'enfant que portait Heike. Elle en revanche, je l'imaginais très bien, la tête sur l'oreiller, réveillée auprès de ses autres enfants endormis, caressant son ventre, son erreur. Elle était peut-être tombée amoureuse.

La nuit, je l'enviais. Je la voyais au lit, effrayée par les signaux de son corps, épuisée par les nausées et incapable de se reposer. Mais je me figurais ses organes qui recommençaient à palpiter : l'étincelle de la vie avait jailli, une pulsation juste sous le nombril.

16

L'invitation de Maria Freifrau von Mildernhagen arriva sur un carton aux armes de sa famille. C'est un porteur qui le déposa quand j'étais au travail – je disais ainsi désormais, je vais au travail. Face à ce garçon en livrée, Herta eut honte de son tablier taché et de Zart, qui était allé lui dire bonjour. Le porteur se libéra des minauderies du chat et, tout en veillant à ne pas manquer aux règles de la politesse, accomplit sa mission au plus vite. Herta posa l'enveloppe cachetée sur le buffet, curieuse de connaître son contenu, mais elle m'était adressée, il lui fallait attendre mon retour.

La baronne, appris-je, donnait une réception à la fin de la semaine et serait heureuse que j'y prenne part.

« Que veut-elle de Rosa ? se récria ma belle-mère. Nous, elle ne nous a jamais invités. Elle ne la connaît même pas !

— Si, elle la connaît », rectifia mon beau-père, en évitant de rappeler dans quelles circonstances je l'avais rencontrée. Herta le déduisit peut-être toute seule. « Moi au contraire, je pense que Rosa ferait bien de s'amuser un peu.

— Ce n'est pas une bonne idée », commençai-je.

Tout amusement aurait été une insulte à Gregor. Mais le souvenir de la baronne, son teint velouté, la façon dont elle avait tenu les mains de Joseph me faisaient l'effet d'un linge abandonné sur un dossier de chaise près de la cheminée, qu'on approche de sa joue : la même chaleur.

Je pensai que je pourrais porter une des rares robes de soirée que j'avais apportées de Berlin. À quoi vont-elles te servir ? avait demandé Herta en me voyant accrocher mes affaires dans l'armoire qu'elle avait libérée pour moi. À rien, vous avez raison, avais-je répondu en prenant un cintre. Tu as toujours été vaniteuse, avait-elle conclu.

C'était vrai, mais j'avais mis ces robes dans ma valise parce que c'étaient des cadeaux de Gregor ou qu'elles me rappelaient un moment passé avec lui. Le réveillon du Jour de l'an par exemple : il m'avait regardée tout le temps, sans se soucier des commérages qui iraient bon train le lendemain au bureau. C'est à ce moment-là que j'avais compris que je lui plaisais.

« Il ne manquait plus que ça », grommela Herta en essuyant la vaisselle.

Elle rangea à grand bruit les assiettes dans le buffet. On était en mai.

Je confiai à Leni que j'avais été invitée chez le baron et la baronne von Mildernhagen et elle poussa un petit cri qui attira l'attention des autres. Je fus obligée de les mettre dans la confidence. « De toute façon, je n'irai pas », annonçai-je. Mes compagnes insistèrent :

« Tu ne veux pas visiter le château ? Tu n'en auras pas l'occasion de sitôt. »

Beate raconta qu'elle avait rarement vu la baronne se promener dans les rues du village avec ses enfants et les institutrices à sa suite, parce qu'elle était toujours barricadée dans son château, on la disait dépressive. « Dépressive ? Penses-tu ! rétorqua Augustine. Elle passe son temps à donner des fêtes, sauf qu'elle ne t'y invite pas.

— D'après moi, on ne la voit jamais parce qu'elle est souvent partie, dit Leni. Elle doit faire plein de voyages merveilleux. »

Joseph m'avait raconté que la baronne passait des après-midi entiers dans son jardin, respirant le parfum de ses plantes, et pas seulement en été ou au printemps : elle aimait aussi l'odeur de la terre détrempée par la pluie et les couleurs de l'automne. Elle avait de l'affection pour lui, son jardinier, parce qu'il faisait pousser et soignait ses fleurs préférées. Quand Joseph me parlait d'elle, je ne l'imaginais pas du tout dépressive, plutôt un peu rêveuse, une femme frêle, à l'abri dans son éden privé, d'où personne ne la chasserait. « C'est quelqu'un d'aimable, dis-je, surtout avec mon beau-père.

— Que tu dis ! décréta Augustine. Elle est snob, c'est tout. Elle ne se montre pas parce qu'elle se croit meilleure que nous.

— Peu importe ce que la baronne croit, la coupa Ulla. Tout ce qui compte, c'est que tu ailles à sa réception, Rosa. Fais-le pour moi, je t'en prie, comme ça tu me raconteras.

— Je te raconterai quoi ? Comment elle est ?

— Oui, mais aussi le château, et ce genre de fête, comment les gens s'habillent pour cette occasion… À propos, qu'est-ce que tu vas mettre ? La coiffure, proposa-t-elle en plaçant une mèche derrière mon oreille, je m'en occupe. »

Leni dit qu'elle l'aiderait, ce nouveau jeu l'excitait.

« Pourquoi t'a-t-elle invitée ? Qu'as-tu à voir avec elle ? demanda Augustine. Maintenant tu vas recommencer à faire ta pimbêche.

— Je n'ai jamais fait ma pimbêche. » Mais elle ne m'écoutait déjà plus.

Joseph se proposa pour m'accompagner, puisque je n'avais pas de cavalier ; d'après Herta nous devions renoncer tous les deux. Il répéta que j'avais le droit de me distraire, mais je ne voulais pas me distraire et n'avais que faire de mes droits. Depuis des mois, je me consacrais à une douleur qui me distrayait du reste, une douleur si grande qu'elle dépassait son objet même. C'était devenu un trait de ma personnalité.

Samedi, vers sept heures et demie, Ulla fit irruption chez les Sauer : elle portait la robe que je lui avais offerte et s'était chargée des bigoudis. « Tu as fini par la mettre, fut la seule phrase que je réussis à prononcer.

— C'est jour de fête aujourd'hui, non ? » répondit-elle en souriant.

Il y avait aussi Leni et Elfriede. On s'était dit au revoir peu avant dans l'autocar. Leni avait sans doute fait des pieds et des mains pour venir, mais Elfriede ? Qu'avait-elle à voir avec cette cuisine qu'Ulla s'était mise en tête de transformer en salon de beauté ? Elle n'avait pas dit un mot sur mon invitation à la réception, et voilà qu'elle était chez moi, pour la première fois. Je n'étais pas préparée à l'accueillir. Notre intimité se cantonnait aux lieux cachés les plus humbles comme les toilettes de la caserne. C'était une faille, une crevasse, quelque chose que nous ne savions admettre. Hors du cadre de nos horaires de goûteuses, elle perdait son caractère d'urgence. Et me jetait dans la confusion.

Je conviai les visiteuses à s'asseoir, un peu hésitante : je craignais qu'Herta n'apprécie pas leur venue. L'atmosphère sombre de nos journées était devenue une forme de dévotion envers Gregor, elle vivait dans le culte de ce fils qui ressusciterait tôt ou tard ; le moindre écart était un sacrilège. Déjà qu'elle ne supportait pas que j'aille au château, l'enjouement d'Ulla risquait de l'énerver au plus haut point.

En réalité ma belle-mère ne manifesta qu'un peu de gêne, et encore, par excès de courtoisie : elle voulait faire preuve d'hospitalité et doutait d'y parvenir.

J'étais déboussolée. La robe que portait Ulla, je l'avais portée moi-même à une époque désormais lointaine ; son étoffe trop chaude pour la saison tombait sur les hanches d'une autre femme, pourtant c'était mon histoire qu'elle racontait.

Herta fit bouillir l'eau pour le thé et sortit ses plus belles tasses du buffet. « Je n'ai pas de biscuits, s'excusa-t-elle. Si j'avais su, j'aurais préparé quelque chose.

— Il y a de la confiture. » Joseph vint à sa rescousse. « Et du pain. Herta en fait de l'excellent. »

Nous mangeâmes du pain et de la confiture comme des enfants au goûter. Nous n'avions jamais mangé ensemble ailleurs qu'au réfectoire. Arrivait-il aussi à mes compagnes de penser au poison chaque fois qu'elles portaient un aliment à la bouche ? Quand on mange, on lutte contre la mort, disait ma mère, mais cela ne m'avait semblé vrai qu'à Krausendorf.

Après la première tartine, Leni se lécha distraitement un doigt et en prit une autre. « Tu te régales, on dirait ? » dit Elfriede avec un rire moqueur. Leni rougit, et Herta rit elle aussi. Ça ne lui était pas arrivé depuis plusieurs mois.

Ulla était impatiente de me coiffer, elle se leva alors que sa tasse fumait encore, réclama à Herta une bassine et un peu d'eau, se plaça debout derrière moi et m'humidifia les cheveux avec ses mains. « C'est froid ! protestai-je. — Allez, ne fais pas d'histoires », répliqua-t-elle. Puis, les pinces entre les lèvres, elle enroula mes mèches une à une sur les bigoudis, des gros et d'autres plus petits. De temps en temps, je reculais la tête pour l'observer – son expression était des plus sérieuses – et elle la ramenait en avant : « Laisse-moi travailler. »

À l'époque où j'étais fiancée avec Gregor, j'allais chez le coiffeur une fois par semaine, tenant à être impeccable s'il m'emmenait dîner dehors. Je conversais avec les autres femmes captives du miroir en face de moi, pendant que les employés s'activaient avec brosses et fers à friser. Ainsi enlaidies par les épingles et les pinces, le front tiré par le peigne ou la moitié du visage cachée derrière un rideau de mèches rejetées en avant, on se sentait libres d'aborder n'importe quel sujet. Par exemple les compromis qu'exige le mariage, comme le faisaient celles qui étaient déjà mariées. Ou

144

la capacité de l'amour à nous émerveiller, comme je le faisais moi. En m'écoutant, une cliente d'un certain âge m'avait dit : ma petite, je ne veux pas jouer les Cassandre, mais sache que ça ne durera pas toujours.

Retrouver ce souvenir dans la cuisine de mes beaux-parents fut déchirant. C'était peut-être la faute de cet assemblage absurde – Leni, Elfriede, Ulla et les parents de Gregor – dans la maison où il avait grandi. Et j'étais avec eux moi aussi, moi qui autrefois vivais dans la capitale, me payais le coiffeur toutes les semaines et étais si naïve que mes aînées ne pouvaient se retenir de me décevoir à petites doses, pour mon bien, s'entend.

J'essayai de détourner mon attention de cette peur ténue, sans cause, qui me donnait les mains moites.

« Joseph, dis-je, pourquoi ne décrivez-vous pas à Ulla le jardin du château ?

— Oh oui ! S'il vous plaît ! l'encouragea-t-elle. J'aimerais tant le voir. C'est grand ? Il y a des bancs, des fontaines, des rotondes ? »

Joseph n'eut pas le temps de répondre que déjà Leni renchérissait : « Et un labyrinthe ? J'adore les labyrinthes de buissons. »

Mon beau-père sourit. « Non, pas de jardin labyrinthe.

— Cette jeune personne que vous voyez là croit vivre dans un conte de fées, dit Elfriede sur le ton de la plaisanterie.

— Et c'est mal ? se défendit Leni.

— Si vous vivez tout près d'un château depuis votre naissance, intervint Ulla, c'est peut-être inévitable.

— Et toi, Elfriede, où es-tu née ? » demanda Herta.

Elfriede hésita avant de répondre : « À Dantzig. »

Donc elle aussi avait grandi en ville. Comment se faisait-il qu'après tant de mois j'ignorais toujours d'où elle venait ? Avec elle toutes les questions semblaient importunes, alors je n'en posais pas.

En 1938, nous étions passés par Dantzig, Gregor et moi, avant d'embarquer à Sopot. Elfriede était peut-être là, pendant que nous arpentions les rues de sa ville, nous nous étions peut-être croisées sans pouvoir imaginer que des années plus tard nous partagerions la même table, le même sort.

« Ça a été dur, je suppose », commenta Joseph.

Elfriede acquiesça.

« Et avec qui vis-tu ici ?

— Je vis seule. Leni, tu me ressers du thé s'il te plaît ?

— Depuis combien de temps ? » Herta voulait faire preuve de sollicitude, pas d'indiscrétion, mais Elfriede fit un bruit avec le nez, on aurait pu la croire enrhumée, c'était sa façon de respirer. Certains après-midi d'hiver, il me semble l'entendre encore.

« Et voilà ! s'écria Ulla après m'avoir couvert la tête d'un filet vert. Maintenant tu es priée de ne pas toucher.

— Mais ça tire… » J'avais envie de me gratter.

« Bas les pattes ! » Ulla me donna une chiquenaude et tout le monde rit, y compris Elfriede.

Les questions d'Herta ne l'avaient pas trop troublée, heureusement. Sa réserve avait quelque chose d'inébranlable, voire de mal élevé. Comme s'il n'était permis d'accéder à elle que quand elle le décidait : et pourtant je ne me sentais pas rejetée.

146

L'embarras se dissipa, un instant nous fûmes encore quatre jeunes femmes préoccupées de questions esthétiques. Puis, comme si c'était le bon moment, comme s'il y avait un bon moment pour ce genre de question, Leni demanda : « Tu me montres Gregor ? »

Herta se raidit, le silence nous dessécha. Je me levai sans un mot et allai dans ma chambre.

« Pardon, balbutia Leni, je n'aurais pas dû…

— Mais à quoi tu penses ! » entendis-je Elfriede lui reprocher.

Les autres se turent.

Au bout de quelques minutes, je revins à la cuisine, poussai les tasses et installai l'album au beau milieu de la table. Herta retint son souffle, Joseph posa sa pipe, une sorte de geste de respect pour Gregor, comme ôter son chapeau.

Je tournai rapidement les pages, recouvertes chacune d'une feuille de papier cristal, jusqu'au moment où je le trouvai. Sur la première photo, il était assis sur une chaise longue dans la cour derrière la maison, en cravate mais sans veste. Sur une autre, il était allongé dans l'herbe, en pantalon à la zouave, les premiers boutons de son polo déboutonnés. J'étais à côté de lui, un foulard rayé sur la tête. Nous avions été photographiés ici, au cours de notre premier voyage ensemble.

« C'est lui ? me demanda Ulla.

— Oui », répondit Herta avec un filet de voix, puis elle avala sa lèvre supérieure en tirant la peau sous son nez. On aurait dit une tortue, on aurait dit ma mère.

« Vous faites vraiment un beau couple, dit Ulla.

— Et votre photo de mariage ? » Leni était insatiable.

Je tournai la page : « La voilà. »

Les voilà, les yeux de Gregor, ces yeux qui m'avaient passée au crible le jour de l'entretien au bureau, comme s'ils voulaient fouiller l'intérieur, repérer le noyau, l'isoler, élaguer le reste, accéder directement à ce qui comptait, à ce qui faisait que j'étais moi.

Je tenais gauchement mon bouquet de fleurs, les corolles au creux de mon coude et les tiges contre mon ventre, à croire qu'il s'agissait de les bercer. Un an après, il partirait à la guerre, la photo suivante le montrait en uniforme. Ensuite, il disparaissait de l'album.

Joseph fit descendre Zart de ses genoux et sortit sans un mot à l'arrière de la maison. Le chat le suivit, mais il lui ferma la porte au nez.

Ulla m'enleva les bigoudis, joua de la brosse, avant de l'abandonner sur la table : « Alors Frau Sauer, j'ai fait du bon travail ? »

Herta acquiesça sans le moindre enthousiasme avant d'ajouter aussitôt : « Il faut que tu t'habilles. »

Son humeur sombre avait repris le dessus. C'était désormais un état familier pour elle, un état plus commode, s'en affranchir exigeait un effort. Je la comprenais. Devant mes amies, les photos de Gregor n'étaient plus si différentes de celles qu'Ulla découpait dans ses magazines : portraits de gens qu'on ne touchait pas, à qui on ne parlait pas – qui auraient pu ne pas exister.

Je m'habillai en silence, Herta assise sur mon lit, concentrée. Elle regardait la photo de Gregor à cinq ans : c'était son fils, il était sorti d'elle, comment avait-elle pu le perdre ?

« Herta, pouvez-vous m'aider s'il vous plaît ? »

Herta se leva et, un à un, lentement, passa les boutons dans leurs boutonnières. « Elle est très décolletée, dit-elle en me touchant le dos. Tu vas prendre froid. »

Je sortis de ma chambre, prête pour la fête, tout en ayant le sentiment de ne pas l'avoir décidé. Herta aussi se sentait peut-être bernée. Mes compagnes étaient fébriles comme des demoiselles d'honneur, mais j'étais déjà mariée, aucun homme ne m'attendait devant l'autel. Alors pourquoi avais-je peur, et de quoi ?

« Cette robe vert sombre va bien avec tes cheveux blonds. Et ce n'est pas pour me jeter des fleurs, mais la mise en plis souligne la rondeur de ton visage », dit Ulla, si contente qu'on aurait pu croire que c'était elle l'invitée.

« Amuse-toi bien, suggéra Leni sur le seuil de la maison.

— Même si tu ne t'amuses pas, note tout, réclama Ulla. Je ne veux manquer aucun détail, vu ? »

Elfriede était déjà sur la route.

« Et toi, tu ne dis rien ?

— Que veux-tu que je te dise, la Berlinoise ? C'est risqué de se mêler aux gens qui ne sont pas comme vous. Mais parfois, on n'a pas le choix. »

Saluer la baronne était le seul objectif que j'avais réussi à me donner pour cette soirée, mais j'ignorais comment l'atteindre. En entrant dans la salle, j'avais accepté le verre tendu par un serveur, cela m'avait semblé un bon moyen de m'acclimater. Je buvais le vin avec parcimonie, en circulant parmi les invités plongés dans leurs conversations ; ils formaient des groupes si compacts qu'il était impossible de les fendre. Alors je m'étais assise sur un canapé à côté d'une escouade de dames âgées : peut-être plus lasses que les autres ou s'ennuyant davantage, elles envisageraient de bavarder avec moi. Elles me complimentèrent pour ma robe en satin, le décolleté dans le dos vous avantage, dit l'une, j'adore cette broderie sur l'épaule, dit une autre, je n'en ai pas vu beaucoup de cette coupe par ici, dit une troisième. Elle sort de chez un couturier berlinois, répondis-je, et à ce moment précis d'autres personnes arrivèrent : les dames se levèrent pour les salutations et m'oublièrent. Je m'éloignai du canapé et appuyai mon dos nu contre la tapisserie du mur, en finissant mon vin.

J'étudiai les fresques des plafonds, imaginant que je décalquais sur une feuille l'anatomie des personnages représentés. Je dessinais avec l'ongle de mon index sur l'extrémité de mon pouce ; quand je m'en aperçus, j'arrêtai. Je fis halte devant une baie du salon, vérifiai à nouveau si on pouvait enfin approcher la baronne : elle était toujours assiégée par des invités désireux de lui présenter leurs hommages. J'aurais dû m'avancer, me mêler aux conversations en cours, mais j'en étais incapable. Tu parles tout le temps, disait ma mère. En Prusse-Orientale, j'étais devenue laconique.

C'est elle qui me remarqua. J'étais debout, plus ou moins cachée par une tenture. Elle vint vers moi, se montrant heureuse de me rencontrer.

« Merci de votre invitation, madame la baronne von Mildernhagen, c'est un honneur pour moi d'être ici.

— Vous êtes la bienvenue, Rosa, dit-elle en souriant. Je peux vous appeler Rosa ?

— Bien sûr, madame la baronne.

— Venez, je vais vous présenter mon mari. »

Clemens Freiherr von Mildernhagen fumait un cigare en s'entretenant avec deux hommes. De dos, s'ils n'avaient pas porté l'uniforme, je n'aurais pas reconnu des officiers. Leur attitude relâchée – le poids déporté sur un pied – contrevenait à la posture martiale. L'un des deux gesticulait avec l'énergie de quelqu'un qui tente de convaincre son interlocuteur.

« Messieurs, puis-je vous présenter mon amie de Berlin, Frau Sauer ? »

Les officiers se retournèrent : je me retrouvai nez à nez avec Ziegler.

Il fronça les sourcils comme s'il calculait la racine carrée d'un nombre interminable. Mais il me regardait. Il lisait peut-être en moi la surprise, la peur survenue avec un léger retard, comme quand on se cogne dans un angle, que le genou ne fait pas mal, mais que la seconde suivante arrive une douleur intense et croissante.

La baronne fit les présentations : « Mon mari, le baron Clemens von Mildernhagen, le colonel Claus Schenk von Stauffenberg et le lieutenant Albert Ziegler. »

Albert, c'était son prénom.

« Bonsoir, dis-je en essayant de garder une voix ferme.

— C'est un plaisir de vous avoir ici. » Le baron me fit le baisemain. « J'espère que la fête vous plaît.

— Je vous remercie, c'est splendide. »

Stauffenberg s'inclina. Je ne remarquai pas tout de suite son moignon, parce que mon attention fut attirée par le bandeau qui couvrait son œil gauche et lui donnait un air de pirate, qui n'avait toutefois rien de menaçant et était même plutôt sympathique. Et puis j'attendais que Ziegler s'incline à son tour, mais il se contenta d'un signe du menton.

« Votre conversation avait l'air plutôt animée, de quoi parliez-vous ? » demanda Maria avec l'impertinence qui, je l'apprendrais en la fréquentant, la caractérisait.

Ziegler plissa légèrement les yeux et les planta sur moi. Quelqu'un répondit pour lui, peut-être le baron ou le colonel, mais je n'entendis rien, je perçus seulement une vapeur qui me brouillait la vue et se déposait sur mon dos découvert. Je n'aurais pas dû mettre cette robe. Je n'aurais jamais dû venir ici.

La baronne n'est pas au courant ? Ziegler fera semblant de ne pas me connaître ? Dois-je dire la vérité ou faire mine de rien ? Mon travail de goûteuse est-il un secret ? Ou est-il malvenu de le cacher ?

Les yeux de Ziegler – Albert, donc – étaient trop rapprochés l'un de l'autre. Il inspira en dilatant ses narines félines et contracta le visage comme un gamin vexé parce qu'il vient de perdre au foot. Ou plutôt comme un gamin impatient de jouer au foot, mais qui n'a pas de ballon et n'arrive pas à se faire une raison.

« Vous ne savez parler que de stratégie militaire. »

Vraiment ? Au plus fort d'une guerre qui fauchait tous les jours son lot de victimes, elle suggérait d'aborder des sujets plus frivoles, plus adaptés à la mondanité de la soirée ? Qui était cette femme ? Une dépressive, disait-on. Elle ne me donnait pas du tout cette impression.

« Allons-nous-en, Rosa. » Maria me prit par la main. Ziegler observa ce geste comme s'il était dangereux.

« Quelque chose ne va pas, lieutenant ? Vous êtes devenu muet. J'ai vraiment dû vous importuner.

— Je ne vous laisserais même pas le dire par plaisanterie, baronne », répliqua Ziegler d'une voix paisible, détendue, une voix que je ne lui avais jamais entendue. Il faudra que je raconte ça à Elfriede, pensai-je.

Je n'en ferais rien.

« Veuillez nous excuser. »

Maria m'entraîna d'un invité à l'autre, me présentant comme son amie de Berlin. Ce n'était pas le genre de maîtresse de maison qui apporte son grain de sel uniquement pour lancer une conversation et s'éloigne aussitôt pour s'assurer qu'à l'autre bout de la salle tout se passe aussi pour le mieux. Elle ne cessait de poser des questions, voulait parler de tout, de sa dernière soirée à l'opéra pour *Cavalleria rusticana*, du moral encore élevé de nos soldats malgré l'adversité, de la coupe en biais de ma robe pour laquelle elle me complimentait devant tout le monde, annonçant qu'elle commanderait la même, mais couleur pêche, moins décolletée et en organdi. « Donc ce ne sera pas la même », constatai-je et elle éclata de rire.

À un moment elle s'assit sur le tabouret devant le piano et, posant les doigts sur le clavier, entonna : « *Vor der Kaserne, vor dem großen Tor, stand eine*

Laterne, und steht sie noch davor. » De temps à autre, elle se tournait vers moi avec une telle insistance que je ne pus refuser de la contenter : je me mis à fredonner par automatisme, mais j'avais la gorge sèche. Peu à peu les autres s'unirent à nous et tous ensemble nous regrettâmes l'époque où Lili Marleen se consumait d'amour ; d'ailleurs le soldat savait, et nous aussi, qu'elle l'oublierait vite.

Où était Ziegler ? Chantait-il lui aussi ? Qui sera là, demandions-nous en chœur à Lili Marleen, qui sera près du lampadaire avec toi ? Et chez le lieutenant, me demandais-je, qu'éveillait cette femme qui avait pris ses distances avec le parti et quitté l'Allemagne, cette femme pâle et sensuelle, Marlene Dietrich : lui plaisait-elle ? Mais en quoi cela m'importait-il ?

Maria s'interrompit, me tira par le bras et m'obligea à m'installer sur le tabouret à côté d'elle. Elle annonça : « Voyons si vous connaissez celle-ci » et joua les notes reconnaissables entre toutes de *Veronika, der Lenz ist da*. La première fois que j'avais assisté à un concert des Comedian Harmonists, j'étais adolescente. Je ne connaissais pas encore Gregor. Le Grosses Schauspielhaus était bondé, le public avait ovationné les six jeunes gens en smoking. C'était avant les lois raciales. Bientôt, il apparaîtrait que le groupe comptait trois Juifs de trop : il serait interdit de scène.

« Maintenant c'est votre tour, Rosa, dit Maria. Vous avez un beau timbre. »

Pas le temps de répliquer. Après les deux premiers vers, elle s'arrêta et je dus continuer seule. J'entendis ma voix résonner sous le haut plafond du salon comme si elle ne m'appartenait pas.

154

Ça durait depuis des mois. Un déphasage entre mes actes et moi : je n'arrivais pas à percevoir ma présence.

Mais Maria était satisfaite, je le vis, et je compris qu'elle m'avait choisie. Dans la salle d'honneur d'un château, les yeux fermés, je chantais sur l'accompagnement hésitant d'une jeune baronne qui me connaissait à peine et me faisait déjà faire ses quatre volontés, elle aussi.

Gregor disait tu chantes toute la journée, Rosa, je n'en peux plus. Pour moi, Gregor, chanter c'est comme plonger dans l'eau. Imagine que tu as un gros caillou sur la poitrine. Chanter, c'est quelqu'un qui arrive et enlève ce caillou. Depuis combien de temps n'avais-je pas respiré aussi largement ?

Je chantais dans un isolement total que l'amour vient et que l'amour s'en va, jusqu'au moment où les applaudissements me réveillèrent. En ouvrant les yeux, je vis Albert Ziegler. Au fond de la salle, à l'écart, point de départ d'une ligne droite qui aboutissait à moi. Il me dévisageait toujours avec son air contrarié de gamin sans ballon. Mais le gamin ne faisait plus son petit despote. Il s'avouait vaincu et rentrait à la maison.

17

Mai 1933 avait connu le feu. J'avais peur que les rues de Berlin se liquéfient et nous emportent comme de la lave. Mais Berlin vivait une fête et ne brûlait pas, frappant du pied au rythme de la fanfare, même la pluie s'était retirée, laissant le terrain libre aux chars à bœufs et au peuple qui avait accouru place de l'Opéra.

Au-delà des cordons de police, un souffle chaud sur la poitrine, une odeur de fumée qui dessèche la gorge. Les pages se recroquevillent et tombent en cendre. Goebbels est un homme menu à la voix fluette, mais dont il sait bien donner pour exulter, regarder dans les yeux la cruauté de la vie, répudier la peur de la mort. Vingt-cinq mille volumes soustraits aux bibliothèques et une ligue d'étudiants en liesse, qui aspirent à être des hommes de caractère, pas des hommes à livres, qui manquent de nerf. L'ère de l'intellectualisme juif est terminée, clame Goebbels, il faut retrouver le respect de la mort, et j'ai beau me creuser la tête dans tous les sens, je ne comprends pas ce qu'il veut dire.

Un an après, pendant l'heure de maths, je guettais par la fenêtre le maigre feuillage d'arbres dont j'ignorais le nom et le bruissement d'ailes d'oiseaux inconnus, tandis que M. Wortmann, notre professeur, expliquait le cours. Avec son crâne chauve, ses épaules voûtées et sa grosse moustache qui compensait un léger prognathisme, Wortmann n'avait rien d'un acteur de cinéma, et pourtant nous, ses élèves, on l'adorait. Il était doté d'un regard perçant et d'un humour invincible grâce auquel on le suivait sans effort.

Quand la porte s'ouvrit, j'étais encore plongée dans ma contemplation. Puis le déclic des menottes me ramena d'un coup dans la salle de classe. Elles cerclaient les poignets de Wortmann, que les SA emmenaient. La formule au tableau était incomplète et inexacte en l'état, la craie était tombée par terre et s'était brisée en menus morceaux. On était en mai.

Je bondis de mon bureau à la porte avec un temps de retard, Wortmann était déjà dans le couloir, il marchait encadré par les SA. Je criai Adam, son prénom. Le professeur voulut s'arrêter, se retourner, mais les SA pressèrent le pas, l'en empêchèrent. Je criai encore avant que les autres enseignants ne s'empressent de me faire taire en brandissant menaces et consolations.

Wortmann fut astreint au travail forcé dans une usine. C'était un Juif, ou un dissident, ou seulement un homme à livres. Mais nous, Allemands, avions besoin d'hommes de caractère, sans peur, capables de respecter la mort. C'est-à-dire d'hommes capables de la subir sans souffler mot.

À la fin de la fête, le 10 mai 1933, Goebbels s'était déclaré satisfait. La foule était lasse, avait épuisé ses chansons. La radio ne transmettait plus rien. Les pompiers avaient positionné leurs camions et éteint les bûchers. Mais le feu avait couvé sous la cendre, couru sur des kilomètres, était arrivé jusqu'ici. Gross-Partsch, 1944. Mai est un mois sans pardon.

18

J'ignore depuis combien de temps il était là. Cette nuit-là, les grenouilles semblaient atteintes de folie. Dans mon sommeil, leur coassement incessant était devenu le remue-ménage des habitants de l'immeuble dans l'escalier qu'ils descendaient quatre à quatre, un chapelet à la main, les vieilles ne savaient plus à quel saint se vouer, ma mère désespérait de convaincre mon père de se réfugier à la cave, la sirène hurlait et lui se tournait de l'autre côté, tapotait son oreiller et y replongeait la joue. Il s'agissait d'une fausse alerte, ensommeillées nous remontions les marches. Mon père disait ça n'en vaut pas la peine, si je dois mourir ce sera dans mon lit, je n'irai pas dans cette cave, je refuse de finir comme un rat. Je rêvais de Berlin, de l'immeuble où j'avais grandi, du refuge et des gens entassés, et le vacarme grandissait à cause des grenouilles qui, à Gross-Partsch, se lamentaient toute la nuit, s'insinuant dans mon sommeil. Allez savoir si lui, il était déjà là.

Je rêvais des litanies des vieilles égrenant leur chapelet, tandis que les enfants dormaient, qu'un homme ronflait et qu'au énième priez pour nous il se levait et lâchait un juron, laissez-moi me reposer, les vieilles blêmissaient. Je rêvais d'un gramophone, les jeunes l'avaient apporté à la cave et invitaient les filles à danser, ils passaient *Das wird ein Frühling ohne Ende* et je restais à l'écart, ma mère disait chante pour moi, une main m'invitait à me lever, me faisait tournoyer et je chantais à gorge déployée, un printemps sans fin quand tu reviendras, je chantais sur la musique, je voltigeais sans réussir à voir ma mère. Puis un vent me soulevait, me poussait avec force, le ravissement ! pensais-je. Il était arrivé et ma mère n'était pas là, papa en haut dormait ou faisait semblant, gramophone éteint, ma voix aussi, je ne pouvais pas parler, pas me réveiller, et soudain un grondement, la bombe explosait.

J'ouvris les yeux et, en nage, attendis dans mon lit que se dissipe le fourmillement dans tous mes membres ; alors seulement je pus bouger. J'allumai la lampe à pétrole parce que l'obscurité me prenait à la gorge et, tandis que les grenouilles coassaient, imperturbables, je me levai, allai à la fenêtre.

Il était là, à la maigre lumière de la lune, j'ignore depuis combien de temps. C'était une silhouette sombre, un cauchemar, un fantôme. Ç'aurait pu être Gregor, de retour de la guerre, mais c'était Ziegler, debout sur la route.

La peur me saisit. En me voyant, il avança d'un pas. Une peur immédiate, sans délai. Il fit un deuxième pas. Des centaines d'angles sur lesquels me fracasser les genoux. Je reculai et il s'arrêta. J'éteignis, me cachai derrière le rideau.

C'était de l'intimidation. Qu'as-tu dit à la baronne, tu lui as tout raconté ? Non, lieutenant, je vous le jure :

vous n'avez pas vu que j'ai fait semblant de ne pas vous connaître quand elle nous a présentés ?

Les poings serrés, j'attendis les coups qu'il allait frapper à la porte. Il fallait que je coure avertir Joseph et Herta. Il y avait un *Obersturmführer* des SS devant chez eux en pleine nuit, et c'était ma faute parce que j'étais allée à une fête. Elfriede avait raison, pour les gens comme nous, certaines personnes n'étaient qu'une source d'ennuis.

Ziegler allait entrer, il nous traînerait à la cuisine, les joues marquées de sommeil, les cheveux d'Herta sans barrettes, un filet sur la tête. Ma belle-mère se masserait les tempes, mon beau-père lui toucherait la main, Ziegler lui décocherait un coup de coude dans les côtes, Joseph tomberait par terre et il lui ordonnerait lève-toi, comme à Beate. Il nous obligerait à rester debout devant la cheminée éteinte, côte à côte, en silence. Puis en caressant l'étui de son pistolet, il me ferait jurer de ne rien dire, de rester à ma place. Il crierait contre Herta et Joseph, même s'ils n'avaient rien à y voir, parce que c'était la méthode des SS.

Les minutes passèrent, Ziegler ne frappa pas à la porte.

Il ne fit pas irruption, ne donna pas d'ordres, il resta planté à attendre on ne sait qui, à m'attendre moi. Je restai là, moi aussi, inexplicablement, je n'appelai pas à l'aide. Parce que même si mon cœur battait la chamade, j'avais déjà compris que c'était entre lui et moi, que cela ne regardait que nous. J'avais honte devant Herta et Joseph comme si je l'avais invité. Je sus tout de suite que ce serait un secret. Un de plus à ma liste.

Je poussai le rideau et regardai par la vitre.

Il était toujours là. Ce n'était pas un officier SS, c'était un gamin qui réclamait son ballon. Un pas de plus dans ma direction. Je ne bougeai pas et le regardai dans la nuit. Ziegler s'approcha. Je me réfugiai vite derrière le rideau. Je retins mon souffle, tout n'était que silence : tout le monde dormait. Je revins à la fenêtre, mais la route était déserte.

Le matin pendant qu'elle prenait son petit déjeuner, Herta voulut des détails sur la réception. J'étais distraite, sonnée.

« Il y a quelque chose qui ne va pas ? s'enquit Joseph.

— J'ai mal dormi.

— C'est le printemps, commenta-t-il, ça m'arrive à moi aussi. Mais j'étais si fatigué cette nuit que je ne t'ai même pas entendue rentrer.

— Le baron m'a fait raccompagner.

— Alors, demanda Herta en s'essuyant la bouche avec sa serviette, que portait la baronne ? »

Au réfectoire, je mangeai sur le qui-vive. À chaque claquement de bottes, je me retournais vers la porte : ce n'était jamais lui qui entrait. J'aurais dû demander audience, me présenter dans son bureau, celui de l'ancien directeur de l'école, et le défier de se laisser surprendre sous ma fenêtre la nuit, sinon – sinon quoi ? Mon beau-père prend son fusil de chasse et te fait passer l'envie de recommencer ? Ma belle-mère appelle la police ? Quelle police ? Ziegler avait pouvoir sur tout le monde au village, il en avait sur moi.

Et qu'auraient pensé mes compagnes si j'étais allée lui parler ? Je n'arrivais même pas à leur raconter la fête au château malgré les questions dont m'avait mitraillée Leni : et les lustres, et les sols, et la cheminée, et les rideaux ; malgré l'insistance d'Ulla : y avait-il des gens connus, quelles chaussures portait la baronne, tu as mis du rouge à lèvres au moins, j'avais oublié de t'en apporter. Si j'étais allée parler à Ziegler, Elfriede aurait dit : Tu cherches toujours les ennuis, la Berlinoise ; et Augustine : Tu commences par fréquenter les fêtes des riches et ensuite tu pactises avec l'ennemi. Mais Ziegler n'était pas un ennemi, c'était un Allemand, comme nous. Un claquement de talons sur le carrelage, un salut nazi prononcé à la perfection et Augustine qui nous informe : « Voilà le salaud. »

Je me retournai.

Ziegler faisait le point avec ses subordonnés. Il ne restait rien de l'homme qui conversait avec le baron von Mildernhagen, rien de l'homme qui s'était présenté sous ma fenêtre.

Il s'agissait peut-être d'une mesure de contrôle : il choisit chaque nuit une maison différente, surveille les goûteuses ; tu t'es mis en tête des idées complètement folles, si ça se trouve tu as rêvé, un effet du ravissement, tu n'es qu'une somnambule, comme disait Franz à juste titre.

Ziegler se tourna vers nous. De loin il inspecta la tablée pour vérifier que nous mangions toutes. Je me hâtai de baisser la tête, je sentis son regard sur ma nuque. Puis je pris une inspiration et le cherchai à nouveau, mais il était de dos : il ne me regardait pas.

Je me couchai tôt. C'est le printemps, Joseph, ça me fatigue. Je flottais dans un demi-sommeil ; dès que je fermais les yeux, la pelote des voix dans mes tympans se déroulait, ma mère frappait du poing sur la nappe, tu veux donc te faire licencier ! Mon père repoussait son assiette encore pleine et quittait la table, je ne prendrai pas la carte, il faudra te faire une raison. Dehors la campagne désormais silencieuse, et dans ma tête une radio à plein volume, qui captait mal, le son n'était que grésillements ou bien il s'agissait encore des grenouilles. J'étais réveillée et je soupirais, les voix tonnaient dans ma tête.

J'allai à la fenêtre, je ne vis que la nuit. Je la scrutai jusqu'au moment où la lune découpa les silhouettes des arbres. Qu'attendais-tu et pourquoi ?

Je me retournais dans mon lit, repoussais les draps, aux aguets et pourtant envahie de torpeur, je me levais, revenais à la fenêtre, pas de Ziegler, pourquoi n'étais-je pas soulagée ?

Sur le dos, j'observais les poutres en bois du plafond, traçais du doigt leurs lignes géométriques sur le drap, puis me retrouvais à dessiner l'ovale de Ziegler, ses narines comme des chas d'aiguille dans le cartilage de son nez miniature, la meurtrière de ses yeux, et arrivée là, j'arrêtais, me tournais sur le côté, me levais à nouveau.

Je versai un peu d'eau de la cruche et bus une gorgée, m'attardant devant la table de nuit, le verre à la main. Une ombre voila la pâleur de la lune – une morsure d'angoisse. Je tournai le buste et l'aperçus. Il était plus près que la nuit précédente. Mon cœur sauta un battement. Je posai le verre, couvris la cruche avec un torchon plié, allai à la fenêtre. Je ne me cachai pas, mes doigts gauches augmentèrent la lumière de la lampe. Et Ziegler me vit, debout devant lui, ma chemise de nuit en coton blanc sous ma robe de chambre, les cheveux en désordre. Il hocha la tête. Puis il ne fit que me regarder. Comme si c'était une activité à part entière, sans but, si ce n'était d'être accomplie.

19

«Je connais un médecin», dit Elfriede d'un air indigné, à croire qu'on lui avait extorqué un nom au cours d'un interrogatoire. Les gardes se promenaient dans la cour mains derrière le dos, tantôt sur une tangente qui venait toucher la circonférence de notre espace, tantôt la traversant, et alors les mots nous restaient au fond de la gorge.

Je regardai Augustine, assise sur le banc près de moi, guettant sa confirmation qu'il n'y avait rien d'autre à faire. Leni était un peu plus loin, je pouvais l'entendre bavarder avec Ulla et Beate. Ulla voulait la convaincre de changer de coiffure, elle brûlait d'envie de jouer à la coiffeuse, elle y avait pris goût ; Beate racontait que deux jours avant elle avait dressé le thème astral d'Hitler – à défaut de se procurer un nouveau jeu de tarots, elle avait utilisé l'horoscope – et découvert que les constellations lui étaient contraires. Ça tournerait mal pour lui très bientôt, peut-être dès cet été. Leni n'y croyait pas, secouait la tête.

Un garde ouvrit tout grand la bouche. Il avait dû nous entendre : il allait nous rabattre dans la salle et nous forcer à parler. Je me cramponnai à l'accoudoir.

L'homme eut un éternuement proche du rugissement, qui le déséquilibra en avant ; puis il se redressa, sortit un mouchoir de sa poche et se moucha.

« Il n'y a rien d'autre à faire », dit Heike.

Elfriede l'emmena chez un gynécologue et n'autorisa personne à les accompagner.

« En voilà des manigances, je ne comprends pas, bougonna Augustine. C'est une situation délicate, Heike peut avoir besoin d'aide.

— Occupons-nous de Mathias et Ursula pendant son absence », dis-je pour la calmer.

Nous attendîmes Heike chez elle avec les enfants, en compagnie de Leni. J'avais essayé de la tenir à l'écart, mais elle voulait comprendre, elle posait des questions. J'avais peur de la choquer, en réalité elle avait accueilli mes réponses sans sourciller : du reste, la douleur des autres est moins brûlante que la vôtre.

Il manquait Beate. Heike ne l'avait pas mise au courant parce que c'était sa plus vieille amie et qu'elle avait honte devant elle. Beate lui en voulait peut-être ou au contraire lui était reconnaissante de ne pas devoir se charger de ce problème.

Mathias passa la fin de l'après-midi à se chamailler et se réconcilier avec Pete, le fils d'Augustine.

« On dirait que tu es la France et Ursula l'Angleterre, proposa-t-il quand il se fut lassé des autres jeux. On dirait que vous me déclarez la guerre.

— C'est où l'Angleterre ? demanda sa petite sœur.

— Non, dit Pete, je veux faire l'Allemagne. »

Il avait à peu près le même âge que Mathias, sept ou huit ans ; omoplates décollées et bras osseux. Si j'avais eu un garçon, je l'aurais voulu lui aussi avec des omoplates saillantes qui luisaient de sueur, comme celles de mon frère quand il gambadait entre les conifères rouges de la forêt de Grünewald et plongeait dans le Schlachtensee.

Mon fils, je l'aurais voulu avec des yeux bleus, plissés par le soleil.

«Pourquoi l'Allemagne? demanda Augustine.

— Je veux être fort, répondit Pete, comme notre Führer.»

Elle claqua de la langue: «Tu ne sais rien de la force. Ton père était fort, et il n'est plus là.»

L'enfant rougit, baissa la tête: quel rapport avec son père, pourquoi soudain devait-elle l'attrister?

«Augustine», dis-je, incapable de poursuivre. Ses épaules larges, carrées, sur des chevilles fines. Pour la première fois, je pensai qu'elles pouvaient se briser.

Pete courut se réfugier dans l'autre pièce. Je le suivis, pendant qu'Ursula m'emboîtait le pas. Il s'était jeté sur son lit, à plat ventre.

«Si tu préfères, tu peux faire l'Angleterre, déclara Ursula. De toute façon, moi, je veux pas.»

Pete ne réagit pas.

«Et qu'est-ce que tu veux?» lui demandai-je en lui caressant la joue.

Elle avait quatre ans, le même âge que Pauline maintenant. Pauline me manqua tout à coup, son souffle dans son sommeil. Je n'avais plus pensé à elle, comment pouvait-on oublier les gens, les enfants?

«Je veux ma maman. Elle est où?

— Elle va bientôt revenir, la rassurai-je. Écoute, et si on faisait un chouette truc tous ensemble?

— Quoi ?

— On va chanter une chanson. »

Elle approuva sans enthousiasme.

« Va chercher Mathias. »

Elle obéit et je m'assis sur le lit.

« Tu es vexé, Pete ? »

Il ne répondit pas.

« Fâché ? »

La tête tourna à droite et à gauche en creusant l'oreiller.

« Tu n'es pas fâché. Alors tu es triste ? »

Il lorgna vers moi.

« Mon père aussi est mort, tu sais, dis-je. Je te comprends. »

Il se releva, s'assit en tailleur. « Et ton mari ? »

La dernière ardeur du soleil éclaira son visage comme s'il avait la jaunisse.

« *Fuchs du hast die Gans gestohlen* », chantai-je pour toute réponse, en penchant la tête d'un côté puis de l'autre et en marquant la mesure avec mon index. « *Gib sie wieder her.* » Où puisais-je cet entrain ?

Ursula entra suivie de Mathias et Augustine, ils s'installèrent sur le lit avec nous, et je chantai la comptine en entier, c'était mon père qui me l'avait apprise. Puis la petite fille me demanda de reprendre du début et me la fit répéter encore et encore, jusqu'au moment où elle la sut elle aussi.

Il faisait nuit quand on entendit des pas dans la rue. Les enfants étaient encore réveillés, ils se précipitèrent dans l'entrée. Elfriede soutenait Heike, même si celle-ci semblait marcher sans effort. Ursula et Mathias se jetèrent sur elle, en s'agrippant à ses jambes.

«Doucement, dis-je, faites attention.

— Tu es fatiguée, maman ? murmura Ursula.

— Pourquoi n'êtes-vous pas couchés ? dit Heike. Il est tard.

— Il faut qu'elle se repose, fut la seule instruction donnée par Elfriede avant qu'elle ne reparte.

— Tu ne veux pas une tasse de thé ?

— Il y a le couvre-feu, Rosa, on a déjà passé l'heure.

— Dors ici toi aussi.

— Non, je rentre.»

Elle semblait contrariée. Comme si elle s'était chargée d'Heike à contrecœur. Contrairement à ce qu'elle me prêchait, elle s'était occupée d'affaires qui n'étaient pas les siennes.

Heike ne dit pas où vivait le médecin et ne prononça pas son nom. Elle raconta qu'il lui avait donné à boire un breuvage dont il n'avait pas spécifié les ingrédients et l'avait renvoyée en l'avertissant que les contractions ne tarderaient pas. Sur le chemin du retour, elles avaient dû s'arrêter dans la forêt : Heike suant et gémissant avait expulsé un petit tas de chair qu'Elfriede avait enterré au pied d'un bouleau, pendant qu'elle essayait de reprendre sa respiration. «Je ne me rappellerai jamais l'arbre, dit-elle. Je ne pourrai jamais aller le voir.»

C'était le fruit d'une erreur. Donner la vie, l'ôter, tout ça n'a rien de divin, c'est une affaire humaine. Gregor, qui ne voulait pas se trouver à l'origine d'un destin, s'était enlisé dans un problème de sens, comme si donner la vie devait répondre à un sens, mais Dieu lui-même ne s'est pas posé ce problème.

Le fruit d'une erreur, un battement juste sous le nombril – Heike l'avait étouffé. J'étais en colère contre elle, et elle me faisait pitié. Un vide se creusa dans mon ventre, somme de toutes les absences. Dont celle de l'enfant que nous n'avions pas eu, Gregor et moi.

Quand j'étais à Berlin, chaque fois que je rencontrais une femme enceinte, je pensais à l'intimité. Le dos rejeté en arrière, les jambes un peu écartées, les paumes abandonnées sur le ventre rond me faisaient penser à l'intimité entre mari et femme. Ce n'est pas l'intimité de l'amour, l'intimité des amants. Je pensais aux aréoles qui se dilatent et s'assombrissent, aux chevilles qui enflent. Je me demandais si Gregor aurait été effrayé par les métamorphoses de mon corps, s'il aurait cessé de l'aimer, s'il l'aurait repoussé.

Un intrus prend de la place dans le corps de votre femme et le déforme, l'adapte à ses besoins égoïstes, puis il sort par le même orifice que vous avez pénétré, le traverse avec une fougue qui ne vous sera jamais accordée : il est allé là où vous n'irez jamais, c'est lui qui la possédera pour toujours.

Et pourtant il est à vous, cet intrus. À l'intérieur de votre femme, entre l'estomac, le foie et les reins, quelque chose a grandi qui vous appartient. Une partie d'elle si secrète, si profonde.

Je me demandais si mon mari aurait toléré les nausées, les pipis urgents, l'organisme réduit à ses fonctions primordiales. Si ce n'était pas la nature qu'il refusait.

Nous n'avions pas eu cette intimité, lui et moi, nous avions été séparés trop tôt. Je ne mettrais peut-être jamais mon corps au service d'un autre, de la vie d'un autre. Gregor m'avait privée de cette possibilité, il m'avait trompée. Comme un brave chien débonnaire qui se retourne contre vous sans prévenir. Depuis combien de temps ne sentais-je pas ses doigts sur ma langue ?

Heike avait avorté, et moi je désirais un enfant d'un homme porté disparu en Russie.

Il n'arrivait pas avant minuit, sans doute pour être sûr que personne n'était réveillé à part moi. Il savait que je l'attendrais. Quelle force m'attirait à la fenêtre, quelle force l'entraînait ici, où il cherchait à deviner confusément ma silhouette dans les ténèbres ? À quoi Ziegler n'imaginait-il pas de renoncer ?

La vitre était une protection : elle rendait moins réel ce lieutenant qui ne disait rien, ne faisait rien, si ce n'est rester, persister, imposer sa présence hors d'atteinte de mes mains. Je le regardais parce qu'à partir du moment où il était venu, je n'avais pas eu le choix, que c'était un fait. Même en éteignant la lumière, j'aurais eu conscience de sa présence. Je n'aurais pas réussi à m'endormir. Je le regardais, incapable d'envisager les conséquences – l'avenir était enfin tronqué. Douceur de l'inertie.

Comment avait-il su que, la nuit de la réception, je me réveillerais ? Pensait-il que je n'étais pas encore couchée ou avait-il agi lui aussi avec une assurance de somnambule ?

À Krausendorf, son indifférence envers moi était totale. Si par hasard j'entendais sa voix, la terreur me paralysait. Les autres femmes s'en apercevaient, mais elles croyaient que c'était la même que la leur. Terreur devant lui, qui tyrannisait les gardes et les goûteuses et un matin avait même exaspéré Krümel ; le cuisinier était sorti en claquant la porte et en pestant que chacun devait rester à sa place : en cuisine c'était lui qui savait ce qu'il avait à faire. Terreur devant la guerre au fur et à mesure que la situation empirait et que le ravitaillement peinait à arriver. Si la pénurie menaçait même à la campagne et à la Wolfsschanze, on était fichus. J'aurais voulu demander à Krümel quelles informations il possédait, pourquoi nous ne mangions plus de kiwis, de poires Williams, de bananes, pourquoi il cuisinait toujours les mêmes plats et avec moins d'inspiration qu'avant, mais depuis l'épisode du lait, il ne m'adressait plus la parole.

Quand, à l'aube, Ziegler partait – au début sans un geste, puis en ébauchant un au revoir de la main ou en haussant les épaules – je me sentais perdue. Son absence s'installait dans la chambre de Gregor, se dilatant jusqu'à repousser les meubles contre les murs, à m'y acculer. Au petit déjeuner, je retombais dans ma vie réelle, ou plutôt mon ersatz de vie réelle, et alors seulement, pendant que Joseph buvait son thé avec un bruit de succion et que sa femme le reprenait d'une chiquenaude sur le bras – la tasse penchait et une tache fleurissait sur la nappe –, alors seulement je pensais à Gregor : je clouerais le rideau sur l'embrasure, m'attacherais sur le lit et, tôt ou tard, Ziegler renoncerait. Mais la nuit Gregor disparaissait parce que le monde lui-même disparaissait, la vie commençait et finissait dans la trajectoire de mon regard sur Ziegler.

173

Dans les semaines qui suivirent l'avortement, je pris des précautions avec Elfriede.

Souvent un secret partagé sépare au lieu d'unir. Quand elle est commune, la faute est une mission dans laquelle on se jette tête la première, de toute façon elle s'évapore vite. La faute collective est informe, la honte est un sentiment individuel.

Je n'avais pas parlé à mes amies des visites de Ziegler sous ma fenêtre précisément pour ne pas partager le poids de la honte, pour le porter seule. Ou bien je voulais m'épargner le jugement d'Elfriede, l'incompréhension de Leni, le bavardage des autres. Ou simplement ce qui m'arrivait avec Ziegler devait rester intact.

Je n'en avais même pas parlé à Heike, bien que le soir de l'avortement, pendant qu'Augustine couchait les petits dans la chambre et que Leni somnolait dans un vieux fauteuil, elle m'ait confié : « C'était un garçon.

— Tu veux dire que tu sentais que tu aurais un garçon ?

— Non, pas ce qui était encore dans mon ventre il y a quelques heures. »

J'avais dégluti. Je ne comprenais pas.

« Le père, avait-elle dit. C'est un petit gars, tout jeune. Le valet qui nous aide. Quand mon mari est parti, c'est lui qui s'est chargé des champs. Il travaille bien, tu sais. Il est très responsable, même s'il n'a pas dix-sept ans. Je ne sais pas comment j'ai pu…

— Et que dit-il de ta grossesse ?

— Rien. Il ne savait rien. Et maintenant il n'y a plus rien à savoir : la grossesse est finie. »

174

Je l'avais écoutée se livrer, sans me livrer à mon tour.

Dix-sept ans. Onze de moins qu'elle.

Les oiseaux gazouillaient dans le ciel de mai et la facilité avec laquelle l'enfant d'Heike avait glissé entre ses jambes, la facilité avec laquelle il s'était laissé éliminer m'écrasait le sternum.

C'était un printemps frileux, menacé, une désolation sans exutoires ni catharsis.

Elfriede fumait adossée contre le mur, le nez dans ses chaussures. Je traversai la cour et la rejoignis.

« Qu'y a-t-il ? demanda-t-elle.

— Comment vas-tu ?

— Et toi ?

— Tu viendrais au lac de Moy demain après-midi ? »

La colonne de cendre de sa cigarette grandit pour finir par s'incliner et tomber en se désagrégeant.

« D'accord. »

On emmena aussi Leni, avec son maillot de bain noir et son teint lisse. Elfriede avait un corps avare et élastique, rêche comme du lin. Le plongeon de Leni nous laissa tous bouche bée : dans l'eau gelée – ce n'était pas encore l'époque des baignades, mais nous avions hâte de laver tout ce qui nous collait à la peau, moi du moins – ses gestes perdaient toute gaucherie ; mouillée, sa peau n'avait plus rien de terrestre. Je ne l'avais jamais vue aussi sûre d'elle. « Alors vous venez ? » Sur ses joues translucides, ses capillaires dilatés étaient des ailes de papillon : un frémissement, et ils s'envoleraient.

175

«Où était cette Leni ? dis-je à Elfriede en forme de boutade.

— Cachée.» Son regard fixait un point qui n'était ni Leni ni le lac, un point que je ne voyais pas.

Je le ressentis comme une accusation : contre moi.

«Les choses ne sont presque jamais comme elles semblent, déclara-t-elle. Ça vaut aussi pour les gens.»

Et elle plongea.

20

Une nuit, je me déshabillai.

J'ouvris l'armoire et choisis une des robes de soirée qu'Herta avait critiquées, mais pas celle de la fête
au château. Je me coiffai et me maquillai, même si
dans l'obscurité Ziegler ne le remarquerait peut-être
pas. C'était sans importance : pendant que je brossais
mes cheveux ou poudrais mes joues, je redécouvrais
la fébrilité de l'attente avant un rendez-vous. Ces pré-
paratifs lui étaient destinés, à lui qui s'attardait à ma
fenêtre comme devant un autel que sa timidité l'empê-
cherait de profaner. Ou bien c'était sa façon d'affronter le sphinx : se présenter devant moi. Je ne détenais
pas d'énigmes, ni de réponses d'ailleurs. Mais si j'en
avais connu, je les lui aurais révélées.

Je m'assis à la fenêtre, lampe allumée, et quand il
arriva, je me levai. Il me sembla le voir sourire, il ne
l'avait jamais fait.

D'habitude, si j'entendais du bruit dans la maison, j'éteignais et il se cachait. Dès que je rallumais,
il ressortait à découvert. La lumière était faible, je
couvrais la lampe avec un tissu, le couvre-feu était
décrété, n'importe qui aurait pu nous surprendre. Je

me glissais dans le lit craignant qu'Herta entre – mais pourquoi serait-elle entrée ? – et un jour je m'étais endormie : la tension m'avait épuisée. Allez savoir combien de temps il avait attendu avant de partir. Sa ténacité était une forme de faiblesse, son pouvoir sur moi.

Un mois exactement après la fête, je baissai la lampe alors que je n'avais entendu aucun bruit. Sur la pointe des pieds, déchaussée pour étouffer mes pas, j'ouvris la porte, m'assurai qu'Herta et Joseph dormaient, allai à la cuisine et sortis par la porte de derrière, fis le tour de la maison en direction de ma fenêtre et le trouvai accroupi, attendant un signal. Il me sembla tout petit. Je reculai, et mon genou droit craqua. Ziegler se leva d'un bond. Debout devant moi, dans son uniforme, sans l'écran de la fenêtre entre nous, il me fit peur comme à la caserne. L'enchantement s'évanouissait, la réalité se révélait dans toute sa nudité. J'étais sans défense face au bourreau et c'était moi qui étais allée à sa rencontre. Ziegler s'avança, me prit par les bras. Il plongea le nez dans mes cheveux et inspira. Alors je sentis moi aussi son odeur.

J'entrai dans la grange, il me suivit. L'obscurité était sans fissure. Je ne voyais pas Ziegler, je l'entendais respirer. Le parfum spongieux, familier, du bois me calma. Je m'assis, lui aussi.

Sans coordination, aveugles, nous guidant à l'odorat, nous trébuchâmes dans le corps de l'autre comme si chacun mesurait le sien pour la première fois.

Après, aucun des deux ne stipula que personne ne devait savoir, mais chacun se comporta comme si nous avions passé un pacte. Nous étions mariés l'un et l'autre, même si désormais j'étais seule. Il était lieutenant des SS : que se passerait-il si on découvrait qu'il avait une relation avec une goûteuse ? Peut-être rien. Peut-être était-ce interdit.

Il ne me demanda pas pourquoi je l'avais emmené dans la grange, je ne lui demandai pas pourquoi moi. Nos yeux s'étaient habitués à l'obscurité quand il me proposa de chanter pour lui. Ce furent les premiers mots qu'il m'adressa. La bouche collée contre son oreille, à mi-voix, je chantai. La comptine avec laquelle j'avais distrait la fille d'Heike, le soir de l'avortement. Que je tenais de mon père.

Nue dans la grange, je pensais à ce cheminot, à cet homme qui n'avait pas plié. Têtu, inconscient, le qualifiait ma mère. S'il avait su qu'à présent je travaillais pour Hitler. Je ne pouvais pas refuser, lui aurais-je dit s'il était revenu du royaume des morts me demander des comptes. Contrevenant à ses propres règles, il m'aurait giflée. Nous n'avons jamais été nazis, aurait-il dit. Je me serais tenu la joue avec la main, effrayée, j'aurais pleurniché que ce n'était pas la question d'être nazi ou pas, la politique n'a rien à y voir, je n'en ai jamais fait, et puis en 1933 je n'avais que seize ans, ce n'est pas moi qui l'ai élu. Tu es responsable du régime que tu tolères, aurait crié mon père. L'existence de quiconque est garantie par les règles de l'État où il vit, même celle d'un ermite, ce n'est pas dur à comprendre, si ? Tu n'es à l'abri d'aucune faute politique, Rosa. Laisse-la tranquille, aurait supplié ma mère. Elle serait revenue elle aussi, avec son manteau passé sur sa chemise de nuit, sans avoir eu le bon goût de se changer. Laisse-la mijoter dans son jus, aurait-elle coupé court. Tu m'en veux parce que j'ai couché avec un autre, c'est ça ? aurais-je dit pour la provoquer. Toi, maman, tu ne l'aurais jamais fait. Tu n'es à l'abri d'aucune faute, Rosa, aurait répété mon père.

Nous avons vécu douze ans sous une dictature, presque sans nous en apercevoir. Qu'est-ce qui permet à des êtres humains de vivre sous une dictature ?

Il n'y avait pas d'autre voie, voilà notre alibi. Je n'étais responsable que de la nourriture que j'avalais, un geste inoffensif que manger : comment pourrait-on l'ériger en faute ? Les autres avaient-elles honte de se vendre pour deux cents marks par mois, une excellente paie assortie de repas sensationnels ? De croire, comme je l'avais cru, qu'il était immoral de sacrifier sa vie si le sacrifice était inutile ? J'avais honte devant mon père, alors qu'il était mort, parce que la honte a besoin d'un censeur pour se manifester. Il n'y avait pas d'autre voie, disions-nous. Mais avec Ziegler, si. Et au lieu de la choisir, j'avais porté mes pas vers lui parce que j'étais capable d'aller jusque-là, jusqu'à cette honte faite de tendons, d'os et de salive – je l'avais tenue dans mes bras, ma honte, elle mesurait au moins un mètre quatre-vingts, pesait soixante-dix-huit kilos au plus, foin d'alibi et de justification : le soulagement de la certitude.

« Pourquoi tu ne chantes plus ?

— Je ne sais pas.

— Qu'est-ce que tu as ?

— Cette chanson me rend triste.

— Tu peux en chanter une autre. Ou bien non, si

tu n'en as pas envie. Nous pouvons nous taire et nous regarder dans le noir : nous savons faire. »

De retour dans ma chambre, entourée du silence du sommeil d'Herta et Joseph, je me pris la tête entre les mains, incapable d'accepter ce qui était arrivé. Une euphorie souterraine se traduisait en décharges intermittentes. Rien ne m'a autant donné le sentiment d'être seule, mais dans cette solitude, je découvrais mon endurance. Assise sur le lit où dormait Gregor enfant, je refis la liste de mes fautes et de mes secrets, comme à Berlin avant de le connaître, et c'était bien moi. Et on ne pouvait pas me nier.

21

Dans la lumière du matin, le miroir me renvoya un visage épuisé. Ce n'était pas à cause du manque de sommeil, mes yeux cernés avant l'heure avaient été le prélude de cette angoisse nouvelle, sourde, apparue au réveil comme une prophétie enfin réalisée. Sur la photo glissée dans le cadre du miroir, l'enfant qui ne souriait pas m'en voulait.

Herta et Joseph ne remarquèrent rien. Comme la confiance des êtres humains est obtuse ! Gregor l'avait héritée de ses parents si naïfs – leur bru sortait la nuit et eux dormaient sur leurs deux oreilles –, puis il l'avait déversée sur moi : une responsabilité trop lourde maintenant qu'il me laissait toute seule.

Le klaxon de l'autocar marqua ma libération. J'étais impatiente de partir. J'avais peur de rencontrer Ziegler, la sensation d'une écharde sous l'ongle. J'en avais envie.

Au réfectoire, j'eus aussi droit au dessert. Le gâteau surmonté d'une cuillère de yaourt semblait moelleux à souhait, mais j'avais l'estomac contracté, la soupe de tomates avait du mal à descendre.

« Tu n'aimes pas, la Berlinoise ? »

Je me ressaisis.

« Je n'ai pas encore goûté. »

Elfriede coupa avec sa fourchette ce qui restait de sa part de gâteau.

« Il est excellent, mange.

— Comme si elle avait le choix, dit Augustine.

— Qu'il est pénible de ne pouvoir choisir si on mange son gâteau ou pas, rétorqua Elfriede, quand tout le monde meurt de faim.

— Fais-moi goûter », murmura Ulla.

Pas de dessert pour elle ce jour-là. Mais on lui avait servi des œufs et de la purée de pommes de terre ; les œufs étaient parmi les aliments préférés du Führer, il les aimait saupoudrés de cumin : leur odeur douceâtre m'arrivait aux narines.

Augustine tenta de la dissuader : « Arrête, sinon elles vont te dénoncer. »

Ulla se tourna vers les Enragées, deux, trois fois. Penchées sur leurs assiettes, elles mangeaient de la ricotta et du fromage blanc, certaines trempaient leur fromage dans le miel. « Vas-y ! » dit Ulla. Je lui passai un petit morceau de gâteau qu'elle cacha dans son poing ; elle ne le fourra dans sa bouche que lorsqu'elle fut certaine de ne pas être vue des gardes.

Dans la cour, le soleil haut de midi ébréchait les contours des maisons voisines de la caserne, faisait taire les oiseaux, accablait les chiens errants. Rentrons, il fait trop chaud, dit l'une, une chaleur insolite pour juin, commenta une autre. Je vis mes compagnes se mettre en mouvement avec indolence dans l'air opaque, je me levai à mon tour, à chaque pas mon pied touchait le sol comme s'il descendait une marche, je vacillai. Je clignai les yeux pour mieux voir. Il fait chaud, une chaleur qui n'est pas naturelle, on n'est qu'en juin, j'ai une baisse de tension. Je me raccrochai à la balançoire, les chaînes brûlaient, la nausée aspira mon estomac, une ventouse, je la sentis monter en flèche jusqu'à mon front, la cour était déserte, mes compagnes étaient rentrées, immobile sur le seuil une silhouette en contre-jour. La cour bascula, un oiseau perdit de l'altitude, battit fort des ailes. Sur le pas de la porte, il y avait Ziegler, puis je ne vis plus rien.

Quand je repris connaissance, j'étais allongée par terre au réfectoire. Le visage d'un garde éclipsa le plafond, une régurgitation jaillit du fond de ma gorge, j'eus le temps de me hisser sur les coudes et de tourner la tête. Tandis que ma sueur se glaçait, mes oreilles perçurent les efforts d'autres haut-le-cœur, puis un flot acide me brûla à nouveau la trachée.

J'entendis pleurer les autres, sans reconnaître leurs larmes. On peut distinguer les rires : le gros rire d'Augustine, les soubresauts d'hilarité de Leni, la trompette nasale d'Elfriede, le rire en cascade d'Ulla. Mais pas les larmes, quand nous pleurons nous sommes tous égaux, c'est le même son pour tout le monde.

La tête me tournait. J'entrevis un autre corps allongé et des femmes debout, collées contre le mur, je les reconnus à leurs chaussures. Les semelles compensées d'Ulla, les clous des sabots d'Heike, les pointes usées de Leni.

« Rosa. » Leni quitta le mur pour venir vers moi.

Un garde leva le bras : «Retourne à ta place ! »

«Qu'est-ce qu'on fait ? dit l'Échalas, en arpentant la salle, désemparé.

— Le lieutenant a ordonné de les garder toutes ici, répondit le garde, aucune ne doit sortir. Même celles qui n'ont pas encore de symptômes.

— Une autre vient de s'évanouir», avertit l'Échalas.

Je me retournai pour vérifier le corps que j'avais vu allongé. C'était Theodora.

«Trouve quelqu'un pour laver par terre.

— Ces femmes sont en train de mourir, dit l'Échalas.

— Mon Dieu, non ! lança Leni paniquée. Appelez un médecin, je vous en prie.

— Tu ne pourrais pas te taire un peu», reprocha le garde à l'Échalas.

Ulla passa son bras autour des épaules de Leni : «Calme-toi.

— On est en train de mourir, tu n'as pas entendu ? » Leni criait.

Je cherchai Elfriede : elle était assise par terre de l'autre côté de la salle, ses chaussures baignant dans une mare jaunâtre.

Les autres femmes n'étaient pas loin de moi ; leurs voix haletantes et leurs sanglots amplifiaient mon malaise. J'ignorais qui m'avait transportée de la cour à l'intérieur et abandonnée sur le sol à cet endroit – Ziegler peut-être ? se tenait-il vraiment sur le seuil ou l'avais-je seulement imaginé ? –, en tout état de cause, c'était la partie du réfectoire où nous étions rassemblées. D'instinct mes compagnes avaient fait bloc, c'est terrible d'être seul quand on meurt. Mais Elfriede s'était retirée dans un coin, la tête entre les genoux. Je l'appelai. Je ne savais pas si elle m'entendait, dans cette cacophonie de faites-nous sortir d'ici, appelez un médecin, je veux mourir dans mon lit, je ne veux pas mourir.

Je l'appelai encore, elle ne répondit pas. « Assurez-vous qu'elle est vivante, s'il vous plaît », demandai-je sans savoir à qui. Peut-être aux gardes, qui ne m'écoutèrent pas. « Augustine, dis-je entre mes dents, je t'en prie, va voir, amène-la à côté de moi. »

Pourquoi Elfriede se comportait-elle ainsi ? Elle voulait mourir cachée, comme les chiens.

La porte-fenêtre donnant sur la cour était fermée, un garde la surveillait de l'extérieur. Je perçus la voix de Ziegler, elle venait du couloir ou de la cuisine. Entre la litanie de sanglots du réfectoire et le vacarme des semelles sillonnant la caserne, je ne comprenais pas ce qu'il disait. Mais c'était sa voix et elle ne me consolait pas. La peur de la mort était une colonie d'insectes grouillant sous ma peau. Je me laissai retomber sur le sol.

Les aides de Krümel vinrent passer la serpillière, l'humidité exacerba les relents, ils nettoyaient le sol, pas nos visages ou nos vêtements ; ils laissèrent un seau, étendirent des feuilles de journal par terre et sortirent. Les gardes fermèrent la porte à clé.

Augustine se jeta sur la poignée et essaya d'ouvrir, en vain. « Pourquoi vous nous enfermez ici ? Qu'allez-vous nous faire ? »

Le visage déjà gris, les lèvres blêmes, mes compagnes s'approchèrent de la porte avec prudence :

« Pourquoi nous retiennent-ils ici ? » J'essayai de me lever moi aussi, de me joindre à elles, mais je n'en avais pas la force.

Augustine flanqua un coup de pied dans la porte, les autres cognèrent de la paume ou du poing. Heike la frappa à coups de tête, doucement, régulièrement, un aveu de désespoir auquel je ne m'attendais pas de sa part. De l'autre côté des menaces furent aboyées, elles renoncèrent, sauf Augustine.

Leni vint s'agenouiller près de moi. Je n'arrivais pas à parler, mais c'est elle qui cherchait du réconfort : « Ça a fini par arriver, dit-elle, on nous a empoisonnées.

— On *les* a empoisonnées », la corrigea Sabine. Elle était prostrée sur le corps étendu de Theodora. « Tu n'as aucun symptôme et moi non plus.

— C'est faux, cria Leni, j'ai la nausée.

— À ton avis, pourquoi on nous fait manger des plats différents ? Pourquoi on nous répartit en groupes, bécasse ? » dit Sabine.

Augustine lâcha la porte un instant pour se tourner vers elle. « Oui, mais ta copine – et du menton elle désigna Theodora – a mangé de la salade de fenouil et du fromage tandis que Rosa, par exemple, a mangé de la soupe de tomates et du gâteau ; pourtant elles se sont évanouies toutes les deux. »

Une nausée me plia en deux, Leni me tint le front. Je contemplai ma robe souillée, puis relevai la tête.

Heike s'était assise à table, le visage entre les mains, et psalmodiait : « Je veux retourner auprès de mes enfants, je veux les voir.

— Alors aide-moi ! Enfonçons la porte ! dit Augustine. Aidez-moi !

— Ils nous tueront.» Beate soupirait. Elle aussi voulait retrouver ses jumeaux.

Heike se leva de nouveau, rejoignit Augustine, mais au lieu de donner un coup d'épaule dans la porte, elle se mit à hurler : «Je vais bien, je n'ai pas été empoisonnée, vous m'entendez ? Je veux sortir ! »

Je sentis mon sang se glacer. Elle exprimait à voix haute une pensée qui venait de traverser l'esprit de chacune de nous. Nous ne mangions pas toutes la même chose, nous n'étions pas vouées à un destin identique. Quel que soit le plat empoisonné, certaines d'entre nous mourraient, d'autres non.

«Ils vont peut-être nous envoyer un médecin, dit Leni pas du tout convaincue d'être hors de danger, on peut nous sauver.»

Je me demandai si un médecin en aurait les moyens.

«Ça leur est égal de nous sauver.»

Elfriede s'était levée. Son visage de pierre semblait s'effondrer pendant qu'elle ajoutait : «Ils s'en moquent, ils veulent juste savoir ce qui nous a empoisonnées. Il leur suffira d'en autopsier une demain et ils le découvriront.

— Si une suffit, dit Leni, pourquoi devons-nous toutes rester ici ? »

Elle avait proféré une abomination en toute inconscience. Sacrifions-en une, proposait-elle, à condition d'épargner les autres.

Comment l'aurait-elle choisie ? La plus faible, celle qui présentait les symptômes les plus graves ? Une femme sans famille à charge ? Une étrangère au village ? Ou seulement une avec qui elle n'était pas amie ? Aurait-elle fait plouf, plouf *Backe, backe*

Kuchen, der Bäcker hat gerufen, pour laisser le sort en décider ?

Je n'avais pas d'enfants et venais de Berlin, et j'avais couché avec Ziegler – mais ça, Leni l'ignorait. Elle n'imaginait pas que c'était moi qui méritais de mourir.

J'aurais voulu prier, mais je n'en avais plus le droit, je ne priais plus depuis des mois, depuis qu'on m'avait enlevé mon mari. Un jour peut-être, assis devant la cheminée dans sa datcha, Gregor écarquillerait les yeux : Ça y est, dirait-il à la matriochka, je me souviens. Loin d'ici il y a une femme que j'aime, je dois retourner auprès d'elle.

Je ne voulais pas mourir s'il était vivant.

Les SS ne répondirent pas à l'appel d'Heike et elle s'éloigna.

« Quelles sont leurs intentions, que comptent-ils nous faire ? » lui demanda Beate comme si Heike pouvait le savoir ; son amie ne lui répondit pas : elle avait essayé de sauver sa peau, la sienne uniquement, et devant son échec, s'était enfermée dans le silence. Leni se blottit sous la table, répéta qu'elle avait la nausée, s'enfonça deux doigts dans la gorge, émit des sons étranglés, ne rendit rien. Theodora continuait à se balancer en position fœtale sur le sol et Sabine l'assistait pendant que sa sœur Gertrude haletait. Ulla avait mal à la tête et Augustine besoin d'aller aux toilettes. Elle essaya de convaincre Elfriede de s'allonger à côté de moi : « Je vais t'aider. » Elfriede refusa avec brusquerie. Isolée dans un coin, elle fut secouée de nouvelles nausées. Elle s'essuya le menton du dos de la main, se pelotonna sur un côté. J'étais épuisée, mon cœur battait au ralenti.

J'ignore combien d'heures passèrent, je sais qu'à un moment la porte s'ouvrit.

Ziegler apparut. Derrière lui un homme et une jeune fille en blouse. Regards graves et trousses noires. Que contenaient-elles ? Appelez un médecin, avait demandé Leni. Voilà, il était arrivé. Même elle ne parvenait pas à croire qu'il était venu nous sauver. Les trousses sur la table, le déclic des fermoirs. Elfriede avait raison, ils n'avaient pas l'intention de nous administrer des médicaments, ils ne s'étaient pas souciés de nous hydrater, de prendre notre température, ils nous avaient simplement parquées là en attendant l'évolution de la situation. Ils voulaient comprendre la cause du mal qui était en train de tuer certaines d'entre nous. Ils l'avaient peut-être déjà découverte et celles qui avaient été empoisonnées ne leur servaient plus à rien.

Nous restions immobiles, des animaux face à leurs prédateurs. On n'a pas besoin de goûteuses qui ne goûtent pas, avait dit Ziegler. Si nous devions mourir, autant en finir vite. Ensuite on nettoierait la pièce, la désinfecterait, ouvrirait les fenêtres, aérerait. C'est un geste de pitié d'abréger l'agonie. On le pratique pour les bêtes, pourquoi pas pour les gens ?

Le médecin se dressa devant moi. Je sursautai : «Que voulez-vous ?» Ziegler se retourna. «Ne me touchez pas !» criai-je au médecin. Penché sur moi, Ziegler me prit par le bras. Il était à quelques centimètres de mon visage, comme la nuit précédente, il pouvait sentir ma mauvaise odeur, il ne m'embrasserait plus. « Tais-toi et fais ce qu'on te dit. » Puis en se relevant : « Taisez-vous, toutes. »

Sous la table, Leni se pelotonna comme si en se pliant et repliant elle pouvait se faire aussi petite qu'un mouchoir, se cacher dans une poche. Le médecin prit mon pouls, souleva mes paupières, écouta mon souffle en posant son stéthoscope dans mon dos et s'éloigna pour ausculter Theodora. L'infirmière me lava le front avec un linge mouillé, me donna un verre d'eau.

« Donc je vous disais : il me faut la liste de qui a mangé quoi », expliqua le médecin en repartant ; la jeune fille et Ziegler le suivirent, la porte fut refermée à clé.

Le fourmillement d'insectes sous la peau devint une insurrection. Elfriede et moi avions mangé le potage et ce succulent gâteau. Nous deux en tout cas étions vouées au même destin. J'étais punie pour ce que j'avais fait avec Ziegler, mais Elfriede, quelle faute avait-elle commise ?

Soit Dieu est pervers, soit il n'existe pas, avait dit Gregor.

Une nouvelle vague de nausées me secoua de la tête aux pieds ; je rendis la nourriture d'Hitler qu'Hitler ne mangerait jamais. Était-ce moi qui poussais ces gémissements – gutturaux, indécents, qui n'avaient rien d'humain ? Que me restait-il d'humain ?

Tout à coup je me souvins et ce fut comme une déflagration. La superstition russe dont Gregor m'avait parlé dans sa dernière lettre : valait-elle aussi pour les soldats allemands ? Tant que votre épouse vous est fidèle, vous ne serez pas tué. Je ne peux que compter sur toi, avait-il écrit. Mais je n'étais pas le genre de femme sur qui on pouvait compter. Il ne l'avait pas compris, il m'avait fait confiance, il était mort.

Gregor était mort, par ma faute. Mon rythme cardiaque ralentit encore. Apnée, oreilles ouatées, silence. Puis mon cœur s'arrêta.

22

Une salve de coups me réveilla.

«On doit aller aux toilettes! Ouvrez-nous!»
Augustine frappait à coups de poing sur la porte que
personne ne l'avait aidée à enfoncer. La sortie sur la
cour était fermée, le soleil était couché, allez savoir si
Joseph était venu me chercher, si Herta attendait à la
fenêtre.

Augustine prit le seau à côté de moi.

«Où l'emportes-tu?

— Tu es réveillée? dit-elle surprise. Comment te
sens-tu, Rosa?

— Quelle heure est-il?

— L'heure du dîner est passée depuis un bon
moment, mais ils ne nous ont rien apporté à goûter.
On n'a plus rien à boire. Les gardes ont disparu. Leni
m'inquiète: à force de pleurer, elle s'est déshydratée
elle aussi alors qu'elle n'a pas vomi. Elle est en parfaite
santé, et moi pareil, ajouta-t-elle presque en s'excusant.

— Où est Elfriede?

— Elle dort là-bas.»

Je la vis. Elle était encore allongée sur le côté, la
pâleur donnait à sa peau mate une apparence de silex.

« Rosa, dit Leni. Ça va mieux ? »

À bout de résistance, Augustine s'accroupit sur le seau. Après elle, d'autres femmes se résignèrent à l'utiliser. Il ne serait jamais assez grand pour tout le monde, certaines feraient sur elles ou urineraient par terre, sur le sol déjà souillé et nauséabond. Pourquoi ne nous ouvraient-ils pas ? Ils nous avaient abandonnées dans la caserne en l'évacuant ? Le sang battait à mes tempes. Je rêvais de défoncer la porte, m'enfuir, ne jamais revenir. Mais les gardes étaient sûrement là, dehors : ils avaient reçu des instructions précises, ils n'ouvriraient pas, ils ne savaient pas traiter ce problème d'agonisantes, ils l'avaient mis de côté jusqu'à nouvel ordre.

Je me levai en vacillant sur mes chevilles, Augustine m'aida, j'utilisai le seau moi aussi, Beate et elle durent me tenir sous les aisselles. Ce ne fut pas humiliant, c'était seulement mon organisme qui capitulait. Je me souvins du refuge de Budengasse et de ma mère.

Mon urine était brûlante, ma peau si sensible que la caresser était douloureux. Ma mère aurait dit couvre-toi Rosa, ne prends pas froid. Mais c'était l'été, la mauvaise saison pour mourir.

Me soulager fut doux comme un dernier désir exaucé. Je pensai à mon père : il avait été d'une intégrité parfaite, il pourrait intercéder pour moi. Alors je priai, même si je n'en avais pas le droit ; je priai pour mourir la première, je ne voulais pas assister à la mort d'Elfriede, je ne voulais plus perdre personne. Mais mon père ne me pardonnait pas, et Dieu pensait déjà à autre chose.

La première chose que je sentis fut le froid dans

tout mon corps, puis une légèreté à l'allure de syncope.

J'entrouvris les yeux, vis le plafond, c'était l'aube.

Ils avaient ouvert la porte et mon corps s'était réveillé. Les SS croyaient peut-être trouver deux ou trois cadavres, voire plus, qu'ils devraient évacuer. En réalité, ils trouvèrent dix femmes que le bruit de clé dans la serrure venait d'arracher à un sommeil entrecoupé. Dix femmes aux cils collés et à la gorge brûlante, mais toutes vivantes.

L'Échalas nous dévisageait en silence, près de l'embrasure, effrayé comme face à des fantômes, tandis qu'un autre garde se bouchait le nez et reculait, ses talons résonnant sur les dalles du couloir. Nous-mêmes n'étions pas très sûres de ne pas être des fantômes, vérifiant avec circonspection la mobilité de nos membres, sans un mot, contrôlant notre respiration. Elle passait entre mes lèvres, traversait mes narines : j'étais en vie. Il fallut que Ziegler arrive et nous ordonne de nous lever pour que Leni sorte de sous la table, qu'Heike recule sa chaise d'un air hébété, qu'Elfriede roule doucement sur le dos et cherche la force de se relever, qu'Ulla bâille et qu'en titubant, je me remette sur mes pieds.

« En rang », ordonna Ziegler.

Rendues plus dociles par les séquelles de notre mal ou simplement domptées par la peur, nous disposâmes sur une ligne nos corps prostrés.

Pendant tout ce temps, où était l'*Obersturmführer*, mon amant ? Il ne m'avait pas accompagnée aux toilettes, ne m'avait pas humecté les tempes, rincé le visage : ce n'était pas mon mari, il ne se vouait pas à mon bonheur. Pendant que je mourais, il s'employait à défendre la vie d'Adolf Hitler, rien que la sienne, à dénicher les coupables en interrogeant Krümel, les seconds de cuisine, les aides, les gardes, tout le corps des SS logé au quartier général, et les fournisseurs locaux, et ceux qui venaient de plus loin, il aurait même interrogé les mécaniciens des trains, il serait allé au bout du monde pour mettre la main sur le coupable.

« On peut rentrer chez nous ? »

Je voulais qu'il entende ma voix, qu'il se souvienne de ma présence.

Il me regarda avec ses petits yeux, deux noisettes rances, passa la main dessus pour les masser, ou juste parce qu'il ne voulait pas me voir. « Le cuisinier va arriver, répondit-il. Il faut que vous repreniez le travail. »

J'avais l'estomac bouché ; je vis des mains pressées sur des bouches, des doigts sur des ventres, des expressions dégoûtées. Mais aucune de nous ne répondit.

Ziegler partit, et les gardes nous accompagnèrent aux toilettes deux par deux pour nous rafraîchir. Le réfectoire fut lavé, la porte-fenêtre sur la cour resta ouverte un moment et le petit déjeuner fut prêt plus tôt que d'habitude. Le Führer devait avoir faim, on ne pouvait pas le faire attendre une minute de plus. Il avait passé la nuit à se ronger les ongles, histoire de se mettre quelque chose sous la dent, ou peut-être ce contretemps lui avait-il ouvert l'appétit, son ventre gargouillait, mais c'était de la gastrite, du météorisme, une réaction nerveuse ; il avait jeûné des heures ou bien il disposait d'une manne, tombée du ciel une nuit rien que pour lui et stockée dans son bunker pour d'éventuelles urgences. Ou il avait tout simplement résisté à la faim parce qu'il savait résister à tout ; il avait caressé le doux pelage de Blondi et l'avait mise à la diète elle aussi.

Nous prîmes place à table avec nos vêtements sales, dans une odeur infecte. En retenant notre souffle, nous attendîmes d'être servies. Puis, dociles à notre habitude, nous goûtâmes comme la veille. Le soleil illuminait nos assiettes et nos visages émaciés.

Je mâchais par automatisme, me forçant à avaler.

On ne nous fournit aucune explication, mais pour finir on nous ramena chez nous.

Herta sortit pour me serrer dans ses bras, puis, assise sur mon lit, me raconta : « Les SS sont passés dans toutes les fermes les unes après les autres, ils ont harcelé les fournisseurs. Le berger pensait qu'ils allaient lui régler son compte sur place, dans l'étable, tant ils étaient furieux. Il y a eu d'autres cas d'intoxication au village récemment, et on ne comprend pas d'où ça vient. Pas nous, on va bien, ou plutôt on s'est sentis mal, mais pour toi.

— Heureusement il n'y a pas eu de morts, commenta Joseph.

— Il est venu te chercher, dit Herta.

— Joseph attendait dehors ?

— Il y avait la mère de Leni, répondit mon beau-père comme pour minimiser son inquiétude, le valet qui travaille pour Heike, des sœurs et des belles-sœurs et d'autres vieux comme moi. On s'est plantés devant la caserne, en demandant des nouvelles, mais personne ne voulait rien nous dire, ils nous ont menacés de toutes les façons, jusqu'au moment où ils nous ont obligés à partir. »

Herta et Joseph n'avaient pas dormi, je ne sais pas qui avait dormi cette nuit-là. Même les enfants n'avaient trouvé le sommeil que très tard, épuisés à force de pleurer, sous le regard vigilant des grands-mères et des tantes. Les enfants d'Heike qui réclamaient leur mère, elle me manque, où elle est ; la petite Ursula qui pour se rassurer chantait ma comptine, mais avait oublié les paroles. L'oie déjà volée et le renard tué, le chasseur l'avait puni. Pourquoi mon père me chantait-il des chansons aussi tristes ?

Même Zart, dit Joseph, debout près d'Herta, avait gardé les yeux rivés sur la porte d'entrée comme s'il attendait mon retour d'un instant à l'autre ou comme s'il y avait un ennemi à l'affût. Et il y en avait un : depuis onze ans.

23

Il ne reviendrait pas ; il n'oserait pas se présenter sous ma fenêtre après ce qu'il avait fait. Ou bien viendrait-il précisément pour mesurer son pouvoir ? Mais c'est moi qui l'avais introduit dans la grange. Je m'attendais vraiment à un traitement de faveur ? La privilégiée. La putain du lieutenant.

Je fermai les battants malgré la chaleur du soir, je craignais que Ziegler ne s'introduise dans ma chambre, je craignais de le retrouver à côté de moi dans le lit, ou sur moi. La gorge me chatouillait à cette idée.

Je la chassai, roulai le drap en boule au pied du lit, cherchai des îlots de fraîcheur où poser mes mollets. S'il avait osé venir, je lui aurais jeté mon refus au visage.

J'allumai la lampe couverte du tissu habituel et m'assis à la fenêtre. La pensée que c'était lui qui me refusait – après m'avoir vue souillée de vomissures, indigne – me mettait en colère. Il pouvait se passer de moi, tandis que moi je l'attendais en scrutant la campagne noire, en devinant dans la nuit le chemin de terre jusqu'au virage et plus haut, l'embranchement qui menait au château, où tout avait commencé.

À une heure, j'éteignis, un sursaut d'amour-propre, la reconnaissance de ma défaite. C'est Ziegler qui avait gagné, d'ailleurs il était le plus fort. Je me remis au lit, les muscles si tendus que j'en avais mal au dos. Le tic-tac du réveil me tapait sur les nerfs. Puis il y eut un bruit terrifiant.

Des ongles contre la vitre. La peur déferla rappelant la nausée de la veille. Dans le silence, seuls les ongles griffaient et mon cœur battait.

Quand le bruit cessa, je me levai d'un bond. Vitre muette, route déserte.

«Comment allez-vous, mesdames? Je suis heureux que vous soyez rétablies.»

J'eus du mal à déglutir. Les autres aussi cessèrent de manger et regardèrent Ziegler – un regard furtif, comme si c'était interdit mais qu'elles ne pouvaient l'éviter; puis nous nous regardâmes toutes, le visage chiffonné.

Après l'intoxication, après que le réfectoire s'était révélé ce qu'il était, un piège, la panique nous envahissait chaque fois qu'un SS s'adressait à nous. Si en plus c'était Ziegler, nous percevions un danger imminent.

Ziegler tourna autour de la table, s'approcha d'Heike, dit: «Tu dois être contente que tout soit fini.» Une fraction de seconde, je crus qu'il faisait allusion à son avortement. Heike aussi le pensa peut-être: elle acquiesçait avec de petits mouvements de tête, trop rapides pour cacher sa nervosité. Il se pencha dans son dos, tendit un bras vers son assiette et attrapa une pomme. Il y planta les dents comme s'il était à un déjeuner sur l'herbe : le bruit de morsure fut précis, sinistre. Il mastiquait en marchant, le buste en avant, les bras en arrière, comme si à chaque pas il amorçait un plongeon. Sa démarche était si bizarre : alors pourquoi me manquait-il ?

« Je voulais vous remercier pour votre collaboration devant l'urgence. »

Augustine ne lâchait pas des yeux la pomme dans la main du lieutenant, une de ses narines palpitait. Le nez d'Elfriede était bouché, comme toujours, elle avait du mal à respirer. Les joues de Leni étaient empourprées d'un lacis où stagnait le sang. Je me sentais exposée. Ziegler allait et venait, mâchant avec un tel flegme que je croyais qu'il allait changer de ton d'un instant à l'autre, nous nous attendions à un coup de théâtre, prêtes au pire, impatientes qu'il arrive.

Mais Ziegler acheva son tour, s'arrêta derrière moi.

« Nous ne pouvions pas agir autrement, mais en fin de compte, vous l'avez vu, nous avons géré l'urgence. Tout est rentré dans l'ordre, profitez de votre repas. » Il laissa le trognon dans mon assiette et sortit.

Beate se pencha à travers la table et prit la queue du trognon entre deux doigts. J'étais si troublée que je ne me demandai pas pourquoi. La chair autour des pépins s'assombrissait déjà, mordue par les incisives de Ziegler, humide de sa salive.

Il voulait me faire chanter. Tout le monde saura qui tu es. Me torturer. Ou seulement me voir – une pointe de nostalgie. Nous avions fait l'amour. Il fallait que ça ne se reproduise plus jamais. Si personne n'en savait rien, cette nuit n'existerait pas. Elle était passée, on ne pouvait pas la toucher, c'était comme si elle n'avait pas eu lieu. Peut-être qu'avec le temps j'en arriverais à me demander si c'était vraiment arrivé, je ne saurais pas le dire et je serais sincère.

Je recommençai à manger, bus mon lait, reposai le bol sur la table avec une impétuosité involontaire : il vacilla et se renversa. « Excusez-moi », dis-je. Le bol roula jusqu'à Elfriede, qui le remit debout. « Excusez-moi, répétai-je. — Il ne s'est rien passé, la Berlinoise » et elle me le tendit. Puis elle étala une serviette sur la mare de lait.

J'allai me coucher tôt, cherchant en vain un sommeil salvateur. Les yeux grands ouverts, j'imaginais qu'il était venu. Ziegler. J'avais peur qu'il s'approche, qu'il griffe la vitre avec ses ongles comme la nuit précédente, qu'il la casse avec une pierre, qu'il me prenne au collet. Herta et Joseph accourraient, ne comprendraient pas, j'avouerais, je nierais jusqu'à la mort. La lumière éteinte, je tremblais.

Le lendemain, l'*Obersturmführer* sortit dans la cour après le dîner. Je parlais avec Elfriede qui fumait. Il marcha droit sur moi. Je me tus brusquement, Elfriede demanda : « Que se passe-t-il ?

— Jette cette cigarette. »

Elle se retourna.

« Jette-la tout de suite », répéta Ziegler.

Elle hésita avant de la lâcher, comme si elle voulait tirer une dernière bouffée, pour ne pas la gaspiller complètement.

« Je ne savais pas qu'il était interdit de fumer, se justifia-t-elle.

— Dorénavant c'est interdit. On ne fume pas dans ma caserne. Adolf Hitler déteste la fumée.»

Ziegler m'en voulait. Il s'en prenait à Elfriede, mais c'était moi l'objet de sa colère.

«Une Allemande ne doit pas fumer.» Il inclina la tête, me flaira, comme quatre nuits plus tôt sous ma fenêtre. Je tressaillis. «Ou du moins, on ne doit pas le sentir.

— Je n'ai rien fait», dis-je.

Des yeux, Elfriede me suppliait de me taire.

«En es-tu sûre?» dit Ziegler.

Le trognon était marron à présent. Beate l'avait posé sur la table, près d'un bougeoir noir et d'une petite boîte. Elle alluma la bougie avec une allumette. C'était la fin de l'après-midi, en avance sur le couvre-feu, il y avait encore de la lumière, mais ses jumeaux dormaient déjà dans la chambre. Ulla, Leni, Elfriede et moi étions assises autour d'elle.

Heike n'était pas là. Depuis son avortement, les deux amies d'enfance s'étaient éloignées sans se le dire. Heike avait tout simplement tenu Beate à l'écart d'un événement majeur de sa vie, ce qui avait créé une distance implicite. En réalité, elle montrait plus de réserve avec tout notre groupe, comme s'il lui pesait d'avoir partagé un tel secret avec nous : elle ne nous pardonnait pas de savoir ce qu'elle aurait préféré oublier.

Augustine avait brandi son scepticisme habituel contre les inepties de la petite sorcière et était restée chez elle avec l'excuse des enfants. On va punir Ziegler, avait dit Beate. Si ça marche, tant mieux, sinon on se sera bien amusées quand même.

Elle ouvrit la petite boîte, qui contenait des épingles.

«Comment tu fais?» demanda Leni avec une pointe d'inquiétude. Ça ne la gênait pas de faire souffrir Ziegler, mais le mal qu'on souhaite à autrui peut vous retomber dessus. Elle se tracassait pour elle.

«J'utilise un objet qui a été en contact avec le lieutenant, expliqua Beate. J'y plante les épingles : si on se concentre pour imaginer que le trognon, c'est lui, il se sentira mal dans pas longtemps.

— Ça n'a ni queue ni tête, dit Elfriede. Dire que je me suis dérangée pour des bêtises pareilles.

— Oh! Tu ne vas pas jouer les trouble-fête à la place d'Augustine! dit Beate. Qu'est-ce que ça te coûte? Prends ça comme un passe-temps. Tu en avais un meilleur ce soir?

— Et à la fin tu brûles le trognon avec la bougie?» Leni était la plus intéressée.

«Non, elle contribue à l'atmosphère.» La petite sorcière s'amusait vraiment.

«Farcir d'épingles un vieux reste de pomme, c'est bien la première fois que j'entends ça, dit Elfriede.

— On n'a rien d'autre que Ziegler ait touché, observa Beate, il faut nous en contenter.

— Dépêche-toi, dit Elfriede, sinon on va finir à la nuit. Je ne sais même pas pourquoi je t'écoute.»

Beate prit une épingle dans la boîte. Elle la dirigea vers la partie supérieure du trognon, la planta dans la chair gâtée. «Une épingle dans la bouche», dit-elle. Cette bouche, je l'avais embrassée. «Comme ça, on ne l'entendra plus beugler contre nous.

« — Et toc ! dit Leni en riant.

— Non, les filles, il faut être sérieuses, sinon ça ne marche pas.

— Beate, dépêche-toi », insista Elfriede.

À la lumière de la bougie, les doigts de Beate projetaient une longue ombre tremblante qui, en s'approchant du trognon, l'estompait, faisait de lui un objet inquiétant, lui donnait une forme approximative d'être humain, le corps du Ziegler que j'avais connu.

Beate plantait les épingles en énumérant des parties du corps. Les épaules, que j'avais étreintes. Le ventre, contre lequel je m'étais frottée. Les jambes, que j'avais entourées des miennes.

Moi, j'avais été en contact avec Ziegler. Elles auraient pu planter des épingles dans ma chair, ça aurait été plus efficace.

Beate se concentra sur le reste de peau rouge autour de la queue : « La tête », dit-elle.

Je sentis ma nuque me piquer.

« Il est mort maintenant ? demanda tout bas Leni.

— Non, il reste le cœur. »

Les doigts s'approchèrent avec une lenteur calculée. J'eus un début de palpitations. L'épingle allait pénétrer le pépin quand j'étendis la main entre les deux.

« Que fais-tu ?

— Aïe ! » Je m'étais piquée. Une goutte de sang perla à mon index, la bougie la faisait briller.

« Tu t'es blessée ? » demanda Beate.

Elfriede éteignit la bougie et se leva.

« Pourquoi ? se plaignit la maîtresse de maison.

— Allez, on arrête là », répondit-elle.

J'étais hypnotisée par le sang au bout de mon doigt.

«Rosa, mais qu'est-ce qui t'a pris ? » demanda Leni déjà affolée.

Elfriede s'approcha de moi, les autres nous observaient, muettes, tandis qu'elle me poussait dans la chambre.

«La Berlinoise, encore ta peur du sang ? Tu ne vois pas que c'est une petite piqûre de rien du tout ? »

Les jumeaux dormaient sur le côté, la joue écrasée contre le bras, la bouche ouverte comme un O comprimé, déformé.

«Ce n'est pas pour ça, bafouillai-je.

— Regarde. » Elle saisit mon poignet, introduisit l'extrémité de mon doigt entre ses lèvres, suça. Puis elle vérifia si ça saignait encore, suça de nouveau.

Une bouche qui ne mord pas. Ou la possibilité de serrer les mâchoires en traître.

«Voilà, dit-elle en lâchant mon doigt. Maintenant tu peux être sûre que tu ne mourras pas vidée de ton sang.

— Je n'avais pas peur de mourir, ne te moque pas de moi.

— Et alors ? Tu t'es laissé impressionner ? Pour une fille de la ville, tu me déçois.

— Excuse-moi.

— Tu t'excuses de m'avoir déçue ?

— Je suis pire que tu ne crois.

— Et que sais-tu de ce que je crois ? » Elle leva le menton dans un mouvement de défi comique. «Pimbêche. »

Un sourire me vint aux lèvres.

Puis j'essayai de me justifier : «La nuit dernière, à la caserne, c'était terrible.

— C'était terrible, oui, et ça peut encore arriver, il n'y a aucun moyen de l'éviter. On peut se cacher tant qu'on veut, tôt ou tard la mort nous trouvera de toute façon», et son visage se durcit, il me sembla identique à celui qui m'avait dévisagée pendant la prise de sang, le deuxième jour. Mais ensuite ses traits se relâchèrent, résignés, et ses yeux me consolèrent. «Moi aussi j'ai peur, encore plus que toi.»

Je regardai le trou minuscule au bout de mon doigt, déjà sec, et les mots m'échappèrent : «Je t'aime.»

La surprise l'empêcha de répondre. Un des jumeaux eut un bruit de rongeur, fronça le nez comme sous une démangeaison soudaine, se frotta contre les draps et roula sur le dos, les bras au-dessus de la tête, écartés. On aurait dit un enfant Jésus s'offrant déjà à la crucifixion.

«C'est idiot, dis-je, tu as raison.

— Quoi, que tu m'aimes?

— Non, cette farce avec les épingles.

— Ah. Je préfère ça.»

Elle me prit la main, la serra. «Retournons avec les autres.»

Elle ne relâcha pas son étreinte avant qu'on ne soit sur le seuil de la cuisine.

Cette nuit-là non plus, je ne me montrai pas à la fenêtre, ni les nuits suivantes. Je crus avoir réussi, que c'était fini. Il ne vint plus, ou s'il venait, ne griffait plus le carreau. Il n'était peut-être jamais venu et ce crissement naissait de mes os.

Il me manquait. Ce n'était pas le même manque qu'avec Gregor, le destin qui bifurque, toute promesse anéantie, ce n'était pas aussi grave. C'était une impatience. J'étreignis mon oreiller, le coton était rêche, inflammable. Le problème n'était pas Albert Ziegler : c'était moi. L'engourdissement qu'il avait ébranlé. Je mordis la taie, frissonnai à la rudesse de son contact sous mes dents. Ziegler ou un autre, ça aurait été pareil, voilà ce que je pensais. J'ai fait l'amour avec lui, parce que je ne l'avais pas fait depuis trop longtemps. J'arrachai un lambeau de tissu, le mâchai, un fil se coinça entre mes incisives, je le suçai, le roulai avec ma langue, l'avalai comme quand j'étais petite : je n'en mourus pas cette fois non plus. Ce n'est pas Albert Ziegler qui me manque, me disais-je. C'est mon corps. Abandonné de nouveau, renvoyé à l'autarcie.

J'ignore combien de jours avaient passé quand l'Échalas pénétra dans le réfectoire et m'ordonna de me lever.

« Tu as encore volé. »

Qu'est-ce que ça voulait dire ? « Non, je n'ai rien volé. »

Krümel avait pris sur lui la responsabilité des bouteilles de lait dans mon sac. Je n'avais jamais été déclarée coupable.

« Plus vite que ça. »

Je cherchai du regard Theodora, Gertrude, Sabine. Les Enragées étaient aussi effarées que moi, il n'y avait pas de dénonciation dans l'air.

« J'aurais volé quoi ? demandai-je, la respiration coupée.

— Tu le sais très bien, répondit l'Échalas.

— La Berlinoise…» Elfriede secouait la tête, une mère à bout de patience.

«Je te jure!» criai-je en me levant. Je n'avais pas commis de nouvelle imprudence, il fallait qu'elle me croie.

«Suis-moi.» L'Échalas me tira par le bras.

Leni se boucha le nez, plissa les yeux.

«Allez, passe devant.» Je quittai le réfectoire, escortée par le garde.

Dans le couloir, je me retournai, redemandai de quel vol on m'accusait.

«C'est Krümel qui vous l'a dit? Il est en colère contre moi.

— Il est en colère parce que tu voles à la cuisine, Sauer. Mais tu vas t'en mordre les doigts.

— Où allons-nous?

— Tais-toi et avance.»

Je posai mes mains sur sa poitrine: «Je t'en prie, tu me connais depuis des mois, tu sais que je ne ferais…

— Comment te permets-tu?» gronda-t-il en me repoussant.

Je marchai le souffle court jusqu'au bureau de Ziegler.

L'Échalas frappa, reçut une réponse positive, me fit entrer, fut dispensé d'assister à mon exécution malgré la curiosité qui manifestement le dévorait; je me demandai s'il écouterait à la porte.

Pas Ziegler, à l'évidence. Il vint à ma rencontre, me saisit par un bras, si fort qu'il me fit mal, mes articulations se déboîtèrent, je sentis tous mes os se fracasser par terre. Puis il me serra contre lui, et j'étais entière, je ne m'étais pas brisée en mille morceaux.

« C'est Krümel qui te l'a raconté ?

— Si tu ne sors pas cette nuit, je casse la vitre.

— C'est lui qui t'a parlé du lait ? C'est lui qui t'a fait penser à cette histoire de vol ?

— Tu as entendu ?

— Et maintenant comment on règle cette histoire que tu as inventée ? Je leur dis quoi, aux autres ?

— Tu leur diras que c'était une erreur, à moins que tu ne préfères avouer que tu as volé alors qu'on t'a graciée une première fois. Et maintenant on n'en parle plus.

— Ce n'est pas crédible. »

Il me dévisagea. Je dus fermer les yeux un instant. Je respirai l'odeur de son uniforme, sa peau la gardait même quand il était nu.

« Vous vouliez nous tuer », dis-je.

Il ne répondit pas.

« Tu m'aurais tuée. »

Il continuait à me dévisager, sérieux, comme toujours.

« Parle, enfin !

— Je te l'ai dit : si tu ne sors pas, je casse la vitre. »

Un éclair douloureux me traversa le front, je portai une main à ma tempe.

« Qu'as-tu, Rosa ? »

C'était la première fois qu'il m'appelait par mon prénom.

« Tu es en train de me menacer », dis-je et toute douleur s'évanouit. Un doux soulagement envahit mon corps.

Quelques heures après, nous étions couchés côte à côte comme deux personnes dans un pré contemplant le ciel, même s'il y manquait le ciel. L'urgence avec laquelle Ziegler m'avait serrée contre lui l'après-midi dans son bureau s'était dissipée, il lui avait suffi de savoir qu'il pourrait encore disposer de moi pour retrouver son calme. Il s'était tout de suite allongé quand nous étions entrés dans la grange et ne m'avait pas touchée. Resté en uniforme, il se taisait : peut-être dormait-il, je ne connaissais pas sa respiration dans son sommeil, peut-être pensait-il, mais pas à moi. J'étais étendue à côté de lui, en chemise de nuit ; nos épaules se frôlaient et j'étais mortifiée que ce contact le laisse froid. J'étais déjà dépendante de son désir. Il avait eu si peu à faire, venir une nuit à ma fenêtre, en décider, et ça s'était fait. J'avais répondu à ce désir comme à une convocation. À présent son indifférence m'humiliait. Pourquoi m'avait-il amenée ici s'il ne m'adressait même pas la parole ?

Son épaule quitta la mienne ; comme poussé par une rafale de vent, Ziegler changea de position et s'assit. Je crus qu'il allait partir sans explication, d'ailleurs la première fois il était arrivé sans explication. Je ne lui avais jamais rien demandé, n'avais eu aucun pourquoi.

«C'était le miel», dit-il.

Je ne compris pas.

«C'était un mauvais lot de miel. C'est ça qui vous a intoxiquées.»

Le gâteau si sucré qui avait tant plu à Elfriede. «On vous a vendu du miel dangereux?» Je m'assis à mon tour.

«Pas délibérément.»

Je lui touchai le bras: «Explique-moi.»

Ziegler se tourna, sa voix rebondit sur mon visage.

«Ça peut arriver. Les abeilles butinent une plante toxique près des ruches et contaminent le miel, rien de plus.

— Quelle plante? Qui l'a prouvé? Et qu'avez-vous fait au producteur?

— Le miel ne peut pas être mortel. Ou du moins, c'est très rare.» La chaleur soudaine sur ma joue, c'était sa main.

«Mais tu ignorais que ce n'était pas mortel. Pendant que je vomissais, que j'avais froid, que je m'évanouissais, tu l'ignorais. Tu m'aurais laissée mourir.» Je posai ma paume sur sa main, pour l'éloigner. Je la serrai.

Ziegler me bascula, ma tête toucha le sol avec un bruit moelleux de beurre. Il me couvrit le visage de ses cinq doigts, sa paume scellait ma bouche, l'extrémité de ses doigts pesait sur mon front. Il m'écrasa le nez, les paupières comme s'il voulait les triturer, les réduire en charpie.

« Tu n'es pas morte. »

Il s'allongea sur moi, libérant mon visage, glissa les doigts sous ma cage thoracique, empoigna ma douzième côte comme pour l'arracher, se la réapproprier enfin au nom du genre masculin tout entier.

« J'ai cru que j'allais mourir, dis-je. Et toi aussi, et tu n'as rien fait. »

Il souleva ma chemise de nuit et mordit cette côte qu'il n'arrivait pas à extirper. Je crus qu'elle allait casser entre ses dents ou que ses dents se briseraient. Mais ma côte sembla rouler sous ses incisives, tendre, élastique.

« Tu n'es pas morte », dit Ziegler sur ma poitrine. Il m'embrassa sur la bouche : « Tu es vivante », et sa voix trébucha dans sa gorge en une sorte de toux. Je le caressai comme on caresse un enfant pour dire tout va bien, il ne s'est rien passé. Puis je le déshabillai.

25

Je sortais toutes les nuits pour faire l'amour avec lui. Je me dirigeais à pas rapides vers la grange, avec la détermination qu'on met à affronter l'inévitable. C'était un pas de soldat. Les questions se bousculaient dans ma tête, je les faisais taire ; le lendemain elles revenaient me tourmenter, mais quand j'entrais dans la grange, ce n'étaient que de vieilles guenilles accrochées dans un barbelé, elles ne franchissaient pas le camp retranché de ma volonté.

Sortir à l'insu de tout le monde tenait de la rébellion. Je sentais dans la solitude de mon secret une liberté totale : j'échappais à tout contrôle sur ma vie, je me livrais à l'arbitraire des événements.

Nous étions amants. Il est naïf de chercher une raison pour laquelle on devient amants. Ziegler m'avait regardée, mieux, il m'avait vue. Dans cet endroit et à ce moment, il n'en avait pas fallu plus.

Une nuit peut-être, Joseph ouvrirait la porte et nous surprendrait l'un contre l'autre, un uniforme nazi pour couverture. Comment n'était-ce pas encore arrivé ? Le matin, je pensais que ce ne serait que justice, je voulais qu'on me traîne à l'échafaud sous la réprobation générale. C'était donc ça, cette histoire de vol, diraient mes compagnes. Il n'y avait pas de malentendu, tout était clair à présent. Une secrétaire berlinoise, dirait Herta, je savais qu'on ne pouvait pas s'y fier.

Dans le noir, je m'agrippais au corps de mon amant pour ne pas tomber. Et soudain je sentais la vie accélérer, persister dans mon organisme et finir par le consumer : mes cheveux tombaient, mes ongles se cassaient.

« Où as-tu appris à chanter ? Je voulais te le demander depuis le soir de la fête. »

Albert ne m'avait jamais posé de questions personnelles. Vraiment, il s'intéressait à moi ?

« À Berlin, à l'école. On avait formé une chorale, on se retrouvait deux après-midi par semaine et, à la fin de l'année, on se produisait devant nos parents... Quelle torture pour eux.

— Comment peux-tu dire ça alors que tu chantes si bien. »

Il parlait sur un ton tout à fait familier, comme si on avait déjà eu de longues conversations quand c'était la première fois, la première dont je me souvienne.

« J'avais une excellente prof, elle savait nous motiver. J'aimais chanter et elle me confiait des solos. Je me suis toujours amusée à l'école.

— Pas moi. Pour te dire, en CP la maîtresse nous emmenait au cimetière.

— Au cimetière ?

— Pour nous apprendre à lire. Les inscriptions étaient grosses et en majuscules, il y avait des lettres et des chiffres, la méthode lui semblait simple et efficace.

— Une femme dotée de sens pratique ! »

Pouvait-on plaisanter avec lui ?

« Le matin, elle nous faisait mettre en rang par deux et nous accompagnait au cimetière. On devait se taire pour respecter les "pauvres défunts" et lire chacun une pierre tombale. Parfois l'idée qu'il y avait un mort sous la terre m'impressionnait tellement que je n'arrivais pas à sortir un mot.

— La bonne excuse », dis-je en riant.

C'était possible, il riait lui aussi.

Il continua : « Le soir, je repensais à ces morts et j'imaginais mon père ou ma mère enterrés, je ne dormais plus. »

Que nous arrivait-il ? Nous étions deux étrangers qui se racontaient. L'intimité physique peut-elle engendrer la bienveillance ? J'éprouvais pour son corps un incompréhensible élan protecteur.

J'avais besoin de la précision avec laquelle ses pouces pressaient le bout de mes seins, me clouant contre le mur. Mais une fois soulagée, son impétuosité cédait le pas. Elle devenait tendresse, la tendresse improbable des amants. Je pensais à Ziegler enfant, voilà ce qui m'arrivait.

« Et puis la maîtresse nous faisait prendre notre pouls. Elle disait : l'ennui n'existe pas. Si vous vous ennuyez, vous pouvez poser vos doigts là – Ziegler se prit le poignet – et compter. Un. Deux. Trois. Chaque pulsation est une seconde, soixante secondes font une minute, vous pouvez savoir combien de temps a passé même sans montre.

— Et selon elle c'était un bon système pour lutter contre l'ennui ?

— Moi je m'en servais le soir, quand je n'arrivais pas à dormir parce que je pensais aux morts. Il me semblait qu'on leur manquait de respect en allant violer l'endroit qui leur appartenait et qu'ils se vengeraient tôt ou tard. »

J'imitai la voix d'un grand méchant ogre : « Pour t'entraîner dans l'au-delà ? » Je saisis son poignet. « Allez, on va prendre ton pouls, comme nous l'a appris la maîtresse. » Il se laissa faire. « Tu es plutôt vivant, lieutenant Ziegler. »

Il faut beaucoup de curiosité pour imaginer les gens enfants. Ziegler petit était la même personne qu'aujourd'hui, mais il était surtout un autre. Le point de départ d'un destin qui m'inclurait. J'étais en train de nouer une alliance avec cet enfant, il ne me ferait pas de mal. Voilà pourquoi je pouvais jouer avec Albert, pourquoi je riais de tout – la main sur la bouche pour ne pas faire de bruit – de rien, à la manière des amants.

« Les morts se vengent », dit-il.

J'aurais voulu porter dans mes bras cet enfant qui avait peur de la mort, l'endormir en le couvrant de caresses.

Nous restâmes silencieux pendant soixante battements consécutifs de son cœur, puis je tentai de reprendre la conversation. « Moi, j'ai eu de très bons enseignants. Au lycée, j'étais amoureuse de mon prof de maths, il s'appelait Adam Wortmann. Je me demande souvent ce qu'il est devenu.

— Ah, ma maîtresse est morte. Et sa sœur avec qui elle habitait peu après. Cette sœur portait toujours des chapeaux bizarres.

— M. Wortmann a été arrêté. On est venu le chercher en classe. Il était juif.»

Albert ne fit pas de commentaire, moi non plus.

Puis il dégagea son poignet de ma main et récupéra sa veste posée sur le tas de bois.

«Tu pars déjà?

— Il le faut», répondit-il en se levant.

Sa poitrine était creusée au milieu, j'adorais passer l'index dans ce creux, mais il ne m'en laissa pas le temps. Il boutonna son uniforme, chaussa ses bottes, vérifia par automatisme la présence de son pistolet dans l'étui. «Au revoir», dit-il et il mit sa casquette sans attendre que je sorte moi aussi.

26

Avec l'arrivée de l'été, la baronne m'invitait souvent au château. J'y allais l'après-midi, mon travail fini, avant que l'autocar ne revienne me chercher. Nous restions au jardin, elle et moi toutes seules, comme deux adolescentes qui ont besoin de cette exclusivité pour se dire amies. À l'ombre des chênes, parmi les œillets, les pivoines et les bleuets que Joseph avait semés par petits groupes plutôt qu'en ligne – car la nature n'est pas rangée, disait Maria –, nous parlions musique, théâtre, cinéma, livres ; elle me prêtait des romans, je les lui rapportais après m'être formé une opinion parce qu'elle voulait en discuter pendant des heures. Elle m'interrogeait sur ma vie à Berlin et je me demandais ce qu'elle trouvait d'intéressant dans mon ancien quotidien petit-bourgeois, mais elle semblait se passionner pour tout, être curieuse de tout.

Désormais les domestiques m'accueillaient en habituée de la maison, m'ouvraient le portail, bienvenue Frau Sauer, m'accompagnaient jusqu'au pavillon et allaient chercher Maria si elle n'était pas déjà là avec une boisson, lisant et agitant son éventail. Elle disait que la maison était envahie de meubles, qu'elle y étouffait. Je la trouvais excessive, forçant toujours le ton, mais son engouement pour la nature était sincère. « Quand je serai grande, dit-elle un jour par plaisanterie, je serai jardinier pour cultiver tout ce dont j'ai envie. » Elle rit. « Ne vous méprenez pas, précisa-t-elle, Joseph fait merveille, j'ai de la chance de pouvoir compter sur lui. Mais j'ai essayé de lui demander de planter un olivier et il prétend que le climat n'est pas idéal. Je ne m'avoue pas vaincue. Depuis que je suis allée en Italie, je rêve d'une oliveraie derrière la maison. Vous aussi, Rosa, vous trouvez que les oliviers sont des arbres magnifiques ? » Je ne trouvais rien, je me laissais porter par son enthousiasme.

Un après-midi en m'ouvrant le portail, une femme de chambre m'informa que la baronne était à l'écurie avec les enfants – ils rentraient d'une promenade à cheval – et souhaitait que je l'y rejoigne.

Sur l'esplanade en terre battue en face de l'écurie, je les vis debout tous les trois, chacun à côté d'un cheval. Maria caressait la crinière de sa monture, sanglée dans un gilet qui élançait son buste mince. Elle était menue et son pantalon d'équitation arrondissait ses hanches, même si à la voir on n'aurait pas dit qu'elle avait accouché de deux enfants.

« Rosa ! » s'écrièrent Michael et Jörg, et ils coururent à ma rencontre.

Je m'agenouillai pour les embrasser. « Vous êtes beaux comme tout avec ces bombes !

— En plus j'ai une cravache, dit Michael en me la montrant.

— Moi aussi, mais je ne m'en sers pas, intervint son frère aîné, parce que le cheval obéit rien qu'en la voyant. » Jörg avait neuf ans : les règles de la soumission sont vite assimilées.

L'ombre de Maria s'allongea et vint s'étendre sur nous. « Voici votre maman, dis-je en me relevant. Bonjour.

— Bonjour, chère amie. Comment allez-vous ? » Le sourire sur son visage velouté s'élargit comme une empreinte de doigt. « Veuillez nous excuser, nous sommes en retard. » Elle était toujours d'une grande courtoisie. « Je m'attendais à ce que ce soit plus éprouvant de monter à cheval en plein soleil… Les enfants insistaient et j'ai voulu leur faire plaisir. Au bout du compte ils avaient raison. On a passé un bon moment, n'est-ce pas ? »

Ses enfants approuvèrent en bondissant autour d'elle.

« En attendant, je ne dois pas être très présentable », continua-t-elle en se passant la main dans les cheveux. Ils étaient attachés, des mèches cuivrées s'échappaient des barrettes.

« Voulez-vous faire un tour à cheval, Rosa ? » L'idée lui semblait soudain irrésistible, on le lisait dans ses yeux.

« Allez, dis oui ! s'écrièrent les enfants tout excités.

— Je vous remercie, répondis-je, mais je n'en ai jamais fait.

— Essaie, Rosa, c'est bien ! » Michael et Jörg bondissaient à présent autour de moi.

« Je ne doute pas que ce soit bien, mais je ne sais pas faire. »

Dans leur monde, il était sans doute absurde qu'on ne sache pas monter à cheval.

«Je vous en prie, Rosa, les enfants y tiennent. Notre garçon d'écurie vous aidera.»

Ça se passait ainsi avec elle: l'éventualité de la décevoir vous apparaissait inadmissible.

J'entrai dans l'écurie comme j'avais chanté pendant la fête, uniquement parce que la baronne le voulait. L'odeur de crottin, de sabots et de sueur m'apaisa. Je l'avais découvert à Gross-Partsch: l'odeur des animaux est rassurante.

Quand je m'approchai, le cheval s'ébroua, dressant la tête. Maria posa le bras sur son encolure: «Tout doux», dit-elle. Le garçon d'écurie me montra l'étrier: «Enfilez votre pied ici, Frau Sauer. Non, le gauche. Voilà, maintenant, en douceur, prenez votre élan. Appuyez-vous sur moi.» J'essayai, mais retombai en arrière, c'est lui qui me retint. Michael et Jörg éclatèrent de rire. Maria les réprimanda: «Vous trouvez que c'est gentil pour notre amie?» Michael chercha à se faire pardonner: «Tu veux monter mon poney? Il est plus petit.» Jörg enchaîna aussitôt: «On va t'aider à grimper!» Et il vint me pousser aux mollets. «Allez!» Son frère se joignit à lui, poussant à son tour.

À présent c'était Maria qui riait, d'un rire enfantin qui découvrait ses dents minuscules. J'étais déjà en nage, pourtant je ne me dérobai pas à leur amusement. Le cheval s'ébrouait encore.

Le garçon d'écurie me souleva par la taille, j'atterris sur la selle. Il m'enjoignit de me tenir droite et de ne pas tirer sur les rênes, c'est lui qui conduirait la bête. On sortit de l'écurie, le cheval partit au trot, je rebondissais à peine, je m'appuyais sur mes jambes pour ne pas perdre l'équilibre.

On fit un petit tour devant les box, le cheval tiré par le licou et moi sur lui, entraînée dans le même mouvement.

«Ça vous plaît, Rosa?» demanda la baronne.

Je me sentais ridicule. Un sentiment disproportionné que je n'arrivais pas à chasser. C'était par sens de l'hospitalité qu'elle m'avait proposé de monter à cheval, mais son geste avait révélé que nous n'étions pas du même monde.

«Merci, répondis-je, les petits avaient raison: c'est très bien.

— Attends!» cria Michael au garçon d'écurie.

L'enfant s'élança vers moi et me tendit sa cravache. Que pouvais-je bien en faire? Le cheval n'avait pas besoin qu'on le menace, il était docile, il était comme moi. Je la pris quand même, puis demandai au garçon de descendre.

Dans le pavillon, on nous servit une limonade fraîche. Les enfants avaient été confiés à leur gouvernante, ils s'étaient changés et étaient venus dire au revoir à leur mère, qui, elle, avait gardé sa tenue d'équitation. Ses cheveux un peu ébouriffés ne compromettaient pas son élégance, Maria en était consciente. «C'est bien, allez jouer», leur avait-elle dit en les renvoyant.

J'étais taciturne et la baronne ne comprenait pas pourquoi. Elle prit mes mains entre les siennes, comme avec Joseph. «Il est porté disparu, dit-elle, il n'est pas mort. Ne perdez pas courage.»

Elle tenait pour acquis que c'était la pensée de Gregor qui me tourmentait. Chaque fois qu'elle ou une autre personne me rappelait l'état d'âme que tout le monde m'attribuait, celui d'épouse affligée, j'avais peur de moi.

Je n'avais pas banni Gregor de mes pensées, non. Il m'appartenait au même titre que mes jambes ou mes bras. Simplement on ne marche pas en se focalisant sur le mouvement de ses jambes, on ne fait pas la lessive en se concentrant sur l'action de ses bras. Ma vie se déroulait alors qu'il l'ignorait, comme ma mère quand elle me laissait à l'école et rentrait à la maison sans moi, ou quand j'avais perdu le stylo neuf qu'elle m'avait offert. On me l'avait peut-être volé ou quelqu'un l'avait rangé dans sa trousse par inadvertance, je ne pouvais pas fouiller les cartables de mes camarades. Un stylo neuf en cuivre que ma mère avait acheté pour moi, je l'avais perdu et elle ne le savait pas, elle refaisait mon lit et pliait mes pulls en toute candeur. Le chagrin pour mon manquement à son égard était tel que la seule façon de le supporter était de moins l'aimer. Ne rien dire, garder le secret. La seule façon de survivre à l'amour pour ma mère était de trahir cet amour.

« Les choses finissent par s'arranger, vous savez. Même quand on a perdu espoir, dit Maria. Pensez à ce pauvre Stauffenberg. Nous pensions qu'il resterait aveugle l'année dernière, quand sa voiture a roulé sur une mine en Tunisie. Alors que, certes, il a perdu un œil, mais il va bien.

— Pas seulement un œil…

— Oui, il a aussi perdu la main droite. Et le petit doigt et l'annulaire gauches. Mais pas son charme. Je l'ai toujours dit à Nina, sa femme : tu as épousé le plus beau. »

Je fus frappée par la liberté avec laquelle elle parlait d'un homme qui n'était pas son mari. Mais il ne s'agissait pas de hardiesse, il n'y avait pas de vice chez Maria, c'était un pur enthousiasme.

« Avec Claus, je peux parler de musique et de littérature, comme avec vous, dit-elle. Tout jeune, il voulait devenir musicien ou architecte, puis à dix-neuf ans il est entré dans l'armée. Quel dommage, il avait du talent. Je l'ai souvent entendu dénoncer cette guerre trop longue : selon lui, nous allons la perdre. Et pourtant il s'est toujours battu avec un grand sens du devoir. Peut-être parce qu'il est très croyant. Un jour, il m'a cité Stefan George, son poète préféré : "Artiste muet qui fit de son mieux, / attendant songeur que le Ciel lui vienne en aide." Ce sont les derniers vers du *Chevalier de Bamberg*. Mais Claus n'attend l'aide de personne. Il agit par lui-même, croyez-moi, il n'a peur de rien. »

Elle lâcha mes mains, but le restant de son verre. Ce flot de paroles avait dû lui donner soif. La bonne arriva avec un gâteau aux fruits et à la chantilly, et Maria se frappa la poitrine. « Je suis gourmande, c'est terrible ! Je mange des pâtisseries tous les jours. En revanche, je ne mange jamais de viande, cela plaidera en ma faveur, non ? »

C'était une habitude insolite à cette époque, je ne connaissais personne qui renonçait volontairement à la viande, le Führer mis à part. Je ne connaissais pas le Führer non plus, à vrai dire. Je travaillais pour lui et ne l'avais jamais rencontré.

De nouveau, Maria se méprit sur mon silence : « Rosa, aujourd'hui vous êtes vraiment déprimée. » Il ne servait à rien que je m'en défende. « Il faut faire quelque chose pour vous égayer. »

Elle m'invita dans sa chambre, je n'y étais jamais montée. Une vaste baie ouverte qui occupait presque tout un mur répandait une lumière tiède. Au centre, une table ronde en bois sombre où des livres s'empilaient en désordre. Partout des vases remplis de fleurs. Le piano occupait un angle, les partitions s'étaient envolées sur le tabouret et le tapis. Maria les ramassa et s'assit. « Allez, venez. »

Je restai immobile derrière elle. Au-dessus du piano était accroché un portrait d'Hitler.

La pose de trois quarts, le regard frontal. Les yeux indignés, alourdis de poches, les joues flasques. Il portait un long manteau gris, ouvert de façon à exhiber les croix de fer gagnées à la Grande Guerre. Il avait un bras plié, le poing sur la hanche : on aurait dit une mère qui gronde son enfant, rien à voir avec un combattant, une ménagère qui s'accorde un court répit après avoir lessivé ses sols. Il y avait chez lui quelque chose de féminin, tant sa moustache semblait postiche, collée à l'instant pour un numéro de cabaret : je ne l'avais jamais remarqué.

Maria se retourna, me vit en arrêt devant le tableau. « Cet homme sauvera l'Allemagne. »

Si mon père l'avait entendue.

« Chaque fois que je l'ai rencontré, j'ai eu l'impression de parler avec un prophète. Il a des yeux magnétiques, presque violets, et quand il parle c'est comme s'il déplaçait l'air. Je n'ai jamais connu personne d'aussi charismatique.»

Qu'avais-je en commun avec cette femme? Pourquoi étais-je dans sa chambre? Pourquoi, depuis un certain temps, me retrouvais-je dans des endroits où je ne voulais pas être et l'acceptais-je sans me rebeller, pourquoi continuais-je à survivre chaque fois que quelqu'un m'était enlevé? La capacité d'adaptation est la principale ressource des êtres humains, mais plus je m'adaptais et moins je me sentais humaine.

«Je crois sans mal qu'il reçoit tous les jours des avalanches de lettres de ses admiratrices! Quand j'ai dîné avec lui, j'étais tellement émue que je n'ai pas touché à mon assiette. Si bien qu'au moment de nous séparer, il m'a dit en me faisant le baisemain – elle essaya d'imiter sa voix – "Chère enfant, mangez davantage. Vous ne voyez pas que vous êtes maigre?"»

J'objectai, comme si c'était la question:

«Vous n'êtes pas maigre.

— C'est ce que je pense aussi. Du moins pas plus qu'Eva Braun. Et je suis plus grande qu'elle.»

Ziegler aussi avait évoqué la maîtresse secrète du Führer. Ce fut bizarre de penser à lui en présence de la baronne. Avait-elle remarqué quelque chose, une ombre était-elle passée sur mon visage à la pensée de Ziegler?

«Mais Hitler m'a aussi beaucoup fait rire, vous savez. À un moment, je sors un petit miroir de mon sac, il s'en aperçoit et me dit qu'enfant il avait le même. Silence de mort. Mein Führer, que faisiez-vous d'un miroir de femme? lui demande Clemens. Un sacré toupet! Et Hitler qui répond: Je m'en servais pour renvoyer les rayons du soleil et aveugler le maître. Éclat de rire général. – Maria riait en même temps, pensant m'entraîner. – Mais un jour le maître lui donne un avertissement. Alors pendant la récréation, ses camarades et lui vont lire en douce ce qui est noté dans le registre. Dès que la cloche sonne, ils retournent à leurs pupitres et entonnent en chœur : "Hitler est un chenapan, qui aveugle les autres enfants." C'était l'observation consignée dans le registre… On aurait dit une comptine ! Au fond, le maître avait raison : Hitler était de la graine de voyou, et par certains aspects, il l'est encore.

— Et c'est pour ça qu'il devrait sauver l'Allemagne ? »

Maria fronça les sourcils. « Ne me prenez pas pour une idiote, Rosa. Je ne le permets à personne.

— Je ne voulais pas vous manquer de respect », dis-je. Et j'étais sincère.

« Nous avons besoin de lui et vous le savez. Il s'agit de choisir entre Hitler et Staline, et n'importe qui choisirait Hitler. Pas vous ? »

Ma connaissance de Staline et de l'Union soviétique se limitait à ce que Gregor m'en avait dit : le paradis bolchevique était peuplé de masures habitées par des pauvres diables. Ma colère contre Hitler était personnelle. Il m'avait privée de mon mari et chaque jour je risquais ma vie pour lui. Mon existence était entre ses mains, voilà ce que je détestais. Hitler me nourrissait, et cette nourriture pouvait me tuer. Mais au fond, donner la vie, c'est toujours condamner à mort, disait Gregor. Face à la création, Dieu contemple l'extermination.

«Pas vous, Rosa ?» répéta Maria.

Je fus tentée de lui parler de la caserne de Krausendorf, du traitement que les SS nous avaient réservé quand ils avaient cru que nous étions empoisonnées, mais au lieu de cela, j'acquiesçai machinalement. Pourquoi mon sort de goûteuse aurait-il dû éveiller sa pitié ? Elle en était peut-être déjà informée. La baronne dînait avec le Führer et invitait Ziegler à ses fêtes. Étaient-ils amis, le lieutenant et elle ? Soudain j'avais envie de parler de lui, plutôt que d'Hitler, je voulais le voir à travers ses yeux. Mon sort de goûteuse avait perdu tout intérêt à mes yeux.

«Tout changement a un coût, hélas. Mais dans la nouvelle Allemagne, nous vivrons tous mieux. Vous aussi.»

Elle souleva le couvercle du clavier, la cause allemande provisoirement archivée, elle avait un autre sujet d'intérêt. Parce que Maria se passionnait pour tout avec la même intensité. Nous pouvions disserter sur le Führer ou sur le gâteau aux fruits et à la chantilly, elle pouvait réciter un poème de Stefan George ou chanter un morceau des Comedian Harmonists, que son Führer adoré avait obligés à se dissoudre : pour elle, tout avait le même poids.

Je ne la blâmais pas, je ne pouvais plus blâmer personne. Au contraire, j'aimais sa façon de hocher la tête au rythme de la musique en levant les sourcils, tandis qu'elle m'incitait à chanter.

27

Je demandai à Albert s'il avait jamais rencontré Hitler en personne. Oui, bien sûr qu'il l'avait rencontré, quelle question. Je le priai de me décrire ce qu'on éprouvait quand on l'approchait, et lui aussi cita ses yeux pareils à des aimants.

« Mais pourquoi parlez-vous tous de ses yeux ? Le reste n'est pas regardable ? »

Il me donna une chiquenaude sur la cuisse. « Insolente !

— Oh là là ! Le voilà bien protégé ! Raconte, comment est-il ?

— Je n'ai pas envie de parler de l'aspect physique du Führer.

— Alors montre-le-moi, emmène-moi à la Wolfsschanze.

— Ben voyons.

— Tu me caches dans ta camionnette, dans le coffre.

— Vraiment, tu ne l'as jamais vu ? Pas même à un défilé ?

— Tu m'emmènes ?

— Mais où crois-tu aller, à une fête ? Il y a des barrages de barbelés, si tu veux savoir. Ils sont électrifiés. Et des mines : tu ne peux pas imaginer combien de lièvres ont sauté dessus.

— Quelle horreur.

— Tu comprends maintenant ?

— Mais j'entrerai avec toi.

— Non, tu n'as pas compris. Pour arriver au centre névralgique, là où vit Hitler, il faut un laissez-passer, mais on doit avoir été invité personnellement, et de toute façon on est fouillé. Tout le monde n'est pas le bienvenu chez le Führer.

— Quel homme inhospitalier.

— Arrête. » Mes plaisanteries le contrariaient, c'était comme si je diminuais son rôle. « Il n'a pas construit son quartier général en pleine forêt pour qu'on y entre comme dans un moulin.

— Tu m'as dit que deux mille personnes y vivent et que quatre mille y travaillent ! C'est carrément un village, qui s'apercevra de ma présence ?

— Je ne comprends pas pourquoi tu y tiens autant. Il n'y a rien à voir dans cet endroit où le soleil ne brille jamais.

— Pourquoi le soleil n'y brille jamais ? »

Il soupira, agacé. « Parce que entre les arbres est tendu un filet où l'on a entassé des feuilles. Et que sur le toit des bunkers poussent des arbres et des buissons. Vu d'en haut, il n'y a que de la forêt. Personne ne peut nous trouver.

— Quel génie », m'obstinai-je à plaisanter. Pourquoi me comportais-je ainsi ? J'étais peut-être troublée par toute cette énergie mobilisée pour se barricader, s'enterrer.

«Tu commences à m'énerver.

— Je veux savoir où tu passes ton temps. Il y a des femmes là-bas ?»

Il fit semblant de me regarder de travers.

«Alors ?

— Pas assez, hélas», dit-il avec un sourire.

Je lui pinçai le bras. Il m'attrapa un sein, le serra. Je ne renonçai pas pour autant. «Apporte-moi au moins un cheveu du Führer, je l'encadrerai.

— Que racontes-tu ?» Il monta à califourchon sur moi.

Il faisait presque jour, la lumière naissante filtrait par les lucarnes. Je caressai le léger relief de son tatouage sous le bras gauche, AB –, était-il écrit, et son numéro matricule. Il sursauta sous la chatouille, je continuai jusqu'au moment où, pour se défendre, il emprisonna mes poignets.

«Pourquoi tu veux un de ses cheveux ?

— Je l'accrocherai au-dessus de mon lit… Mais un poil de Blondi fera aussi l'affaire si tu n'arrives pas à lui arracher un cheveu pour moi, dis-je en riant pendant qu'Albert mordait mes clavicules, mes bras.

— Alors toi tu veux une relique d'un homme qui n'arrête pas de faire ça ?» Il remonta la commissure de ses lèvres vers le haut, plusieurs fois.

Son imitation du tic du Führer me fit rire aux larmes, j'étouffai mes hoquets dans la coupe de mes mains. Albert riait en écho, un rire grave, en rouleaux.

«D'abord tu le défends et après tu le dénigres ?

— Ce n'est pas ma faute s'il a ce tic.

— Moi, je pense que tu as tout inventé. Tu gobes

les légendes de ses détracteurs ! Tu fais le jeu de ses ennemis ! »

Il me tordit les poignets jusqu'à les faire craquer. « Répète ! » me défia-t-il.

L'aube arrivait, il aurait fallu nous quitter, mais je n'arrivais pas à détacher mon regard de lui maintenant que je pouvais distinguer ses traits. Il y avait quelque chose dans les rides de son front, dans la courbure de son menton, quelque chose qui m'effrayait. Je le dévisageais sans pouvoir faire la synthèse de son visage, je ne saisissais que la raideur de sa mâchoire tendue en avant, l'entaille profonde du sillon sourcilier, reste de poutrelles d'un échafaudage qui s'était écroulé. La dureté est vulgaire précisément parce qu'elle implique cette perte de cohésion. Mais comme certaines choses vulgaires, elle peut être excitante.

« Tu sais quoi : tu aurais dû être comédien, pas SS !

— Là, ça suffit, tu as passé les bornes ! » Il m'étrangla d'une main tout en me bloquant les poignets de l'autre. Il serra plusieurs secondes, j'ignore combien, la douleur irradia jusqu'aux tempes. J'écarquillai les yeux et c'est alors seulement qu'il lâcha prise.

Il me caressa le sternum, puis se mit à me torturer de chatouilles, avec les doigts, le nez, les cheveux. En riant, j'avais encore peur.

Albert me raconta plusieurs anecdotes sur le Führer. C'était lui, semble-t-il, qui aimait se livrer à des imitations : souvent à table, Hitler évoquait des épisodes du passé qui concernaient un de ses collaborateurs. Il devait avoir une mémoire d'éléphant, parce qu'il ne négligeait aucun détail. Le collaborateur concerné acceptait de bonne grâce d'être la risée des convives, il en était honoré.

Hitler était fou de Blondi, son berger allemand femelle qu'il emmenait tous les matins faire ses besoins et courir, au grand dam d'Eva Braun qui ne la supportait pas. Elle était peut-être jalouse de la chienne, qui avait accès à la chambre de son amant, tandis qu'elle-même n'était jamais invitée au quartier général de Rastenburg. D'ailleurs elle n'était pas une maîtresse officielle. Elle qualifiait Blondi de veau, mais Hitler détestait les petits chiens, indignes d'un grand chef d'État, et avait surnommé «balayettes» Negus et Stasi, les scottish terriers d'Eva.

«Elle chante mieux que toi, tu le sais?

— Eva Braun?

— Non, Blondi. Je te jure. Il lui demande de chanter et elle se met à gémir, de plus en plus fort. Plus il l'encourage et la complimente, plus elle gémit, elle hurle presque. Alors il lui dit: Pas comme ça, Blondi, il faut que tu chantes plus bas, comme Zarah Leander. Et je te jure, elle obéit.

— Mais tu l'as vu ou on te l'a raconté?

— J'ai participé quelquefois au thé de la nuit. Il ne m'invite pas toujours. D'ailleurs je préfère ne pas y aller, ça finit toujours très tard, on ne se couche jamais avant cinq heures.

— Comme si toi, tu dormais plus…»

Il me toucha le bout du nez.

«Et tu peux rentrer à la Wolfsschanze quand bon te semble malgré le couvre-feu et le black-out?

— Je ne rentre pas, dit-il. Je vais dormir à Krausendorf, à la caserne, dans mon fauteuil.

— Tu es fou.

— Tu crois que mon matelas est plus confortable ? Et puis la chambre est minuscule. Sans compter qu'en ce moment on y meurt de chaud, et que je ne peux pas brancher le ventilateur du plafond, le bruit me rend fou.

— Pauvre lieutenant Ziegler qui a le sommeil léger.

— Et toi, quand récupères-tu le sommeil que tu perds avec moi ?

— Depuis que je vis ici, je suis devenue insomniaque.

— On est tous insomniaques. Lui aussi. »

Un jour, me dit-il, les collaborateurs du Führer avaient recouru à l'essence contre les insectes qui infestaient le coin et par la même occasion, sans le vouloir, éliminé toutes les grenouilles. Hitler n'arrivait pas à s'endormir sans leur chant monotone et strident, résultat : il avait envoyé des hommes en expédition dans la forêt pour trouver des grenouilles.

J'imaginai les SS s'enfonçant la nuit dans la boue des marais, d'où moustiques et moucherons n'avaient pas été éradiqués et proliféraient sereinement, émerveillés d'avoir autant de jeune sang à sucer, autant de rejetons allemands à marquer de leur sceau. Ces Allemands étaient terrorisés à l'idée de rentrer bredouilles. Balayant le sol de leurs torches, ils avaient poursuivi en vain des grenouilles bondissantes. Ils les appelaient avec douceur, à la façon dont ils auraient appelé mon Zart, d'un léger claquement de langue, comme s'ils avaient voulu les embrasser, délivrant des princes charmants à marier. Puis, jubilation, ils avaient enfin tenu une grenouille entre leurs mains, mais la seconde suivante elle s'était échappée, et pour la rattraper ils étaient tombés, le nez dans la vase.

Au fond, cette nuit avait été une chance. Hitler leur avait permis de redevenir des petits garçons, ça ne leur arriverait plus jamais. Les grenouilles avaient été réintroduites, j'imaginais les SS les exhorter : Coasse, je t'en prie, jolie grenouille, coasse. Une fois de plus, le Führer avait fait preuve de clémence. Puis il était allé se coucher.

Albert aussi s'endormit, le nez écrasé sur mon ventre. Je restai réveillée, attentive au moindre bruissement. La grange était notre tanière, tout crime en a une.

28

Cette nuit, le Loup n'arrive pas à dormir. Il peut parler sans fin jusqu'à l'aube. Les uns après les autres, les SS s'endorment, la tête dodeline, puis tombe sur la paume, le coude posé sur la table tangue, mais la soutient toujours. L'important, c'est que quelqu'un, même s'il n'y en a qu'un, veille. Cette nuit le Loup ne veut pas dormir, pas question, il ne veut pas s'abandonner, le sommeil peut se révéler un piège, combien de gens ont fermé les yeux convaincus de les rouvrir et ont été aspirés? Il ressemble trop à la mort pour qu'on puisse s'y fier. Dors, disait maman en lui faisant un clin d'œil de son œil intact, l'autre étant au beurre noir depuis la fin de l'après-midi; son mari la préférait avec les pommettes violettes, surtout quand il buvait. Chut, disait maman, dors maintenant, mon petit loup. Mais le Loup savait déjà qu'il faut toujours rester aux aguets, on ne peut pas baisser la garde, les traîtres sont partout, il y a toujours un ennemi prêt à te liquider. Tiens-moi la main, maman la serrait, reste ici avec moi, le SS fait oui de la tête. Il attend que la poudre fasse son effet, que le Führer s'endorme, il l'assiste jusqu'au moment où il s'écroule, il veille sur sa respiration : bouche ouverte, il dort comme un bébé. Maintenant le SS peut s'en aller, le laisser se reposer.

Le Führer est resté seul, or la mort est à l'affût, un phénomène qui échappe à tout contrôle, un adversaire qu'on ne peut pas mater. J'ai peur. De quoi, petit loup ? De la grosse Hollandaise qui a essayé de m'embrasser devant tout le monde aux Jeux olympiques de Berlin. Que tu es bête. J'ai peur des traîtres, de la Gestapo, du cancer de l'estomac. Viens ici, mon petit, je vais te masser le ventre, tu verras, ces coliques vont disparaître. Tu as mangé trop de chocolat. Le poison, j'ai peur du poison. Mais je suis là : tu ne peux pas avoir peur. Je goûte ta nourriture comme une maman verse sur son poignet le lait du biberon ; comme une maman met dans sa bouche la cuillerée de bouillie, c'est trop chaud, elle souffle dessus, vérifie sur son palais avant de te donner la becquée. Je suis là, petit loup. Grâce à mon dévouement, tu peux te sentir immortel.

29

Nous avions étendu nos serviettes dans l'herbe. Le lac était à peine ridé, mais la température idéale pour se baigner. Ursula et Mathias ne voulaient plus sortir de l'eau. Heike dormait, allongée sur le côté. Ulla s'était assise dans une barque tirée sur le rivage, jambes croisées, et de temps en temps remontait les bretelles de son maillot de bain. Pour sa part, Leni s'était aussitôt jetée à l'eau et nageait depuis comme si elle devait franchir une ligne d'arrivée. Quant à moi, je lisais un roman que m'avait prêté Maria et, entre deux pages, surveillais les enfants d'Heike.

Non loin de nos serviettes, quelque chose attira mon attention. Deux rames, l'une plantée dans le sol, l'autre clouée sur la première, formaient une croix. À un bras de la croix pendait un casque militaire.

Quand ce soldat était-il tombé, dans quelle guerre ? Et surtout, était-il mort là ? Ou bien un père, une mère, une épouse ou une sœur avaient-ils décidé de le commémorer par une croix devant le lac parce que c'était un endroit paisible, reposant, parce que c'était le lieu où, enfant, ce fils, ce mari, ce frère s'était livré à des concours de plongeon avec ses camarades ?

Gregor aussi tôt ou tard mériterait une croix dans un lieu qu'il avait aimé. C'est moi qui n'avais pas le droit de le commémorer.

Au cri d'Ursula, je me retournai. «Maman!» Heike se réveilla en sursaut.

«Maman, Mathias est parti loin, il va se noyer!» hurla la fillette.

Je m'élançai vers l'eau, Heike sur mes talons. «Je ne sais pas nager, dit-elle. Va le chercher, je t'en prie.»

Je plongeai. J'essayai d'appeler Leni, qui n'était qu'un petit point très loin, elle n'entendait rien. C'était la meilleure nageuse, moi je n'avais aucune technique, j'étais lente et me fatiguais vite, où était passée Ulla? J'avançais brasse après brasse. «N'aie pas peur», criait Heike à son fils, et Ursula l'imitait. Je nageais le plus vite que je pouvais, je voyais la tête de Mathias sombrer et réapparaître. Il se débattait et buvait la tasse. Je ne voulais pas prendre seule une telle responsabilité. Pourquoi cette cruche de Leni ne revenait-elle pas? Et Ulla, avec qui flirtait-elle pour ne s'apercevoir de rien? J'avais déjà le souffle court, or la tête de Mathias était encore loin. Je me reposai un instant, juste un instant, allez maintenant je repars, puis Mathias sombra à nouveau et ne réapparut plus. Je m'élançai avec toute l'énergie qui me restait et pendant que j'avançais, je vis un homme nager vite, plonger sous l'eau et resurgir peu après, l'enfant sur le dos. En quelques minutes, il le ramena sur le rivage.

Quand je cessai de haleter, j'atteignis la rive moi aussi.

Mathias allongé à la lisière de l'eau avait déjà repris ses couleurs.

« Pourquoi es-tu parti au large ? s'époumonait Heike. Je t'avais dit de ne pas t'éloigner !

— Je voulais rattraper Leni.

— Tu es inconscient !

— Allez, calme-toi, c'est fini maintenant », dit Ulla.

À côté, deux jeunes gens debout, les bras croisés, observaient la scène. L'un d'eux devait être le sauveteur de Mathias.

« Merci de m'avoir précédée, dis-je. J'étais à bout de forces. »

Le plus grand me répondit : « De rien. » Puis il s'adressa à l'enfant : « Si tu es d'accord, je t'apprendrai à nager pour de bon. Mais à condition que tu ne t'aventures plus au large tant que tu ne sauras pas. »

Mathias acquiesça et se leva, soudain ragaillardi.

« Je suis Heiner », dit le jeune homme en lui tendant la main.

L'enfant se présenta à son tour.

« Et moi Ernst, dit l'autre, puis il donna un léger coup de poing sur l'épaule d'Heiner. Fortiche, le sergent. »

C'étaient deux jeunes soldats de la Heer. Heiner était passionné de cinéma et au front avait surtout passé son temps derrière la caméra, mais il avait aussi rempli les fonctions de projectionniste. « Le véritable art cinématographique d'aujourd'hui, c'est le documentaire », nous expliqua-t-il peu après, assis sur la serviette d'Heike. Nous nous étions tous rapprochés, y compris Leni, de retour de sa longue échappée, pendant laquelle elle ne s'était aperçue de rien. « Quand la guerre sera finie, dit Heiner, je deviendrai réalisateur. »

Ernst en revanche avait toujours rêvé de combattre dans la Luftwaffe, il dessinait et fabriquait des avions depuis l'école primaire, mais, affligé d'une déficience visuelle congénitale, avait dû se contenter de l'armée de terre.

Ils avaient installé une salle de cinéma non loin de la Wolfsschanze. Une tente où ils projetaient ce qui était autorisé : pas grand-chose à vrai dire. Mais parmi les films figuraient quand même de petits bijoux, expliqua Ernst, et il ajouta en regardant la peau lunaire de Leni que laissait voir son maillot de bain noir : « Ce serait sympathique de venir à une séance avec nous un jour. »

Ulla énuméra une série de films avec Zarah Leander : « Vous avez *Paramatta, bagne de femmes* ? Et *Magda* ? C'est mon préféré ! »

On se lia d'amitié, surtout par le biais de Leni qui avait accueilli l'intérêt d'Ernst sans protester, sans se demander si elle le désirait. Elle avait accepté le désir de cet homme comme une tâche qu'elle ne pouvait pas refuser. Leni était la victime exemplaire. Si elle n'avait pas eu aussi peur, de nous toutes elle aurait été la goûteuse parfaite.

Avec Ziegler, je ne m'étais pas comportée autrement qu'elle.

Le matin, le regard d'Herta semblait m'espionner et le silence de Joseph cacher une déception. À Krausendorf, le SS me fouillait avec trop de zèle et je pensais que mon corps lui-même l'y autorisait, parce que c'était un corps obscène. Puis au réfectoire, Elfriede me scrutait comme le jour où je portais ma robe à carreaux – depuis combien de temps ne l'avais-je pas sortie de l'armoire ? – au point de deviner ce que je cachais si bien. Ou peut-être ne pouvais-je tout simplement pas imaginer de rester impunie.

Souvent l'après-midi, je cherchais des traces d'Albert dans la grange. Je n'avais aucune raison d'y aller et j'espérais qu'Herta, occupée à cuire le pain malgré la chaleur, ne remarquerait rien ; Joseph était au château, pris par les soins du jardin, où Maria jouait avec Michael et Jörg s'ils n'étaient pas avec leur gouvernante.

J'ouvrais la vieille porte et l'odeur sèche de la grange me picotait les narines. À l'avenir, j'associerais toujours cette odeur à Ziegler et chaque fois je sentirais mes hanches s'émietter. Des hanches friables, qui se brisent. Je ne sais plus décrire l'amour autrement.

Aucune trace d'Albert, de nous ; les outils, les meubles remisés, rien n'avait été déplacé. Tout persistait à l'identique, nos rencontres n'altéraient pas le cours du monde. Elles se déroulaient dans un temps suspendu, sous une scandaleuse bénédiction.

30

« Albert, tu as entendu ? » Il s'était endormi, je le secouai.

La bouche pâteuse, il déglutit avant de murmurer :
« Non, quoi ?

— Des bruits. Comme si quelqu'un poussait la porte.

— C'est peut-être le vent.

— Drôle de vent qui ne remue pas une seule feuille. »

C'est Joseph, pensais-je. Il sait, il sait depuis des semaines et ne veut plus faire semblant. Herta a dû le remonter contre moi, je me suis permis de l'offenser sous son propre toit : sous mon propre toit, Joseph, tu comprends ?

J'enfilai ma chemise de nuit, me levai.

« Que fais-tu ? demanda Albert.

— Habille-toi ! » Je le poussai de mon pied nu. Je ne supportais pas qu'en ouvrant la porte mes beaux-parents tombent sur une scène indécente.

Quand Albert se redressa, je cherchai d'instinct une façon de le cacher, de nous cacher. Mais où ? La porte craquait toujours. Pourquoi ne l'ouvraient-ils pas ?

Ils étaient arrivés là sous l'aiguillon de la colère, puis, devant la grange, s'étaient immobilisés. Ils ne voulaient pas assister à un tel spectacle. Il valait peut-être mieux qu'ils retournent se coucher, pour eux, j'étais presque comme leur enfant, ils pouvaient me pardonner ou couver contre moi une rancœur permanente, sans faire de scène, sans demander de comptes – la rancœur silencieuse de toute famille.

Les bruits persistaient. « Tu entends maintenant ? »

Albert répondit : « Oui », et sa voix me sembla voilée par l'anxiété. Je voulais en finir, alors je m'élançai vers la porte, l'ouvris.

En me voyant, Zart miaula. Il tenait une souris dans la gueule, il la serrait presque décapitée entre ses canines pointues. Je reculai, dégoûtée. Herta et Joseph n'étaient pas là.

« Un cadeau inattendu ? » murmura Albert. Il comprenait que j'étais à bout et essayait de me tranquilliser.

« Le chat savait que j'étais là. »

Quelqu'un s'en était enfin aperçu : non, nous ne pouvions pas rester impunis. Zart connaissait notre secret. Il avait tué une souris, et nous l'avait apportée. Cela ressemblait plus à un avertissement qu'à un cadeau.

Albert m'attira à l'intérieur, referma, me prit doucement dans ses bras, puis m'étreignit. Il avait eu peur. Pas pour lui – que pouvait-il craindre ? – mais pour moi. Il ne voulait pas que je souffre à cause de notre relation, il ne voulait pas que je souffre tout court. Je le serrai fort, je souhaitais prendre soin de lui, le lui montrer. À cet instant je pensai que notre amour était digne, qu'il ne valait pas moins que les autres, que tout autre sentiment qui avait sa place sur terre, qu'il n'y avait rien d'incorrect, de condamnable si, quand je prenais Albert dans mes bras, je recommençais à respirer. Paisiblement, comme Pauline à Berlin dans le lit avec moi.

31

Les yeux fermés, on pouvait trouver douce la rumeur du réfectoire. Le cliquetis des couverts dans les assiettes, le friselis de l'eau versée, le choc du verre sur le bois, la rumination des bouches, le tintement des pas sur le carrelage, le chevauchement des voix, des chants d'oiseaux et des aboiements, le vrombissement lointain d'un tracteur capté par les fenêtres ouvertes. Ils rythmaient simplement le partage du repas ; le besoin des humains de s'alimenter pour ne pas mourir est touchant.

Mais si je rouvrais les yeux, je voyais les gardes en uniforme, les armes chargées, les limites de notre cage, et de nouveau le bruit de vaisselle résonnait nu, écho comprimé d'une explosion à venir. Je pensais à la nuit passée, à la terreur d'être découverte, à la souris égorgée. Je ne pouvais plus soutenir le mensonge, c'était comme si je l'apportais en cadeau chaque fois que j'étais avec quelqu'un et ça m'étonnait que l'autre personne ne le voie pas, mais je n'en étais pas soulagée : elle le verrait tôt ou tard, j'étais toujours sur le qui-vive.

Ce matin-là, au moment où je sortais prendre l'autocar, le chat s'était frotté contre mes chevilles, et je m'étais retirée brusquement. Je connais ton secret, me menaçait-il, tu n'es pas en sécurité. Pourquoi tu t'énerves contre le chat? avait demandé Herta, et j'avais cru mourir.

Les autres femmes sortirent, je restai assise. Le bruit du réfectoire s'était interrompu, mais celui de la porte que Zart raclait de ses griffes continuait à me martyriser.

«La Berlinoise – Elfriede s'assit à côté de moi, le coude planté sur la table, main soutenant le menton –, tu n'as pas digéré?»

Je tentai un sourire.

«Tu sais, le poison, ça a tendance à me donner des brûlures d'estomac.

— Dans ce cas, le lait peut aider. Mais s'il te plaît, évite de le voler.»

Nous rîmes. Elfriede tourna sa chaise de façon à inclure la cour dans son champ de vision.

Heike était sur la balançoire et Beate la poussait, deux écolières en récréation. Elles avaient peut-être joué ainsi petites.

«Elles sont très amies, dis-je en remarquant qu'Elfriede aussi les observait.

— Pourtant Beate n'était pas là quand Heike a eu ce problème.»

C'était la première fois qu'elle faisait allusion à l'avortement, tout en évitant de l'appeler par son nom.

«Mais c'est Heike qui l'a tenue à l'écart, objectai-je. Va savoir pourquoi.

— Parce qu'elle ne voulait pas lui parler de son type de dix-sept ans.»

Donc Elfriede aussi était au courant. Sur le chemin dans la forêt, Heike avait dû se confier.

« Ils sont encore ensemble, ajouta-t-elle. Les gens justifient n'importe quel comportement au nom de l'amour. »

Je reçus cette phrase comme un coup de poignard. Je revis la porte de la grange, Albert qui s'inquiétait, puis la souris morte entre les canines de Zart. Je dus me forcer pour répliquer : « Et d'après toi c'est une erreur ?

— Le problème, la Berlinoise, c'est que n'importe qui peut justifier n'importe quel geste. On trouve toujours une excuse. »

Elle se tourna vers moi.

« Si elle pensait vraiment être dans le juste, Heike en parlerait ouvertement avec sa meilleure amie. Tu sais pourquoi elle ne se gêne pas avec nous ? Parce qu'elle nous aime moins. »

Elle leva les yeux vers la gauche, comme si elle poursuivait sa réflexion.

« Ou bien, dit-elle, Heike imagine que Beate n'est pas prête à savoir. Qu'elle ne veut pas savoir. Parfois c'est un poids de savoir. Et elle préfère ne pas le lui infliger. En tout cas, elle a eu la chance de ne pas devoir le garder pour elle. »

Elle m'avait démasquée, c'était de moi qu'elle parlait, elle me demandait d'avouer. Il n'était pas nécessaire que je garde tout pour moi, je pouvais partager ce poids avec elle. Elle n'était pas Beate, elle comprendrait.

Ou dirait-elle que je me comportais encore plus mal qu'Heike ?

Ça ne m'intéressait plus, je voulais être sincère au moins avec Elfriede, vivre l'illusion d'être meilleure que la personne que j'étais devenue. Elle me dirait que la souris tuée n'était pas un mauvais présage et je la croirais.

Elle se leva, s'approcha d'un garde, demanda qu'on l'accompagne aux toilettes. Était-ce un signal, voulait-elle que je la suive, comme la dernière fois ? Ou avait-elle essayé de me suggérer le contraire ? Ne me l'avoue jamais, ne fais pas de moi ta complice.

Sa jupe lui arrivait à mi-mollet, ses muscles se tendaient et se relâchaient dans le mouvement alternant le talon et la pointe. Sa démarche droite, altière me fascinait. Elfriede me faisait cet effet depuis le début : si mon regard la croisait, il restait captif. C'est sans doute pour cette raison que je me retrouvai courant dans son sillage pour arriver devant le garde et déclarer : « Il faut que j'y aille moi aussi. »

Dans les toilettes, Elfriede allait s'enfermer derrière une porte, mais je l'arrêtai.

« Tu n'as pas envie de faire pipi ? demanda-t-elle.

— Non, je peux attendre. Il faut que je te parle.

— Mais pas moi.

— Elfriede…

— Écoute, la Berlinoise, on a très peu de temps. Tu sais garder un secret ? »

Mes organes s'entrechoquèrent.

Elfriede glissa une main dans sa poche, très délicatement, et sortit une cigarette et une boîte d'allumettes.

« Je viens fumer en cachette ici. Voilà la révélation. »

Elle s'accroupit dans un coin du cabinet, alluma la cigarette, aspira. En souriant, elle me rejeta la fumée au visage. J'étais appuyée contre le chambranle et, au lieu de me dissuader, cette légèreté dont Elfriede faisait preuve parfois avait augmenté mon envie de parler. Elle comprendrait, me tranquilliserait.

De dehors arriva une voix féminine: Elfriede m'attira à elle, ferma la porte en hâte. Elle tira une dernière bouffée, éteignit la cigarette contre les carreaux et, un doigt sur la bouche, fit «Chuuut», tandis qu'une femme entrait et s'enfermait dans un des WC libres.

Nous étions proches comme la première fois, mais Elfriede ne voulait plus m'intimider, elle me regardait avec au fond des yeux une ruse que je n'y avais jamais vue, la cigarette entre les doigts, agitant la main gauche pour disperser l'odeur de tabac. L'ambiance de transgression l'amusa, son nez grognait et elle se le bouchait, enfonçant le cou entre les épaules. Nous étions toutes proches, l'une en face de l'autre, et son envie de rire était contagieuse. Le temps d'un instant j'oubliai où je l'avais rencontrée et ce qui m'avait conduite vers elle, tandis que le sentiment de plénitude que me donnait le fait d'occuper le même espace qu'elle déclenchait chez moi une euphorie de lycéenne. Nous étions deux adolescentes, Elfriede et moi, cachées dans ce cabinet, partageant un secret inoffensif, un secret qu'il ne serait pas nécessaire d'ajouter à la liste.

Dès que la femme sortit du WC, Elfriede approcha son visage du mien, son front frôla mon front.

«Je la rallume, dit-elle à voix basse, ou c'est dangereux d'après toi?

— Le garde doit se demander ce qu'on fabrique. Il viendra bientôt nous rappeler à l'ordre…

— Exact. » Ses yeux brillaient de malice.

Elle sortit sa boîte d'allumettes.

« Mais si tu veux l'allumer, j'attends avec toi que tu la finisses.

— Vraiment ?

— Au moins deux bouffées. »

L'allumette crépita, la flamme brûla le papier.

« Alors une pour toi », dit-elle en introduisant la cigarette entre mes lèvres.

Je tirai sur la cigarette de façon maladroite, au lieu d'aspirer j'avalai la fumée, ce qui me donna une légère nausée.

« Tu n'as pas toussé, bravo », fit Elfriede avec un sourire en reprenant la cigarette.

Elle inhala la fumée longuement, les yeux mi-clos. Sereine, semblait-il.

« Et si par hasard ils nous y prennent, la Berlinoise, que feras-tu ?

— Je resterai à tes côtés, répondis-je en posant théâtralement ma main sur mon cœur.

— De toute façon s'ils nous trouvent, c'est moi qu'ils puniront. Tu n'y es pour rien. »

C'est alors que le garde décida de frapper à la porte. « Vous sortez ? »

Elfriede jeta le mégot dans la cuvette, tira la chasse, ouvrit la porte du cabinet où nous nous étions cachées, puis celle des toilettes et sortit.

Nous repartîmes en sens inverse sans parler, Elfriede soudain concentrée sur quelque chose que je n'étais pas en mesure de deviner ; ses yeux ne brillaient plus, elle ne riait pas, l'intimité des minutes précédentes s'était évanouie. J'éprouvais un sentiment voisin de la honte.

Nous n'étions pas deux lycéennes qui font les petites folles, et je ne comprenais pas cette femme.

Au réfectoire, elle se souvint : « Au fait, la Berlinoise, de quoi voulais-tu me parler ? »

Si je ne la comprenais pas, pourquoi aurait-elle dû me comprendre ?

« Rien d'important.

— Ah non, s'il te plaît. Je ne voulais pas te couper, je suis désolée. »

C'était trop dangereux de parler de Ziegler à qui que ce soit, quelle absurdité de croire que c'était possible.

« Ce n'était rien, vraiment.

— Comme tu veux. »

Elle sembla déçue. Elle se dirigea vers la cour et comme pour la retenir, pour l'avoir encore un peu à moi, je dis : « Petite, pendant que mon frère dormait, je me suis approchée de son berceau et je lui ai mordu la main très fort. »

Elfriede ne répondit pas, elle attendit que je termine.

« Parfois je pense que c'est pour cette raison qu'il ne m'écrit plus. »

32

Je savais qu'Albert avait femme et enfants, mais quand il m'annonça qu'il rentrerait chez lui, en Bavière, la deuxième semaine de juillet, ce fut comme si je ne l'avais jamais su. Pendant les mois où nous nous étions vus, il n'était jamais parti en permission : sa famille était un concept abstrait. Elle n'était pas plus réelle qu'un mari porté disparu, mort ou seulement décidé à ne pas revenir près de moi.

Je me recroquevillai sur un côté, m'isolant dans l'obscurité. Albert me toucha, mon dos essaya de le repousser, il ne se résigna pas. Qu'est-ce que je croyais, qu'il renoncerait à partir pour ne pas me laisser seule avec l'image de lui bordant ses enfants, puis se mettant au lit avec elle ?

Au début, j'envisageais sans difficulté de prendre de la distance, c'était même un besoin. Je l'imaginais avec d'autres femmes. Je voyais Ulla se balancer au-dessus de lui, les mains d'Albert qui serraient ses hanches à en marquer la peau du sillon de ses ongles, pendant qu'il tendait le cou pour sucer ses seins pointus. Je voyais Leni bouleversée par ses doigts entre ses cuisses, une hécatombe de capillaires sur le visage pendant qu'il la déflorait. J'imaginais que c'était Albert qui avait mis Heike enceinte. Et je n'éprouvais pas de douleur, mais un soulagement. Une sorte d'exubérance : je pouvais perdre cet homme.

Mais la nuit où il m'informa de son départ en permission, j'eus l'impression de prendre une porte en pleine figure. Albert me la claquait au nez et s'enfermait dans sa chambre avec sa femme, avec sa vie, coupé de moi, sans se soucier que je me retrouve dehors à l'attendre.

« Que faudrait-il que je fasse ? demanda-t-il, la paume encore sur le bas de mon dos.

— Ce que tu veux, répondis-je sans me retourner. Après la guerre, je rentrerai à Berlin. Donc si tu préfères, tu peux m'oublier tout de suite.

— Mais je ne peux pas. »

J'eus envie de rire. Ce n'étaient plus les éclats de rire bêtes des amants. Le déclin était amorcé et je riais avec aigreur.

« Pourquoi réagis-tu ainsi ?

— Parce que tu es ridicule. Nous sommes confinés ici avec une seule hâte : partir. Par-dessus le marché tu es un SS et tu couches avec une femme qui n'a pas le choix. »

Il retira sa paume de mon dos. À la perte de ce contact je me sentis en danger. Il ne répliqua pas, ne se rhabilla pas non plus, ne s'endormit pas, il resta immobile, épuisé. J'espérai qu'il me touche encore, qu'il me prenne dans ses bras. Je ne voulais pas dormir ni voir l'aube.

Je pensai à nouveau que nous n'avions pas le droit, nous, de parler d'amour. Nous vivions une époque infirme, qui bousculait les certitudes, démembrait les familles, mutilait tout instinct de survie.

Après ce que je lui avais dit, il aurait pu se persuader que c'était la peur qui me poussait à le faire entrer dans la grange, et non cette intimité qui semblait exister entre nous depuis toujours.

Il régnait entre nos corps une sorte de fraternité, comme si nous avions joué ensemble enfants. Comme si à huit ans nous avions mordu le poignet de l'autre pour y imprimer une «montre», la marque de nos arcades dentaires luisante de salive. Comme si nous avions dormi dans le même berceau, de sorte que l'haleine chaude de l'autre était pour nous l'odeur même du monde.

Pourtant cette intimité n'était jamais une habitude, c'était un point de catastrophe. Je passais le doigt dans le creux au milieu de sa poitrine et mon histoire personnelle était balayée, le temps se contorsionnait, durée sans progrès. Je posais ma main sur son ventre et Albert écarquillait les yeux, cambrait la colonne vertébrale.

Je n'ai jamais pensé que je pouvais me fier à ses paroles, parce qu'il parlait peu ou ne disait pas tout. Ce qu'il racontait laissait transparaître un sentiment d'exclusion. Il n'était pas au front, un souffle au cœur l'en avait exempté, mais la rigueur et le zèle avec lesquels il avait servi l'Allemagne lui avaient fait grimper les échelons chez les Waffen-SS. Puis à un moment, il avait demandé qu'on l'affecte à d'autres fonctions. Autres que quoi? avais-je voulu savoir. Ce jour-là, il n'avait pas répondu.

Mais cette nuit-là, celle où je l'avais repoussé, alors que je lui tournais le dos, il déclara dans le silence : « Ils se suicidaient. On était en Crimée. »

Je me tournai vers lui : « Qui se suicidait ?

— Les officiers SS, les officiers de la Wehrmacht, tout le monde. Il y avait les dépressifs, les alcooliques, les impuissants. » Un rictus me rendit son visage étranger. « Et il y avait ceux qui se suicidaient.

— Vous faisiez quoi là-bas ?

— Certaines femmes étaient très belles, elles étaient debout, toutes nues. Elles devaient se déshabiller : les vêtements étaient lavés, rangés dans les valises, ils resserviraient. On les photographiait.

— Qui ? Quelles femmes ? »

Il était immobile, le visage tourné vers les poutres, comme si ce n'était pas à moi qu'il parlait.

« Les gens venaient en curieux, ils emmenaient même les enfants, et ils prenaient des photos. Certaines étaient très belles ; il était impossible d'arrêter de les regarder. Un de mes hommes n'a pas supporté, un matin je l'ai vu tomber par terre, sur son fusil. Il s'était évanoui. Un autre m'a avoué qu'il n'en dormait plus… Il faut accomplir son devoir avec joie. » Il avait haussé la voix.

Je lui couvris la bouche.

« C'est ce qu'on attend de nous », continua-t-il, la bouche contre ma main. Il ne l'enleva pas, c'est moi qui la retirai. « Que pouvais-je leur dire d'autre ? Je savais qu'ils avaient baisé avec elles. Ils les baisaient toutes malgré l'interdiction, de toute façon elles ne pourraient plus parler. Double ration de nourriture : se débarrasser de cinquante personnes par jour, c'est un gros boulot, même pour nous. »

Le visage d'Albert se froissa. Cinquante personnes par jour – la peur me saisit.

«Puis un matin, un de nos hommes a perdu la tête. Au lieu de les viser eux, il a retourné son arme contre nous. Nous avons riposté.»

À ce moment-là j'aurais pu savoir. Connaître l'existence des fosses communes, des Juifs alignés à plat ventre, attendant d'être tués d'une balle dans la nuque, de la terre, de la cendre et de l'hypochlorite de calcium qu'on jetait sur leurs corps pour qu'ils n'empestent pas, des nouvelles rangées de Juifs qui marchaient sur les cadavres et offraient leur nuque à leur tour. J'aurais pu connaître l'existence des enfants soulevés par les cheveux et fusillés, des files d'un kilomètre de Juifs ou de Russes – *ce sont des Asiatiques, ils ne sont pas comme nous* – sur le point de tomber dans les fosses ou de monter dans les camions pour être gazés au monoxyde de carbone. J'aurais pu l'apprendre avant la fin de la guerre. J'aurais pu demander. Mais j'avais peur et je n'arrivais pas à parler et je ne voulais pas savoir.

Que savions-nous à cette époque ?

En mars 1933, l'ouverture du camp de Dachau avec ses cinq mille places avait été annoncée dans le journal. Camp de travail, disaient les gens. Qui n'en parlaient pas volontiers. Un type qui en est revenu, grommelait la concierge, dit que les détenus devaient chanter le *Horst Wessel Lied* pendant qu'on les fouettait. Le balayeur répondait par une pirouette sans cesser de balayer. Ah voilà pourquoi on l'appelle un *camp de concert*. Il aurait pu jouer la carte de la propagande ennemie – tout le monde la jouait, pour couper court – mais il avait manqué de présence d'esprit. D'ailleurs, ceux qui en revenaient disaient : s'il te plaît ne me pose pas de questions, je ne peux pas raconter, et là les gens s'inquiétaient pour de bon. L'épicier l'assurait, surtout si des clients étaient susceptibles de l'entendre : c'était un lieu pour les criminels. Un lieu pour les dissidents, les communistes, ceux qui ne tiennent pas leur langue. *Seigneur, aidez-moi à ne pas parler, car à Dachau je ne veux pas aller* : c'était devenu une prière. On leur fait porter les bottes neuves destinées à la Wehrmacht, disait-on, ils marchent un peu avec pour les assouplir, comme ça les soldats qui les reçoivent évitent le risque d'ampoules. Ça faisait au moins un risque de conjuré. Un institut de rééducation, expliquait le forgeron, là-bas on vous fait un bon lavage de cerveau : quand vous sortez, l'envie de râler vous est passée à coup sûr. Comment elle disait la chanson déjà ? *Dix petits râleurs* : même les enfants la connaissaient. Si tu n'es pas sage, je t'envoie à Dachau, menaçaient les parents. Dachau au lieu de l'ogre ; Dachau, *le* lieu de l'ogre.

Je vivais dans la terreur qu'on emmène mon père, lui qui ne savait pas se taire. La Gestapo te surveille, l'avait averti un collègue, et ma mère le secouait : diffamation envers l'État national-socialiste, ça te dit quelque chose ? Mon père ne répondait pas et sortait en claquant la porte. Que savait-il, lui, le cheminot ? Avait-il vu les trains bondés – hommes, femmes et enfants entassés dans les wagons à bestiaux ? Croyait-il lui aussi qu'il s'agissait simplement de réinstaller les Juifs à l'est, comme on disait ? Et Ziegler, il savait tout ? Des camps d'extermination. De la solution finale.

De la main, je cherchai ma chemise de nuit parce que j'étais nue et me sentais menacée ; je craignais qu'il s'en aperçoive et se fâche. Il se tourna vers moi.

« Ils disaient que ce n'était pas un problème, qu'on nous attribuerait d'autres fonctions. Et j'ai été de ceux qui sont partis. Les volontaires ne manquaient pas, c'est ce qui m'a permis d'obtenir une autre affectation. De toute façon ça ne changeait rien. Je pouvais ne pas rester à la tête de mes hommes parce que d'autres prendraient ma place. »

Je me glissai subrepticement hors de notre couche, me déplaçant au ralenti, comme si je n'en avais pas le droit. « C'est l'aube », dis-je en me levant.

Il acquiesça du menton, à sa façon habituelle. « D'accord, dit-il. Va te coucher.

— Bon voyage.

— On se voit dans vingt jours. »

Je ne répondis pas. Il demandait de l'aide, mais je ne l'avais pas compris, pire, je la lui avais refusée.

Je pouvais faire l'amour avec Ziegler en ignorant qui il était : dans la grange, il n'y avait que nos corps, nos jeux, et cet enfant avec qui je m'étais alliée, rien d'autre. Personne d'autre. Je pouvais faire l'amour avec Ziegler même si j'avais perdu un mari au front, qui lui aussi avait tué, des soldats et des civils, et était peut-être lui aussi devenu insomniaque, ou impuissant, ou avait baisé des femmes russes – *ce sont des Asiatiques, elles ne sont pas comme nous* – parce qu'il avait appris à faire la guerre et savait de quoi la guerre était faite.

Des années après, j'ai imaginé Ziegler assis sur son lit de camp en Crimée, les coudes sur les genoux, le front appuyé sur ses doigts entrelacés. Il n'arrive pas à se décider. Il voudrait partir, demander une autre affectation. Mais il craint de compromettre sa carrière. S'il quitte les Einsatzgruppen, il devra probablement faire une croix sur son avancement. Il ne s'agit pas de morale. Russes, Juifs, Tziganes, peu lui importe. Il n'éprouve pas de haine pour eux, mais pas non plus d'amour pour le genre humain, et assurément ne croit pas en la valeur de la vie.

Comment accorder de la valeur à une chose qui peut s'arrêter à tout instant, une chose si fragile ? On donne de la valeur à ce qui a de la force, or la vie n'en a pas ; à ce qui est indestructible, or la vie ne l'est pas. C'est si vrai qu'on peut venir te demander de sacrifier ta vie pour quelque chose de plus fort. La patrie, par exemple. Gregor s'y était décidé en s'engageant.

Il ne s'agit pas de foi : Ziegler a vu de ses yeux le miracle de l'Allemagne. Il a souvent entendu ses hommes dire : Si Hitler mourait, je voudrais mourir aussi. Au fond la vie compte si peu, la vouer à quelqu'un lui donne un sens. Même après Stalingrad, les hommes ont gardé confiance dans le Führer et les femmes continuaient à lui envoyer pour son anniversaire des coussins brodés d'aigles et de croix gammées. Hitler a dit que sa vie ne finira pas avec sa mort : elle commencera à ce moment-là. Ziegler sait qu'il a raison.

Il est fier d'être du côté de ceux qui ont raison. Personne n'aime les perdants. Et personne n'aime le genre humain en entier. On ne peut pas pleurer sur les existences interrompues de milliards d'individus depuis six millions d'années. N'est-ce pas le pacte originel : que toute existence sur terre s'interrompt tôt ou tard ? Le hennissement effrayé d'un cheval qui vient frapper vos oreilles est plus déchirant que la pensée d'un inconnu mort, parce que les morts sont le matériau de l'Histoire.

La pitié universelle n'existe pas, seule existe la compassion pour le destin d'un être humain. Le vieux rabbin qui prie les mains sur la poitrine parce qu'il a compris qu'il va mourir. La Juive si belle qui va être défigurée. La Russe qui a entouré ton bassin de ses jambes et t'a donné un court instant la sensation d'être protégé.

Ou Adam Wortmann, le professeur de mathématiques, qu'ils avaient arrêté sous mes yeux. La victime qui à cette époque incarnait pour moi toutes les autres, toutes les victimes du Reich, de la planète, du péché de Dieu.

Ziegler redoute de ne pas réussir à s'habituer à l'horreur, et de passer alors toutes ses nuits assis sur son lit sans pouvoir fermer l'œil. Il redoute de s'habituer à l'horreur et de ne plus éprouver alors de compassion pour personne, pas même pour ses enfants. Il a peur de devenir fou. C'est décidé, il demandera une autre affectation.

Son *Hauptsturmführer* sera déçu : il faut que ce soit Ziegler, qui ne s'était jamais défilé, qui avait toujours foncé malgré ses problèmes de santé. Comment en informer Himmler ? Tu lui avais fait une excellente impression, il n'acceptera pas de se déjuger.

Le sang de Ziegler siffle dans son corps au lieu de circuler en silence sans gêner personne : il a l'impression de l'entendre gronder, quand il cherche en vain le sommeil sur son lit. Alors il demande à être affecté ailleurs et laisse tout tomber, mais son cœur continue à siffler. Il est défectueux, ça ne se répare pas, il n'y a pas de remède aux tares de naissance. La vie par exemple est sans remède, son but est la mort, pourquoi les hommes ne devraient-ils pas en profiter ?

En arrivant à Krausendorf, l'*Obersturmführer* Ziegler se sait condamné à rester *Obersturmführer*, il ne grimpera plus dans la hiérarchie. Le désir de revanche des ratés l'habite et il impose aux autres la même rigueur qui l'a mené où il est, pourtant il sent qu'il s'effondre. Puis une nuit, il vient sous ma fenêtre et me regarde.

Pendant des années, j'ai cru que c'étaient ses secrets – les secrets qu'il ne pouvait pas avouer, que je ne voulais pas écouter – qui m'avaient empêchée de l'aimer vraiment. C'était idiot. Je n'en savais guère plus sur mon mari. Nous avions vécu à peine un an sous le même toit, puis il était parti à la guerre : comment aurais-je pu le connaître ? D'ailleurs l'amour survient entre inconnus, entre étrangers impatients de violer la frontière. Il survient entre des personnes qui se font peur. Ce n'est pas aux secrets que cet amour n'a pas survécu, mais à la chute du Troisième Reich.

33

En été l'odeur des marais était si forte qu'un processus de décomposition générale semblait être à l'œuvre : je me demandais si je n'allais pas pourrir bientôt moi aussi. Ce n'était pas Gross-Partsch qui m'avait contaminée, j'avais la gangrène depuis le début.

Juillet 1944 nous bombarda de journées caniculaires – la moiteur collait les vêtements à la peau – et de bataillons de tipules : elles nous harcelaient, acharnées. Je n'avais pas de nouvelles d'Albert depuis son départ. Les gens disparaissaient sans m'écrire.

Un jeudi en sortant du travail, Ulla, Leni et moi on partit au cinéma avec Heiner et Ernst. La chaleur était insupportable : on allait suffoquer, enfermés sous la tente, sans la moindre circulation d'air. Mais Ulla insistait, l'idée de voir un film après le déjeuner la galvanisait, quant à Leni elle voulait voir Ernst et répétait allez, viens, je t'en prie.

Le film vieux de dix ans avait connu un énorme succès. C'était l'œuvre d'une réalisatrice, une femme qui n'en avait jamais fait qu'à sa tête, du moins à en croire Ulla qui connaissait bien le monde du spectacle. Elle l'avait peut-être lu dans les revues qu'à présent elle feuilletait même à la caserne, ou bien c'était une idée à elle, mais elle soutenait que la réalisatrice avait eu un flirt avec le Führer. Elle était d'ailleurs plutôt jolie.

« Elle s'appelle comme toi, dit Ernst à Leni en ouvrant la tente pour la laisser passer. Leni Riefenstahl. » Leni sourit et jeta un regard dans la salle pour trouver une place. Elle n'avait jamais vu ce film, contrairement à moi.

Les bancs en bois étaient presque tous occupés, les soldats avaient posé leurs pieds chaussés de godillots boueux sur les places devant eux. En nous voyant entrer, certains se redressèrent et nettoyèrent le bois du revers de la main, d'autres restèrent avachis, le dos rond, les bras croisés, ils n'avaient aucune intention de secouer cette torpeur qui provoquait chez eux des bâillements en chaîne. Il y avait aussi Sabine et Gertrude, je les reconnus à leurs tresses enroulées de chaque côté de la tête ; elles se retournèrent, mais alors qu'elles nous avaient remarquées, ne daignèrent pas nous dire bonjour.

Nous prîmes les places que nos accompagnateurs dénichèrent. Ernst et Leni dans la rangée de droite ; Heiner, Ulla et moi dans celle de gauche.

Électrisé par tout ce qui relevait de l'innovation technologique, Heiner affirmait que *Le Triomphe de la volonté* était un film d'avant-garde. Il était enthousiasmé par les prises de vues aériennes, l'avion qui fendait les nuages, pénétrant la masse blanc et noir de suie sans craindre de s'y enliser.

Je lisais les indications qui défilaient sur les images – « À vingt ans du déclenchement de la guerre mondiale», «À seize ans du début des souffrances allemandes», «À dix-neuf mois de la renaissance de l'Allemagne» – et les nuages semblaient se précipiter sur moi, m'aveugler. Vue d'en haut, avec ses fiers clochers, Nuremberg était splendide, l'ombre de l'avion projetée sur ses rues, ses maisons, ses habitants était une bénédiction, pas un danger.

Je regardai Leni : les lèvres entrouvertes, la langue entre les dents, elle s'efforçait de tout comprendre sans rien rater. Ernst la prendrait peut-être par la taille avant la fin du film. Le menton de Leni tendu en avant était peut-être le signe d'une attente, d'une offrande.

Je m'éventais avec mes mains et quand Heiner annonça : «Là, il va atterrir» pour nous inciter Ulla et moi à bien regarder, je soupirai. Sur l'écran, la nuque du Führer était trop nue, misérable comme toute nuque découverte, et Wagner exultant en fond sonore ne suffisait pas à la magnifier. Le Führer répondait au salut simultané de milliers de bras tendus, mais son coude restait plié et sa main retombait sur son poignet – comme s'il s'excusait, je n'y suis pour rien.

Je ne pouvais pas savoir – je ne l'apprendrais qu'après – qu'au même moment, pas très loin de la tente transformée en salle de cinéma, une autre main bataillait avec un sac. Bien que privée de deux doigts, la main saisit frénétiquement une paire de tenailles et brisa une capsule en verre pour libérer l'acide qui rongerait le fil : un mince fil de métal qui serait dévoré en dix minutes.

Le colonel serra les mâchoires et dilata les narines. Il devait tout remballer dans la chemise et remettre celle-ci dans le sac, bien cachée entre ses dossiers, or il ne disposait pour cela que d'une main, et encore, d'à peine trois doigts. La sueur perlait à son front, mais pas à cause de la chaleur.

Il ne fallait plus tarder. La réunion avait été avancée à midi et demi à cause de la visite imminente de Mussolini, et le feld-maréchal Keitel qui attendait devant le logement mis à sa disposition à la Wolfsschanze – où le colonel était rentré sous un prétexte quelconque – lui cria de se dépêcher. Il s'impatientait à présent : il s'était déjà permis de le presser, mais avec le respect qu'on réserve à un mutilé de guerre tel que Claus Schenk Graf von Stauffenberg. Le séduisant colonel qui plaisait tant à Maria.

Stauffenberg sortit, chargé du sac. Keitel le toisa. Rien de plus normal que de se présenter à une réunion avec un sac bourré de dossiers, mais Stauffenberg le serrait peut-être un peu trop fort contre lui et c'était pour Keitel un élément incongru. «Tout est là-dedans, dit le colonel. Les documents sur les nouvelles divisions de Volksgrenadier, que je présenterai au Führer.» Le feld-maréchal acquiesça en silence et se mit en route. Ils étaient attendus à la réunion dans la Lagebaracke et devant cette urgence, tout élément incongru passait au second plan.

Je dégoulinais de sueur dans cette maudite tente où je n'étais venue que pour faire plaisir à Leni qui, en grande conversation avec Ernst, pouffait de rire, joues, oreilles et cou éclaboussés de rouge, comme si la couperose avait envahi chaque centimètre carré de sa peau.

Au lieu de regarder le film, Ulla les espionnait,

et Heiner tambourinait sur le banc. Les discours des dignitaires du parti l'ennuyaient, pas à cause du contenu, mais des prises de vues répétitives. Il tapotait sur le bois avec son index comme pour inciter les orateurs à accélérer, mais au congrès du parti national-socialiste du 5 septembre 1934, chacun voulait mettre son grain de sel. Rudolf Hess, qui n'avait pas encore été déclaré fou par Hitler, hurlait sur l'écran : « Vous nous avez donné la victoire, vous nous donnerez la paix. »

Allez savoir si le général Heusinger aurait souscrit à cette prévision. J'ignorais – je ne l'apprendrais qu'après – qu'à l'entrée de Stauffenberg dans la salle de conférences, le vice-chef d'état-major Heusinger, à la droite d'Hitler, lisait un rapport décourageant. Il annonçait que les armées allemandes étaient très exposées après leur dernière percée du front central russe. Keitel lança un regard noir à Stauffenberg : la réunion était déjà commencée. 12 h 36, pensa le colonel, encore six minutes, et l'acide mangera le fil.

Hitler, dos à la porte, assis à une lourde table en chêne, jouait avec la loupe qui lui permettait de lire les cartes déployées devant lui. Keitel s'installa à sa gauche, Stauffenberg prit place à côté de Heinz Brandt. Tandis que sous notre tente la voix enregistrée de Dietrich exigeait que la presse étrangère dise la vérité sur l'Allemagne, le colonel Stauffenberg dilata à nouveau les narines, inspira. Quiconque l'aurait regardé dans les yeux aurait compris. Mais il portait un bandeau sur l'œil gauche et baissait la tête. Avec un imperceptible tremblement, il poussa du pied son sac sous la table, le rapprochant le plus possible de la jambe du Führer, rattrapa une goutte de sueur tombée sur sa lèvre et lentement, un pas après l'autre, quitta la pièce. Personne n'y prêta attention : tout le monde était concentré sur les cartes qu'Heusinger commentait d'un air sombre. Encore quatre minutes, compta Stauffenberg, et le fil serait totalement consumé.

Dans le cinéma de fortune improvisé par les soldats de la Wehrmacht, Ernst prit la main de Leni, qui non seulement ne la retira pas, mais posa la tête sur son épaule. Ulla détourna le regard, se mordit un ongle, et Heiner me donna un coup de coude, mais pas pour commenter leur idylle. « La deuxième partie est fantastique, tu te souviens quand l'aigle remplit toute l'image, sans bande-son ? » me demanda-t-il, à croire que la qualité du film mettait en jeu son honneur. Sur l'écran la voix de Streichen lança un avertissement : « Un peuple qui ne défend pas la pureté de sa race court à sa perte. » Dans le sac de Stauffenberg, le fil métallique se consumait. Le colonel marchait impassible vers la sortie du préfabriqué, le buste à peine raide. Il ne pouvait pas courir bien sûr, mais son cœur cognait comme s'il courait.

Dans la Lagebarack, Heinz Brandt se pencha sur la carte pour mieux voir – elle était écrite en tout petit et il n'avait pas de loupe, lui –, cognant de sa botte le sac abandonné. Il le poussa pour faire de la place, d'un geste machinal, tant il était absorbé par le rapport d'Heusinger. Il était 12 h 40. Stauffenberg ne s'arrêta pas, le buste bien droit il continua à avancer. Il restait deux minutes.

« Faire des travailleurs allemands des citoyens libres, fiers et égaux en droits », la voix de Ley retentit sous la tente et à ce stade, Ernst avait déjà serré Leni contre lui, il semblait décidé à l'embrasser, même Heiner s'en aperçut. Ulla fit mine de se lever et de sortir, mais il la retint en lui murmurant à l'oreille : « Tu as vu les tourtereaux ? » Je pensai à mon père, quand il disait que le nazisme avait dissous la lutte des classes dans la guerre des races.

Campé sur l'écran, Hitler en personne salua l'armée des cinquante-deux mille travailleurs présents à l'appel et alignés tous en rang.

« Présentez pelles ! » cria-t-il.

Les pelles bondirent comme des fusils et une explosion assourdissante résonna dans la tente, nous projetant à terre. Je sentis ma tête heurter le sol, puis plus rien, pas de douleur.

En mourant, je pensai qu'Hitler mourait aussi.

34

Pendant plusieurs heures après l'explosion, je n'entendis plus d'une oreille.

Un sifflement aigu me perçait le tympan, monotone, obsédant comme les alertes à Berlin : j'ignore sur quelle note, mais il résonnait dans mon crâne, m'enveloppant dans une ouate qui me coupait du monde extérieur, de la pagaille générale.

La bombe avait explosé à l'intérieur de la Wolfsschanze.

« Hitler est mort », disaient les soldats en courant dans tous les sens. Le projecteur, qui avait basculé sous le choc, ne diffusait plus que du noir, un bourdonnement constant, et Leni tremblait, aussi désespérée que le premier jour au réfectoire. Elle se fichait bien d'Ernst maintenant, qui éperdu demandait à Heiner : « Qu'est-ce qu'on fait ? » Heiner ne répondait pas.

« Il est mort », dit Ulla, et elle était surprise parce que personne n'aurait jamais cru à la mort d'Hitler. Elle s'était relevée avant tout le monde, avait regardé à la ronde, encore sonnée, et dans un murmure avait lâché : « C'est fini. »

À plat ventre par terre, j'avais revu le visage de ma mère en chemise de nuit sous son manteau, elle était morte dans une tenue ridicule, je l'avais serrée dans mes bras et son odeur était intacte, j'avais revu ma mère morte dans le bombardement et l'écho d'une note que je ne savais pas identifier remplissait mon tympan : je croyais que c'était une punition imaginée exprès pour moi.

En réalité, le Führer partageait ma douleur, et au-delà. Pour sortir des décombres de la Lagebarack, il avait pris appui sur un Keitel indemne et, avec son visage de ramoneur, sa tête fumante, son bras de marionnette et son pantalon en lambeaux comme une jupe de raphia, il était encore plus ridicule que ma mère.

Sauf qu'il était vivant. Et bien décidé à se venger.

Il l'annonça à la radio vers une heure du matin. Herta, Joseph et moi l'écoutions assis à la table de la cuisine, réveillés malgré notre extrême fatigue. Nous n'avions pas décollé du poste, oubliant même de dîner. Ce jour-là, le service de l'après-midi à Krausendorf avait été supprimé, l'autocar n'était pas venu me chercher et de toute façon il ne m'aurait pas trouvée. Je n'avais réussi à rentrer que plusieurs heures après, à pied et sans voix, quittant Leni et Ulla qui se perdaient en conjectures : qu'allait-il se passer maintenant qu'Hitler était mort ?

Mais Hitler était vivant et, au micro de la Deutschlandsender, en informa la nation et l'Europe entière : le fait qu'il ait échappé à la mort signifiait qu'il saurait accomplir le devoir que la Providence lui avait confié.

Mussolini en avait dit autant. Arrivé à quatre heures de l'après-midi à cause d'un retard de train – alors qu'on avait avancé la réunion pour lui –, il avait inspecté les ruines avec un Hitler amoché qui, l'année précédente, avait expédié un commando nazi au Gran Sasso pour le libérer. Même son gendre, Galeazzo Ciano, avait voté contre lui en juillet dernier : décidément, juillet n'était pas propice aux dictateurs. Mais en optimiste impénitent, Mussolini avait osé parier sur la confiance du roi, le même roi qui l'avait traité de *Gauleiter* d'Hitler en Italie.

C'est bien les Italiens : mollassons, paresseux sur les bords, pas les meilleurs soldats en circulation c'est sûr, mais optimistes. Et Mussolini était un bon camarade. Un jour ou l'autre, il faudrait qu'Hitler lui montre comme il savait bien imiter le rire de Victor-Emmanuel. Parmi tous les hommes d'État qu'Hitler se plaisait à prendre pour cible, le nabot au rire aigu était son morceau de bravoure, personne n'y résistait. Mais l'heure n'était pas à la plaisanterie, il avait des brûlures aux mollets et un bras paralysé, et il escortait Mussolini parmi les décombres pour la seule raison que, s'il s'était alité comme le lui conseillait son médecin, les inepties sur son compte seraient allées bon train.

Devant le danger couru par son ami, le Duce avait fait preuve de l'optimisme escompté : il était impossible qu'Hitler et lui perdent après un tel miracle. D'ailleurs il en était l'artisan, même si Hitler l'ignorait. Le changement d'horaire avait privé de temps les auteurs de l'attentat, qui n'avaient pu déclencher qu'une seule des deux bombes programmées, or une n'avait pas suffi. Mussolini lui avait sauvé la vie.

À la radio, Hitler dénonça à grands cris une bande de criminels, des individus étrangers à l'esprit de la Wehrmacht et à celui du peuple allemand. Elle serait démantelée sans pitié.

Joseph mordit sa pipe, sa mâchoire grinça. Il avait risqué de me perdre moi aussi, en plus d'un fils qu'il n'avait jamais enterré, et sa position irréductible, le poing sur la table, avait tenu à distance Zart lui-même, qui s'était tapi sous la table.

Le sifflement dans ma tête continuait à me torturer, puis Hitler prononça le nom de Stauffenberg : un coup de poignard dans mon oreille, que je couvris de ma main. Le contraste entre le cartilage chaud et ma paume froide m'apaisa un instant.

Stauffenberg était le responsable du putsch, déclara Hitler, et je pensai à Maria. Je ne pouvais pas savoir que le colonel avait déjà été fusillé ni connaître le sort qui attendait mon amie.

La fenêtre était ouverte en cette nuit de juillet. Il n'y avait personne sur la route, la grange était fermée. Les grenouilles coassaient, imperturbables, inconscientes du risque que leur maître avait couru quelques heures auparavant, inconscientes même d'avoir un maître.

«Nous réglerons nos comptes à la manière national-socialiste qui est la nôtre», vociféra Hitler, et la pipe de Joseph se brisa entre ses dents.

35

Maria fut arrêtée le lendemain avec son mari, emmenée à Berlin et incarcérée. Au village on le sut aussitôt : la nouvelle courait dans la queue pour le lait ou au puits, dans les champs à l'aube et jusqu'au lac de Moy où se baignaient les enfants, ceux d'Heike aussi, qui avaient appris à nager. Tout le monde imaginait le grand château vide, maintenant que les barons étaient partis et que les domestiques avaient dû mettre des barres aux volets. Les gens se voyaient y pénétrer par effraction, peut-être en forçant la porte de service, se retrouver entourés d'un luxe, d'une magnificence auxquels ils n'avaient jamais accédé, puis sortir par la grande porte comme après une réception, peut-être en cachant du butin sous leur chemise ou dans leur pantalon. Mais le château était surveillé nuit et jour, personne n'y avait accès.

Joseph aussi s'était retrouvé au chômage. « C'est mieux comme ça, dit Herta, tu es vieux, tu ne le vois pas ? » Elle semblait en colère contre lui parce qu'il avait côtoyé la baronne pendant des années, en réalité elle était inquiète à l'idée qu'on vienne l'interroger, l'arrêter.

Elle craignait aussi pour moi et voulait tout savoir : ce que j'avais partagé avec cette femme, savais-je vraiment qui elle était, avais-je croisé chez elle des gens bizarres ? Soudain, Maria était dangereuse, une personne qu'il valait mieux éviter de fréquenter. Mon amie gâtée et attentionnée : on l'avait enfermée dans une cellule sans partitions, on l'avait privée de sa robe en biais commandée sur le modèle de la mienne.

Hitler avait décidé d'accélérer la procédure, tribunal populaire au lieu du tribunal militaire, procès sommaires et exécutions immédiates par pendaison avec un nœud coulant fait d'une corde de piano accrochée à un croc de boucher. On traqua et déporta non seulement tous ceux qu'on suspecta d'avoir participé peu ou prou à l'attentat, mais aussi leurs familles et leurs amis, et quiconque offrait asile aux fuyards était exécuté. Clemens von Mildernhagen et sa femme Maria étaient des amis de longue date du colonel Stauffenberg, ils l'avaient reçu plusieurs fois au château. D'après l'accusation, c'était là que Stauffenberg avait comploté avec d'autres conjurés : les barons de Gross-Partsch jouaient un double jeu.

Mais que savait l'accusation de l'enthousiasme œcuménique de Maria, de ses pensées si lisses, sans sommets ni gouffres ? Elle connaissait les fleurs, les chansons et pas grand-chose d'autre, juste ce dont elle avait besoin. Le colonel avait peut-être agi dans leur dos, profitant du château à leur insu comme d'un lieu de rendez-vous, le baron était peut-être complice et avait tenu sa femme à l'écart de tout : je n'en savais rien, au fond je ne l'avais pas fréquenté. Mais je savais que Maria avait aimé aussi bien Stauffenberg qu'Hitler et que tous deux l'avaient trahie.

Sur ma table de nuit, près de la lampe à pétrole trônait le dernier livre qu'elle m'avait donné à lire et que je ne lui rendrais jamais, les poèmes de Stefan George. C'était un cadeau de son Claus, comme en témoignait la dédicace sur la page de titre. Il était sûrement très précieux pour elle, pourtant elle me l'avait prêté. Je me dis que Maria tenait à moi, même si c'était en pointillé, plus que je ne tenais à elle, moi qui étais surtout amusée par sa manière vaporeuse d'être au monde.

J'arrachai les pages du livre une à une, les froissai et allumai un feu de joie dans la cour de derrière. En voyant danser les flammes de plus en plus hautes et mouvantes, Zart se réfugia dans la maison. Je brûlais un livre, sans fanfare ni chars, sans même le tapage des poules pour créer une atmosphère de fête. J'étais terrorisée par l'éventualité que les nazis, venant me chercher, trouvent la signature de Stauffenberg sur les poèmes de George et m'arrêtent. Je brûlais un livre pour renier Maria. Mais ce feu qui effaçait tout ce qui me restait d'elle était aussi le rituel maladroit par lequel je lui disais adieu.

Joseph fut interrogé, ils ne tardèrent pas à le relâcher et personne ne s'occupa de moi. J'ignore ce que sont devenus les enfants de Maria. Ce n'étaient que des enfants et les Allemands, c'est bien connu, aiment les enfants.

Les nouvelles mesures de protection du Führer concernèrent aussi ses goûteuses. On nous avait ordonné de préparer une valise et on vint nous chercher à domicile. Herta me regarda disparaître après le virage de Gross-Partsch, le nez collé à la vitre, et l'angoisse l'étreignit comme le premier jour.

Dans la cour, après la fouille au corps, les gardes contrôlèrent nos valises avant de nous laisser entrer. Krausendorf devint alors repas de midi, repas du soir et dortoir, il devint notre prison. Nous ne pouvions dormir chez nous que le vendredi et le samedi, le reste de la semaine était consacré au Führer, qui avait acheté notre vie entière pour le même prix, et la négociation n'était pas admise. Enfermées dans la caserne, nous étions des soldats sans armes, des esclaves de rang supérieur, nous étions quelque chose qui n'existe pas et en effet, hors de Rastenburg, personne n'a jamais su que nous existions.

Ziegler rentra le lendemain de l'attentat, il se présenta au réfectoire et annonça que dorénavant on nous surveillerait sans relâche, les évenements récents prouvaient qu'on ne pouvait se fier à personne, et encore moins à nous, simples femmes de la campagne habituées à la compagnie des bêtes : que pouvions-nous bien comprendre à l'honneur ou à la fidélité, mots que nous entendions sans doute diffusés par la radio allemande – *pratique toujours la fidélité et l'honnêteté*, disait la chanson du générique – mais chez nous, traîtresses en puissance qui aurions vendu nos enfants pour un morceau de pain et ouvert les cuisses devant n'importe qui selon l'opportunité du moment, ces mots entraient par une oreille et ressortaient par l'autre ; mais lui nous bouclerait comme des animaux en cage : les choses allaient changer maintenant qu'il était revenu.

Les SS se tenaient tête baissée, gênés me sembla-t-il par ce discours décousu qui n'avait rien à voir avec la tentative de putsch, et semblait relever plutôt du défoulement personnel. L'*Obersturmführer* avait peut-être surpris sa femme au lit avec un autre, pensaient-ils, il avait peut-être dû filer doux à la maison – certaines femmes vous mènent à la baguette – et maintenant il avait besoin de se rattraper, il bombait le torse et élevait la voix : il lui fallait dix femmes tenues en respect pour se sentir un homme, il lui suffisait d'avoir reçu la charge d'une caserne improvisée pour se considérer comme investi d'un pouvoir et s'autoriser à en abuser.

C'était ce que je pensais.

La respiration d'Elfriede se coinçait dans ses narines et Augustine lançait des malédictions à mi-voix, au risque que Ziegler le remarque. Je le fixais, attendant qu'il croise mon regard. Mais il l'évita : j'eus alors la conviction qu'il me parlait à moi. Ou alors il s'était contenté de puiser dans une liste de lieux communs pour construire un discours percutant, capable d'en imposer comme tout monologue qui n'admet pas de réplique. Il avait peut-être quelque chose à cacher, lui qui s'entretenait avec Stauffenberg et le baron, ce soir de mai au château : je me demandais si ses collègues l'avaient soumis à un interrogatoire, si quelqu'un l'avait soupçonné. Ou s'il était désormais quantité négligeable au point que personne n'avait remarqué sa présence aux côtés de l'âme de la conjuration et de ses complices présumés. Ziegler était frustré, en colère : au moment précis où se déroulait un événement exceptionnel, il n'était pas là.

Mais ensuite je me disais qu'il était plausible que son départ en Bavière ait été calculé, que je n'avais rien compris, ni à lui ni à Maria, ils m'avaient tous menti. Je n'ai jamais su la vérité et ne l'ai jamais cherchée.

Des lits de camp avaient été installés dans les salles du premier étage, un endroit de la caserne où nous n'étions jamais allées. Trois femmes par pièce, sauf dans la plus grande où on en avait logé quatre. On nous accorda de choisir nos lits et nos compagnes de sommeil. Je pris la place près du mur, à côté d'Elfriede, la troisième étant Leni. Je m'approchai de la fenêtre et vis deux sentinelles. Elles effectuaient le tour de l'école, leur ronde durait toute la nuit. L'une d'elles me remarqua et m'ordonna de me coucher. Le Loup dans la Tanière veillait, aux aguets, blessé, le poil roussi, vicieux et condamné à l'être. Quant à Ziegler, il dormait dans la ceinture extérieure de la Wolfsschanze, le cœur du quartier général lui était interdit.

« Tu me manques », me glissa-t-il quelques jours plus tard, un matin en me croisant dans le couloir. J'étais restée à la traîne, ayant trébuché et perdu une chaussure. Le SS me surveillait de loin tout en faisant défiler les autres jusqu'au réfectoire. « Tu me manques », et je relevai la tête, le pied encore déchaussé, la cheville douloureuse. Le SS s'approcha pour faire preuve de sollicitude, tandis que je me rechaussais : j'enfilai mon talon en m'aidant d'un doigt, en équilibre sur l'autre jambe. J'eus le geste instinctif de m'appuyer sur Albert, et lui le réflexe de me soutenir en tendant la main. Ce corps que j'avais connu, je ne pouvais pas le toucher. Je n'arrivais pas à croire que ça avait été lui, maintenant que je ne le touchais plus.

Il n'y a aucune raison pour qu'un amour s'interrompe, un amour comme celui-là, sans passé, sans promesses, sans devoirs. Il s'éteint par indolence, le corps devient paresseux, il préfère l'inertie à la tension du désir. Il aurait suffi de pouvoir le toucher encore, son thorax, son ventre, juste ma main sur le tissu de son uniforme, ça aurait suffi pour sentir le temps tomber en poussière et pour que s'ouvre tout grand le précipice de cette intimité. Mais Albert s'immobilisa et je me repris. Droite, je me remis en marche sans lui répondre, déjà le SS me rejoignait, claquait des talons et le saluait bras levé, tandis que l'*Obersturmführer* Ziegler laissait retomber le sien.

36

Le samedi et le dimanche, je passais mes heures libres avec Herta et Joseph. On ramassait les légumes au jardin, on se promenait en forêt, on s'installait à l'arrière de la maison pour bavarder ou se taire, reconnaissants de pouvoir se trouver tous les trois dans le même lieu, moi orpheline de mes parents, eux d'un fils : notre lien se fondait sur cette perte commune, sur l'expérience même de la perte.

Je me demandais encore s'ils avaient des soupçons sur mes nuits avec Ziegler. J'avais abusé de leur confiance et me sentais indigne de leur affection, même si cela n'entamait pas l'authenticité de la mienne. Qu'il soit possible d'omettre des pans de sa vie, que ce soit aussi facile m'a toujours stupéfiée ; en réalité, il nous faut impérativement ignorer la vie des autres pendant qu'elle se déroule, il nous faut cette carence physiologique d'informations pour ne pas devenir fous.

Mon sentiment de culpabilité s'était étendu à Herta et Joseph parce que Herta et Joseph étaient présents, en chair et en os, tandis que Gregor n'était qu'un nom, une pensée au réveil, une photo dans le cadre du miroir ou dans l'album, une poignée de souvenirs, des larmes qui jaillissaient la nuit sans prévenir, un sentiment de colère, de défaite, de honte, Gregor n'était qu'une idée, il n'était plus mon mari.

Quand je n'étais pas avec mes beaux-parents, je consacrais mon temps libre à Leni qui voulait voir Ernst après son service, mais avait peur d'y aller seule. Elle nous entraînait donc, Ulla et moi, ou Beate et Heike avec leurs enfants respectifs ; certains jours, Elfriede venait aussi, bien qu'elle ne supportât pas ces deux soldats de la Wehrmacht et ne fît rien pour le cacher.

« Alors suis-je une grande voyante, oui ou non ? dit Beate un dimanche en début d'après-midi, assise à la terrasse du bar devant le lac de Moy.

— Tu parles d'Hitler ? réagit Elfriede. Tu avais prévu que les choses allaient mal tourner pour lui. Et comme tu le vois, tu t'es mis le doigt dans l'œil.

— Qu'avais-tu prédit ? demanda Ernst.

— C'est une petite sorcière, dit Ulla. Elle avait tiré son horoscope.

— Ma foi, il a failli mourir, commenta Heiner. Tu n'es pas tombée bien loin, Beate. Mais personne ne peut abattre notre Führer. »

Elfriede le toisa, Heiner ne s'en rendit pas compte, il ingurgita un bock de bière et s'essuya les lèvres du dos de la main.

« Nous aussi, on a failli mourir, précisa-t-elle. Pour un peu, ils nous empoisonnaient, et on ne sait même pas avec quoi.

— Ce n'était pas du poison, dis-je, c'était du miel, du miel toxique.

— Et comment le sais-tu ? » me demanda-t-elle.

Les jambes soudain molles, au bord du précipice.

«Je ne sais pas, balbutiai-je. C'est une déduction. Celles qui ont été malades avaient mangé du miel.

— Il était où ce miel ?

— Dans le gâteau, Elfriede.

— C'est vrai, dit Heike. Beate et moi, on n'a pas vomi, vous étiez les seules à avoir du gâteau ce jour-là.

— D'accord, mais le gâteau contenait aussi du yaourt, et puis Theodora et Gertrude ont été malades, alors qu'elles n'avaient pas mangé de gâteau, elles avaient eu du fromage blanc.» Elfriede s'énervait. «Comment peux-tu affirmer que c'est le miel, Rosa ?

— Je ne sais pas. Je répète : c'est une supposition.

— Non, tu l'as affirmé. Tu tiens ça de Krümel ?

— Penses-tu, Krümel ne lui adresse plus la parole !» dit Ulla. Puis elle se tourna vers les deux soldats et expliqua pour les mêler à la conversation : «Notre Rosa a fait une grosse bêtise.» Ils se taisaient, ne pouvant comprendre.

«C'était la faute d'Augustine. Et de vous toutes, dis-je en interpellant Heike et Beate.

— Ne change pas de sujet, s'entêta Elfriede. Comment le sais-tu ? Dis-le-moi.

— C'est une voyante, elle aussi ! plaisanta Beate.

— C'est quoi une voyante ?» demanda la petite Ursula.

Les jambes privées de force. «Pourquoi tu t'énerves, Elfriede ? Je t'ai dit que je ne le sais pas. J'en ai parlé avec mon beau-père, on a dû imaginer ça ensemble.

— Quand on y pense, on n'a plus eu de miel pendant un certain temps, réfléchit Ulla. Dommage, le gâteau que tu m'avais fait goûter en cachette, Rosa, était délicieux.

— C'est ça, tu vois ? » Je saisis la balle au bond. « Je l'ai peut-être déduit du fait qu'ils ne nous ont plus donné de miel. De toute façon, quelle importance désormais ?

— C'est quoi une voyante ? répéta Ursula.

— C'est une magicienne qui sait deviner des choses, lui répondit Beate.

— Maman sait le faire, se vanta un de ses jumeaux.

— Tout a de l'importance, Rosa. » Elfriede avait gardé les yeux rivés sur moi, je n'arrivais pas à soutenir son regard.

« Mais si vous me laissiez continuer ! réclama Beate en élevant la voix. Je ne faisais pas allusion au Führer. Je suis moins forte à l'horoscope qu'aux cartes, et Ziegler me les a prises. » Le sursaut habituel quand son nom était prononcé. « Je parlais de Leni. »

Leni sortit de l'enchantement où elle tombait chaque fois qu'elle était à côté d'Ernst.

Il l'attira à lui et l'embrassa sur le front. « Tu as prédit l'avenir de Leni ?

— Elle avait vu un homme. » J'avais parlé à voix basse, comme pour ne pas me faire entendre d'Elfriede, lui faire oublier que j'étais là.

« Et certains pensent qu'il est arrivé », dit-elle. Je fus la seule à percevoir le sarcasme ou peut-être était-ce mon sentiment de culpabilité pour lui avoir menti qui déformait ma perception des choses.

Ernst approcha la bouche de l'oreille déjà écarlate de Leni : « C'est moi ? », et il rit. Heiner rit aussi, et Leni avec eux. Je m'efforçai de les imiter.

On riait. On n'avait rien appris. On croyait qu'il était encore permis de rire, on croyait qu'on pouvait garder confiance. En la vie, en l'avenir. Pas Elfriede.

Elle regardait le fond de café dans sa tasse sans que l'effleure l'idée de le lire. Elle avait engagé une lutte sans merci avec l'avenir, et personne parmi nous ne s'en était aperçu.

La même nuit où se rompit le charme pour Leni, je fus reprise par le ravissement. Tandis qu'elle repoussait ses draps sans bruit et, pieds nus, quittait la chambre, Elfriede respirait bruyamment : ce n'était pas un ronflement, mais une sorte de plainte stridente. J'étais en nage, mais personne ne me serrait dans ses bras.

Je dormais profondément. Je rêvais, et au début, je n'étais pas dans le rêve. Il y avait un pilote, il avait chaud. Il buvait une gorgée d'eau, desserrait son col, puis se préparait à dessiner avec son avion un virage parfait et voyait par le hublot une tache rouge dans la nuit, une lune de feu ou la comète de Bethléem – mais cette fois les Rois mages ne la suivaient pas, il n'y avait pas de roi nouveau-né à qui rendre hommage. Pourtant, à Berlin, une jeune femme rousse au visage velouté, le portrait de Maria, était entrée en travail et, dans l'obscurité d'une cave qui ressemblait à celle de Budengasse, une mère dont le fils était au front dit pousse, je vais t'aider, mais tout de suite après, le fracas d'une bombe la projeta en arrière. Les enfants qui dormaient se réveillèrent en pleurant, ceux qui étaient réveillés se mirent à crier, la cave devenait la fosse commune où leurs corps s'entasseraient, quand ils se seraient éteints par manque d'oxygène. Pauline n'était pas là.

Quand le cœur de Maria cessa de battre, le bébé perdit sa seule possibilité de venir au monde, il continua à baigner dans le placenta sans savoir que son destin était de sortir – c'est si étrange un mort qui en contient un autre.

Dehors en revanche l'oxygène ne manquait pas. Il alimentait les flammes qui s'élevaient sur des dizaines de mètres et éclairaient les bâtiments à ciel ouvert. Dans l'explosion, les toits s'étaient envolés comme la maison de Dorothy dans *Le Magicien d'Oz*, dans l'air tournoyaient arbres et panneaux publicitaires, et, si quelqu'un avait lorgné à travers les brèches ouvertes dans les maisons, elles auraient trahi les vices et les vertus de leurs habitants : un cendrier rempli de mégots ou un bouquet de fleurs dans un vase resté debout malgré l'effondrement des murs. Mais ni les hommes ni les animaux n'étaient en mesure de lorgner sur rien, ils étaient tapis au sol ou déjà carbonisés, statues noires surprises dans le geste de boire, de prier, de caresser leur femme pour se réconcilier après une dispute stupide. Les ouvriers de l'équipe de nuit s'étaient dissous dans l'eau bouillante des chaudières qui avaient explosé, les détenus avaient été ensevelis vivants sous les décombres avant de purger leur peine et au zoo les lions et les tigres immobiles semblaient empaillés.

Dix mille pieds plus haut, le pilote du bombardier pouvait encore regarder par le hublot cette lumière incandescente, reprendre une gorgée d'eau et défaire un bouton de son col, il pouvait se raconter qu'il s'agissait d'un amas d'étoiles : même si elles étaient mortes, leur lumière brillait toujours.

Et soudain, le bombardier, c'était moi. C'était moi qui manipulais les commandes et, au moment exact où je le comprenais, je me souvenais que je ne savais pas m'en servir : j'allais tomber. L'avion descendait en vrille, les trous d'air roulaient dans ma poitrine et la ville se rapprochait de plus en plus, c'était Berlin ou peut-être Nuremberg et le nez effilé de l'appareil pointait sur elle, prêt à s'écraser contre le premier mur, à se planter dans le sol ; mes cordes vocales, anesthésiées, n'arrivaient pas à appeler Franz pour qu'il me sauve du ravissement, n'arrivaient pas à crier à l'aide.

« Aide-moi ! »

Je me réveillai, une pellicule de sueur glacée enveloppait mes membres.

« Aide-moi, Rosa. »

C'était Leni, elle pleurait. Elfriede aussi se réveilla. Elle alluma la torche qu'elle gardait sous son oreiller. Les SS n'avaient pas pensé à équiper les salles en tables de nuit et lampes, mais elle s'était montrée prévoyante. Elle vit ce moineau agenouillé près de mon lit et dit : « Qu'est-ce qui t'est arrivé ? »

Je m'assis sur mon lit pour prendre Leni dans mes bras, mais elle m'en empêcha. Elle se toucha entre les cuisses.

« Dis-moi ce qui t'est arrivé ! » insista Elfriede.

Leni ouvrit la main : sa paume était claire, les lignes en dents de scie, profondes, dessinaient une grille de barbelés, allez savoir ce que Beate y aurait lu. L'extrémité de ses doigts était tachée de sang. « Il m'a fait mal », dit-elle en s'affaissant sur le sol ; elle se pelotonna, devenant si petite que je crus qu'elle pouvait disparaître.

Elfriede courut pieds nus dans le couloir – le choc de ses talons : sourd, acharné – et s'arrêta devant la seule fenêtre ouverte, distingua les barreaux d'une échelle appuyée contre le mur et, au point de fuite où les droites se rencontraient, la silhouette d'Ernst qui venait de poser les pieds sur le sol.

« Tu me le paieras », lui promit-elle en se penchant, les doigts crochetés sur l'appui de la fenêtre. Les gardes auraient pu l'entendre : elle s'en moquait. Où étaient-ils pendant qu'un soldat de l'armée s'introduisait dans la caserne ? Ils s'étaient détournés, avaient fermé un œil, s'étaient donné un coup de coude ? Vas-y mon gars, mais demain ce sera mon tour.

Ernst leva la tête, ne lui répondit pas, s'éclipsa.

Quand il lui avait donné rendez-vous à minuit, à la troisième fenêtre du couloir de gauche, Leni avait accepté. Tu es une adulte, s'était-elle dit, tu ne peux pas te défiler. D'autant plus que cette Leni avare de mots et de gestes, éternelle débutante, plaisait à Ernst. On aurait dit qu'il savourait de devoir sans cesse la débusquer là où elle s'était réfugiée et, d'une pression légère du doigt sur son épaule, la ramener à lui sans la faire sursauter.

Leni ne pouvait pas le décevoir, risquer de le perdre, voilà pourquoi elle avait accepté, d'accord j'y serai, et à minuit précis, malgré l'obscurité, malgré les gardes, elle s'était présentée à la fenêtre, laissée entrouverte avant le dîner de façon à l'ouvrir sans bruit pendant qu'Ernst grimpait à l'échelle. Dès qu'il enjamba le rebord et fut à l'intérieur, ils s'étreignirent tout à leur joie, unis par leur secret, complices romantiques excités par la nécessité de déjouer la surveillance, et cherchèrent un endroit où cacher leurs caresses. Malheureusement, toutes les salles étaient occupées ; dans la seule dépourvue de lits, les SS jouaient aux cartes pour tromper l'ennui des tours de garde nocturnes.

« Allons à la cuisine, proposa Ernst, les gardes n'y font sûrement pas la ronde. — Mais il faut descendre, on va nous voir ! dit Leni. — Tu me fais confiance ? » Ernst la serra contre lui et sans s'en rendre compte, Leni était déjà dans l'escalier et personne ne les entendit, personne ne leur barra la route. Tenant le sergent par la main, Leni le guida jusqu'à la cuisine. Quelle déception en découvrant que Krümel avait posé un cadenas : il était vrai que s'entassaient là des réserves de nourriture appartenant au Führer, ils auraient pu s'y attendre. Quand on ne respecte pas Krümel, on ne mérite pas sa gamelle, disait le cuisinier. Leni ne voulait pas lui manquer de respect et fut bien chagrinée. Ernst remarqua peut-être sa contrariété et lui caressa les joues, les oreilles, le cou, la nuque, le dos, les hanches, les cuisses, et déjà il l'avait collée tout contre lui, proche comme jamais auparavant, les rondeurs de ce corps faisant pression sur le sien, il l'embrassa longuement et, en marchant à reculons, lentement, sans interrompre le contact, la conduisit dans la première pièce qu'il trouva ouverte.

C'était le réfectoire, mais Leni ne s'en aperçut qu'au moment où il heurta une chaise, à la faible lumière qui entrait par les fenêtres. Au fond, que voulait-elle de mieux ? Ce lieu lui était familier, la grande table en bois massif, les chaises spartiates, les murs nus : depuis presque un an, elle passait plusieurs heures par jour dans cette salle, c'était une seconde maison, elle ne pouvait pas avoir peur, n'avait plus peur, elle y arriverait, calme ta respiration, Leni, allez inspire profondément, tu es grande maintenant, tu ne peux pas reculer. Ernst enfant lançait des avions en papier par la fenêtre de sa classe à Lübeck et rêvait de voler, pendant que tu apprenais à lire en suivant du doigt chacune des lettres imprimées, tu le déplaçais machinalement sur la page, épelant les syllabes les unes après les autres jusqu'à prononcer le mot entier et tu rêvais de devenir très forte un jour, plus forte que tes camarades qui n'avaient pas besoin de leur doigt et lisaient déjà si vite qu'ils s'impatientaient à t'attendre. Et tu ne savais pas que vous vous rencontreriez, des années après, ce petit garçon qui voulait devenir pilote et toi – c'est ça l'amour, c'est sidérant, toutes ces années où aucun des deux ne connaissait l'existence de l'autre et où vous viviez loin, à des centaines de kilomètres, où vous grandissiez, preniez votre taille d'adulte, lui te dépassant, où tes hanches s'arrondissaient tandis que déjà il se rasait, où vous aviez de la fièvre, où vous guérissiez, où les vacances arrivaient, où c'était Noël, où tu apprenais à cuisiner, où il devait partir au service militaire et où tout cela arrivait sans que vous vous connaissiez, vous auriez pu ne jamais vous connaître, quel risque vous avez couru, rien que d'y penser tu en as le cœur serré : il aurait suffi d'un rien, d'un écart minime, d'un pas plus lent, d'un réveil mal remonté, d'une femme plus belle rencontrée un instant avant de te voir, juste un instant avant, Leni, ou seulement qu'Hitler n'envahisse pas la Pologne.

Ernst déplace les chaises sans bruit, prend Leni dans ses bras et la couche sur la table, celle où nous mangeons, nous les goûteuses, celle dont Leni s'est détournée pour vomir, le premier jour – et à cause de cette faiblesse sans fard, je l'ai choisie pour amie, ou elle m'a choisie. Quand elle se retrouve allongée sur le bois dans sa chemise de nuit trop mince pour ne pas sentir ses vertèbres s'écraser contre la surface dure, Leni ne résiste pas, cette fois elle ne demande pas à sortir.

Ernst s'allonge sur elle : au début c'est son ombre qui la submerge, puis ce sont ses muscles de jeune homme refusé par la Luftwaffe qui pèsent de plus en plus lourd sur ses hanches, sur ses genoux qu'elle ne sait pas ouvrir.

Elle devra apprendre, elles le font toutes, elle le fera elle aussi ; on s'habitue à tout, à manger sur commande, tout avaler, contenir ses nausées, défier le poison, la mort, la soupe d'avoine, Heike, il faut que tu goûtes, sinon Ziegler va se fâcher, nous n'avons rien à faire de femmes qui n'obéissent pas, ici on exécute ma volonté, c'est-à-dire la volonté du Führer, c'est-à-dire la volonté divine : « Ernst ! », ce cri étranglé vient de lui échapper.

« Ma chérie, dit-il et sa voix est un bruissement.

— Ernst, il faut que je sorte. Je ne peux pas le faire ici, je ne peux pas rester ici, je ne veux pas. »

C'est à ce moment-là, tandis que je dormais et que le ravissement revenait, tandis qu'Elfriede dormait en respirant fort par le nez dans notre chambre commune à l'étage au-dessus, trois lits dont un vide, tandis que les autres femmes cherchaient le sommeil malgré la pensée des enfants qu'il avait fallu confier aux grands-parents, à une sœur, une amie, elles ne pouvaient évidemment pas les emmener à la caserne, elles ne pouvaient pas s'enfuir en sautant par la fenêtre ; si elles avaient su qu'il y avait une échelle – c'est à ce moment-là qu'Ernst avait essayé de convaincre Leni par la douceur et comme il n'y était pas arrivé, comme elle se débattait et que ça devenait bruyant, il l'avait bâillonnée et sa volonté avait été faite. D'ailleurs elle était venue au rendez-vous. Elle savait ce qui arriverait. C'est pour cela qu'il était là cette nuit.

37

Elfriede se leva de table et se dirigea vers l'Échalas. Leni vit son pas déterminé et comprit, elle qui était si peu intuitive. « Attends ! » Elfriede n'attendit pas. « Ce ne sont pas tes affaires, dit Leni en se levant à son tour. Ça ne te regarde pas.

— Tu crois que tu n'as aucun droit ? »

La question désorienta Leni, déjà écarlate.

« Un droit est une responsabilité, poursuivit Elfriede.

— Et alors ?

— Si tu ne sais pas l'assumer, quelqu'un doit le faire à ta place.

— Pourquoi tu t'en prends à moi ? » La voix de Leni, fêlée.

« Ah, moi, je m'en prends à toi ? » Elfriede renifla, aspira une bouffée d'air. « Ça te plaît d'être une victime ?

— Ce n'est pas ton problème.

— C'est le problème de tout le monde, tu comprends ? » cria Elfriede.

L'Échalas cria plus fort : il quitta le coin de la pièce en leur ordonnant de se taire et de retourner s'asseoir.

«Il faut que je vous parle, dit Elfriede.

— Que veux-tu?» demanda-t-il.

Leni fit une dernière tentative: «Je t'en prie», Elfriede se libéra d'elle d'une bourrade et je m'élançai à sa rescousse. Je n'avais pas l'intention de prendre sa défense, mais voilà, Leni était la plus faible, il en avait toujours été ainsi.

«Je dois informer le lieutenant Ziegler d'un événement qui s'est passé dans la caserne, expliqua Elfriede, un événement qui est une offense pour la caserne elle-même.»

La grimace de l'Échalas pouvait être de la surprise. Aucune de nous n'avait jamais réclamé un entretien avec Ziegler, pas même les Enragées. Il ignorait sans doute si une telle requête était licite, mais les paroles d'Elfriede l'avaient perturbé. Et puis cette prise de bec entre les deux goûteuses ne devait pas sortir de nulle part.

«Tout le monde dans la cour», ordonna-t-il, plutôt satisfait de sa capacité à être immédiatement opérationnel.

J'entraînai Leni.

«C'est mon histoire, murmurait-elle, pourquoi doit-elle la rendre publique? Pourquoi doit-elle m'humilier?»

Les autres se dirigèrent vers la cour en ordre dispersé.

«Toi, tu restes ici, précisa l'Échalas, et Elfriede se colla contre le mur.

— Tu es sûre?» lui demandai-je tout bas pour ne pas me faire entendre du garde qui sortait.

Elfriede répondit d'un mouvement affirmatif du menton, puis ferma les yeux.

Leni se laissa tomber par terre : ce n'était pas déli-béré je pense, mais elle s'était assise exactement au milieu de la marelle estompée, du périmètre magique qui ne l'avait protégée de rien. Je m'accroupis près d'elle ; les autres la harcelaient, la bombardaient de questions, surtout Augustine. « Ça suffit, dis-je, vous voyez bien qu'elle n'est pas en état de répondre. »

Du coin de l'œil je surveillais le réfectoire, je n'arrivais pas à voir Elfriede. Quand les autres ces-sèrent de se presser autour de Leni, je m'approchai de la porte. Un bruit de semelles sur le sol me fit reculer. « Allons-y. » C'était la voix de l'Échalas. Les pas redoublèrent, j'attendis que leur son asynchrone, déphasé, se soit éloigné pour m'avancer sur le seuil. Elfriede longeait le couloir avec le garde.

Contre toute attente, le lieutenant avait accepté de la recevoir. C'était peut-être l'ennui des semaines après le putsch qu'il avait raté : il cherchait une dis-traction. C'était peut-être le durcissement des nou-velles mesures. Rien ne devait plus se passer sans qu'on l'en informe. Je me sentis en danger, comme si en entrant dans son bureau, Elfriede pouvait voir d'Albert ce que j'en avais vu, qu'elle puisse me voir, moi, derrière ses pupilles, et tout découvrir.

Elfriede se présenta devant Ziegler pour dénoncer Ernst Koch, sous-officier de la Heer. La nuit passée, déclara-t-elle, en dépit de l'interdiction d'entrer, le sergent s'était introduit dans la caserne où dormaient les goûteuses, des citoyennes allemandes au service du Führer, et, alors qu'il était un représentant du Reich, un soldat de l'armée ayant le devoir de nous défendre contre l'ennemi, il avait violé une des jeunes filles, une Allemande comme lui.

Ziegler prit le nom des SS de garde cette nuit-là et entendit chacun, Ernst et Leni compris, tout cela s'expliquant sans doute par une furieuse envie d'infliger une punition.

Dans la pénombre du bureau du directeur, Leni – c'est elle qui me le raconta – réagit d'abord aux questions de l'*Obersturmführer* par le silence, puis elle murmura que c'était sa faute, le sergent Koch avait mal compris, elle n'avait pas été claire, elle lui avait donné rendez-vous à la caserne, mais elle l'avait aussitôt regretté. Les rapports avaient-ils eu lieu, oui ou non ? Leni ne démentit pas le récit d'Elfriede. Ziegler lui demanda si elle était consentante. Leni secoua la tête d'un mouvement rapide en balbutiant que non, elle ne l'était pas.

Malgré l'incohérence de sa déclaration, Ziegler n'archiva pas l'affaire, il signala Ernst Koch à la hiérarchie de la Wehrmacht, laquelle, après une série d'interrogatoires et de contrôles, déciderait si le jeune homme devait passer devant le tribunal militaire.

Leni chercha Heiner pour avoir des nouvelles d'Ernst, celui-ci fut courtois, mais froid, comme s'il craignait de commettre une imprudence en rencontrant la victime ou plutôt l'accusation. Il ne justifiait pas son ami, mais gardait ses distances. J'ai gâché sa vie, disait Leni.

Je n'en parlai pas avec Elfriede, parce que je redoutais de me trahir, comme cela s'était passé pour l'histoire du miel. Excuse-moi, m'avait-elle dit ce dimanche après-midi alors que nous rentrions à la caserne, mais ça m'énerve de me souvenir du jour où ils nous ont empoisonnées – ou plutôt intoxiquées avec le miel, comme tu dis. Ne t'inquiète pas, lui avais-je répondu, et puis savoir si c'était le miel…

J'étais lâche. C'est pourquoi je ne comprenais pas ce qui l'avait poussée à soulever une affaire qui ne la concernait pas, qui plus est contre l'avis de la première intéressée. Cette attitude de preux chevalier était absurde. Tout héroïsme me semblait absurde, depuis des années. Toute forme d'élan, toute espèce de foi m'embarrassait, surtout la foi en la justice, où je voyais un résidu d'idéalisme romantique, un sentiment ingénu, factice, coupé de la réalité.

La nouvelle se répandit parmi les goûteuses. Les Enragées ne purent s'empêcher d'enfoncer le clou : D'abord tu le fais entrer en cachette dans la caserne, puis tu dis que c'est sa faute ? Ah non, ma petite, ce n'est pas du jeu.

Augustine essaya de réconforter Leni, de lui dire combien le geste d'Elfriede était admirable, elle devait lui en être reconnaissante. Leni n'était pas convaincue. La convoquerait-on au tribunal ? Elle n'avait jamais pu articuler un mot quand on l'appelait seulement au tableau, pourquoi une amie lui infligeait-elle cette torture ?

Je pris sur moi et allai trouver Elfriede, qui ne me réserva pas meilleur accueil.

Irritée, je lui dis : « Protéger quelqu'un contre sa volonté, c'est une agression.

— Ah oui ? » Elle enleva la cigarette éteinte d'entre ses lèvres. « Le penserais-tu d'un enfant ?

— Leni n'est pas une enfant.

— Elle ne peut pas se défendre, répliqua-t-elle, comme un enfant.

— Qui de nous ici peut se défendre ? Sois objective ! Nous avons accepté toutes sortes d'abus de pouvoir. Ce n'est pas toujours une question de choix.

— Tu as raison. » Elle écrasa sa cigarette sur le mur comme si elle n'était pas déjà éteinte, jusqu'à ce que le tabac sorte du papier déchiré. Puis elle s'éloigna, la conversation était close.

« Où vas-tu ?

— On n'échappe pas à son sort, dit-elle sans se retourner. Tout est là. »

Elle avait vraiment prononcé une phrase aussi solennelle ?

J'aurais pu la suivre, mais je m'abstins : de toute façon elle n'écoutait personne. Débrouille-toi, pensai-je.

Elfriede avait-elle bien fait de dénoncer Ernst contre l'avis de Leni, j'étais incapable de le dire. Mais il y avait dans cette histoire quelque chose qui me dérangeait, quelque chose qui créait en moi un malaise confus.

38

J'aperçus Ziegler dans le couloir et fis exprès de me tordre la cheville. Mon pied sortit de ma chaussure, mon genou capitula, je tombai. Il vint vers moi et me tendit la main, je la pris, il m'aida à me relever. Le garde s'était approché aussi :

« Tout va bien, mon lieutenant ?

— Elle a mal à la cheville », dit Ziegler.

Je n'avais pas ouvert la bouche. « Je l'accompagne aux toilettes, elle pourra se passer sous l'eau froide.

— Mais non, ne vous dérangez pas, mon lieutenant, je peux la faire accompagner par…

— Ce n'est pas un problème. » J'emboîtai le pas à Ziegler.

Quand nous fûmes dans le bureau du directeur, il ferma la porte à clé, prit mon visage entre ses mains avec une telle fougue qu'il m'écrasa les joues, m'embrassa.

Je pensai que ça ne finirait jamais, qu'il me suffirait de toucher son thorax du doigt pour rechuter.

« Merci pour ce que tu as fait. »

Il avait préféré protéger l'une de nous, plutôt que couvrir un sous-officier. Il me semblait qu'il était de notre côté, du mien.

«Tu m'as manqué», dit-il, en relevant ma jupe sur mes cuisses.

Je ne l'avais jamais touché en plein jour, je n'avais jamais vu aussi nettement les rides que le désir creusait sur son front, le regard de celui qui redoute que tout s'évanouisse d'un instant à l'autre, une urgence d'adolescent. Nous n'avions jamais fait l'amour dans un lieu qui ne soit pas à moi, ou plutôt à la famille de Gregor. J'avais profané la grange et maintenant nous profanions la caserne. C'était le lieu d'Hitler. C'était le nôtre.

On frappa. Ziegler rajusta en hâte son pantalon, je descendis du bureau en essayant de défroisser ma jupe avec mes paumes et de me recoiffer. Je restai debout pendant qu'il parlait avec le SS, qui lorgnait dans ma direction. Je baissai la tête, puis me tournai de trois quarts, arrangeai à nouveau mes cheveux, dirigeai le regard vers les piles de papiers sur le bureau pour échapper à son intérêt. C'est alors que j'aperçus le dossier.

La première page portait la mention «Elfriede Kuhn/ Edna Kopfstein».

Je sentis mon sang se glacer.

«Où en étions-nous restés?» murmura Ziegler en m'étreignant par-derrière. Il avait congédié le SS et je ne m'en étais pas aperçue. Il me fit pivoter, m'attira à lui, m'embrassa sur les lèvres, les dents, les gencives, les coins de la bouche, il dit: «Qu'est-ce que tu as?

— Qui est Edna Kopfstein?»

Il recula et, après avoir nonchalamment contourné le bureau, s'assit.

Il prit le dossier, «Oublie», et le glissa dans un tiroir.

«Dis-moi de quoi il s'agit, s'il te plaît. Quel est le rapport entre cette femme et Elfriede, pourquoi avez-vous un dossier sur Elfriede? Vous en avez aussi un sur moi?

— Ce ne sont pas des informations que je peux partager.»

Non, il n'était pas de notre côté. Il avait dénoncé un sous-officier uniquement parce que c'était en son pouvoir et qu'il voulait exercer ce pouvoir.

«Et que peux-tu partager avec moi? Il y a une minute tu me serrais dans tes bras.

— S'il te plaît, retourne au réfectoire.

— Ah, maintenant tu me traites comme un de tes subordonnés. Je ne réponds pas à tes ordres, Albert.

— Et pourtant tu le dois.

— Parce que nous sommes dans ta stupide caserne?

— Ne fais pas de caprice, Rosa. Fais comme si tu n'avais rien vu, c'est mieux pour tout le monde.»

Je me penchai en travers du bureau et l'attrapai par le col de son uniforme en répondant avec véhémence : «Il n'en est pas question une seconde. Elfriede Kuhn est mon amie!»

Ziegler caressa le dos de mes mains, mes articulations. «Tu es sûre? Parce que Elfriede Kuhn n'existe pas. Ou du moins si elle existe, ce n'est pas celle que tu connais.» Il se libéra brusquement de ma prise sur son col. Déséquilibrée, je partis en arrière, il me saisit aux avant-bras. «Edna Kopfstein est un U-Boot.

— Qu'est-ce que ça veut dire?

— Ton amie Elfriede est une clandestine, Rosa. Une Juive.»

Je ne pouvais pas le croire. Il y avait une Juive parmi les goûteuses d'Hitler.

«Montre-moi son dossier, Albert.»

Il se leva, s'approcha de moi. «Ne t'avise pas d'en parler à qui que ce soit.»

Il y avait une Juive entre nous, et c'était précisément Elfriede.

«Que va-t-il lui arriver?

— Rosa, tu m'écoutes?

— Je dois le lui dire, il faut qu'elle s'enfuie.

— Tu me fais rire.» Sur son visage passa le même rictus que j'avais entrevu un jour dans la grange. «Tu mijotes de la faire fuir et tu viens me le dire.

— Où vas-tu l'envoyer?

— C'est mon travail. Personne ne peut m'en empêcher, pas même toi.

— Albert. Si tu peux, aide-la.

— Pourquoi devrais-je aider une Juive clandestine qui nous a menés en bateau? Elle s'est cachée tout ce temps, elle a changé d'identité, mangé à notre table, dormi dans nos lits. Elle a pensé qu'elle pouvait nous rouler! Mais voilà, elle s'est trompée.

— Je t'en prie. Fais disparaître ce dossier. Qui te l'a donné?

— Je ne peux pas faire disparaître un dossier.

— Tu ne peux pas? Tu admets que tu ne comptes pour rien ici?

— Ça suffit maintenant!» Il me bâillonna avec sa main. Je le mordis, il me jeta contre le mur, je me cognai la tête. Je plissai les paupières, attendant que la douleur se propage et monte jusqu'à son point culminant, pour s'atténuer ensuite. Au moment où elle disparut, je lui crachai au visage.

Je me retrouvai avec le canon de son pistolet appuyé contre mon front, Ziegler ne tremblait pas. « Tu vas faire ce que je te dis. »

C'est ainsi qu'il m'avait parlé la première fois dans la cour, quand ses petits yeux, si proches qu'ils semblaient loucher, n'avaient pas réussi à me faire peur. Les mêmes iris noisette me regardaient, maintenant que le métal imprimait un cercle froid sur ma peau. Le nerf sous ma joue tressautait, je n'arrivais pas à déglutir, la gorge nouée, deux larmes retenues au coin des yeux, je ne pleurais pas, c'était cette impossibilité de respirer.

« D'accord », dis-je dans un souffle.

Et soudain, Ziegler détourna son pistolet, le renfila d'un geste sec dans son étui les yeux toujours braqués sur moi. Puis il me serra fort dans ses bras, son nez minuscule dans mon cou, me demanda pardon, me toucha, clavicules, hanches, côtes, comme pour vérifier que j'étais entière, il était pathétique.

« Pardonne-moi, je t'en prie, dit-il. Mais c'est toi qui m'y as obligé », se justifia-t-il. Et il répéta aussitôt : « Pardon. »

Je n'arrivais pas à parler. J'étais pathétique, nous étions pathétiques.

« Ce sera pire si elle s'enfuit », affirma-t-il, le visage dans mes cheveux.

Je ne répondis rien et il ajouta : « Il faut garder ça pour toi. Je ferai ce que je pourrai, je te le promets.

— S'il te plaît.

— Je te le promets. »

Quand je revins au réfectoire, les autres me demandèrent où j'étais.

« Tu as une de ces têtes, dit Ulla.

— C'est vrai, confirma Leni. Tu es toute pâle.

— J'étais aux toilettes.

— Tout ce temps ? demanda Beate.

— Mon Dieu, ne me dites pas que ça recommence ! » s'exclama Augustine en lorgnant du côté d'Heike.

Celle-ci baissa la tête. Beate, qui devait faire semblant de ne pas avoir entendu, la baissa aussi.

« Toujours aussi pleine de tact, Augustine », dis-je pour essayer de détourner l'attention.

Heike me regarda, puis regarda Elfriede, puis baissa à nouveau la tête.

Moi aussi je regardai Elfriede pendant tout le repas. Chaque fois qu'elle me surprenait à l'observer, je sentais mon cœur s'écraser comme un soufflet de forge.

Alors que je montais dans l'autocar, quelqu'un me saisit par le bras. Je me retournai.

« La Berlinoise, qu'est-ce que tu as ? La vue du sang te fait encore peur ? »

Elfriede souriait. Je ne m'étais pas piquée avec une épingle, ne sortais pas d'une prise de sang, mais cette allusion, que nous deux seules pouvions comprendre, révélait l'origine de notre amitié.

Il fallait que je lui dise, je pouvais peut-être faire confiance à Ziegler, mais pas à un lieutenant des SS : il fallait qu'Elfriede sache ce qui se passait. Mais que ferait-elle ? S'échapperait-elle ? De quelle façon pouvais-je l'aider ? Seul Ziegler le pouvait, il n'y avait pas d'autre choix. Il me l'avait promis. Ce sera pire si elle s'enfuit, avait-il dit. Il fallait le croire. Nous étions des pions entre ses mains. Je devais garder le silence, c'était la seule façon de sauver Elfriede.

«Je ne me suis jamais habituée à la vue du sang», lui répondis-je.

Puis je m'assis près de Leni.

Le lendemain, elles continuèrent à dire que j'étais bizarre : avais-je reçu des nouvelles de Gregor, encore une lettre du bureau central pour les familles des militaires ? Non. Heureusement, tu sais, on se faisait du souci. Alors qu'est-ce que tu as ?

J'aurais voulu me confier à Herta et Joseph, mais ils m'auraient demandé comment je savais ce que je savais et je ne pouvais pas l'avouer. L'après-midi où Ulla m'avait mis les bigoudis et où Elfriede et Leni avaient bu le thé, après leur départ, Herta avait déclaré qu'elle ne réussissait pas à situer Elfriede. Il y a quelque chose chez elle, avait confirmé Joseph, en tassant son tabac avec son bourre-pipe, quelque chose de douloureux.

Je passai la semaine dans la terreur qu'ils viennent chercher Elfriede aussi inéluctablement qu'ils avaient arrêté M. Wortmann, mon professeur. Je ne regardais jamais dehors par la fenêtre, ni les oiseaux ni les arbres, rien ne pouvait me distraire, il fallait que je reste aux aguets, que je surveille Elfriede. Elle était là, assise de l'autre côté de la table, et elle mangeait des pommes de terre au four à l'huile de lin.

Vendredi arriva. On ne vint pas la chercher.

39

Ziegler entra alors que nous finissions de goûter le petit déjeuner. Lui et moi ne nous étions plus enfermés à clé dans le bureau du directeur, il n'y avait plus eu de contact entre nous.

On nous avait servi un gâteau aux pommes, noix, cacao et raisins secs, que Krümel avait baptisé le gâteau du Führer. J'ignore si sa recette était due au Führer ou si son cuisinier avait mélangé en un seul dessert tout ce qu'aimait son chef, pour lui rendre hommage. Depuis je n'ai plus mangé de raisins secs.

Debout à l'entrée du réfectoire, jambes écartées, poings sur les hanches, menton tendu, Ziegler lança : « Edna Kopfstein. »

Je relevai brusquement la tête, sans respirer. Il évita mon regard.

Les autres se tournèrent à droite, à gauche, désorientées : qui était cette Edna, aucune de nous ne s'appelait ainsi, qu'est-ce que cela signifiait ? Kopfstein, avait dit le lieutenant. C'était un nom juif. Elles posèrent leurs couverts sur la table ou sur le bord de leur assiette, croisèrent leurs mains sur leur ventre. Elfriede aussi avait lâché sa fourchette à dessert, malgré le morceau de gâteau piqué à son extrémité, sauf qu'elle la reprit après une courte hésitation, la porta à sa bouche et recommença à mâcher lentement. J'étais effarée de son aplomb : Elfriede agissait toujours ainsi, elle faisait celle qui n'avait pas peur, qui ne permettait à personne, fût-il SS, d'attenter à sa fierté.

Ziegler la laissa finir. À quoi jouait-il ?

Quand l'assiette d'Elfriede fut vide, il répéta : « Edna Kopfstein. »

Je me levai avec tant d'impétuosité que ma chaise bascula.

« Ne me vole pas la vedette, la Berlinoise », dit Elfriede en se dirigeant vers le lieutenant.

« Allons-y », dit-il, et elle le suivit sans se retourner.

C'était samedi, le soir on rentrait chez nous.

L'autocar démarra sans Elfriede.

« Où est-elle ? me demanda Leni. Elle n'est venue ni au déjeuner ni au dîner.

— Demain elle nous racontera tout, lui répondis-je pour essayer de la tranquilliser.

— Qui est Edna Kopfstein ? Comment sont-elles liées ?

— Je ne sais pas, Leni, comment pourrais-je le savoir ?

— Ils devaient encore parler d'Ernst à ton avis ?

— Non, je ne crois pas.

— Pourquoi tu t'es levée de cette façon, Rosa ? »

Je tournai la tête de l'autre côté et Leni renonça. Nous étions toutes désemparées. De temps en temps, de sa place, Augustine me cherchait des yeux. Elle faisait non de la tête, comme pour dire, ce n'est pas possible, je ne peux pas y croire, une Juive, Rosa, tu le savais, toi ? Comme pour dire : qu'allons-nous faire maintenant qu'ils l'ont découverte, tu sais ce qu'il faut faire ?

Le lendemain, sur la route, à l'endroit où Elfriede attendait l'autocar d'habitude, il n'y avait même pas un mégot pour signaler son passage.

Au réfectoire, on nous annonça que le Führer partirait lundi pour dix jours, dix jours où nous échappions à la caserne. Ni cette nuit-là ni les suivantes Ziegler ne vint sous ma fenêtre. D'Elfriede, aucune nouvelle.

En discutant avec un groupe de soldats qu'elle n'avait pas cessé de fréquenter – j'ignore si Heiner en faisait partie, mais de toute façon l'affaire était désormais de notoriété publique –, Ulla avait découvert que la dénonciation venait d'Ernst : Vous croyez à ce que dit cette bonne femme ? Vous savez ce qu'elle a fait ? Elle a emmené une goûteuse avorter chez un homme qui vit caché dans la forêt, personne ne sait qui c'est ni pourquoi il se cache, c'est peut-être un déserteur ou un ennemi du Reich.

L'épisode lui avait été rapporté par Leni. Celle-ci y trouvait peut-être un parfum d'aventure et s'était livrée à une fanfaronnade, une tentative de séduction. Ernst lui inspirait confiance.

Ziegler s'était rendu chez Heike et l'avait interrogée pendant des heures. Quand il en était arrivé à menacer ses enfants, elle avait parlé. Elle avait précisé : Dans la forêt de Goerlitz, du côté du lac de Tauchel.

L'homme n'avait pas de papiers, mais le SD découvrit sans peine qu'il s'agissait d'un médecin juif interdit d'exercice ; il avait réussi à survivre tout ce temps. Elfriede le connaissait depuis toujours : c'était son père.

Sa mère, une Allemande pure race, avait exigé le divorce. Elfriede, juive pour moitié, avait choisi de ne pas l'abandonner, même si elle ne vivait pas avec lui. Des années plus tôt, quand elle habitait encore à Dantzig, une amie de sa famille lui avait cédé sa carte d'identité. Ensemble elles avaient effacé l'encre pour modifier la date de naissance, décollé la photo pour la remplacer par une autre, repassé au pinceau les quatre tampons, fignolant les ailes de l'aigle et le cercle entourant la croix gammée, et Edna Kopfstein était devenue Elfriede Kuhn.

Elle avait réussi à berner les SS une année entière. Ils avaient un ennemi dans les murs, lui servaient chaque jour des mets succulents, convaincus qu'elle était des leurs.

Elfriede avait dû vivre dans un état d'alerte continuel, éprouvant à chaque bouchée la crainte d'être démasquée, à chaque trajet en autocar un sentiment de culpabilité envers ceux qui étaient partis en train et ne reviendraient pas, envers ceux qui n'avaient pas été assez malins, assez doués pour mentir : tout le monde n'en est pas capable.

Après la guerre, elle récupérerait peut-être son nom, ses papiers, se souviendrait de sa période de clandestinité avec la contenance digne des rescapés, même si ces années hanteraient ses cauchemars toutes les nuits. Pour les exorciser elle en parlerait à ses petits-enfants au repas de Hanoucca, ou bien non, elle tairait cette période, comme moi.

Si Elfriede n'avait pas été recrutée comme goûteuse, elle aurait peut-être survécu. Mais elle fut déportée, en même temps que son père.

C'est Herta qui me l'annonça, elle l'avait appris au puits, les femmes le racontaient en attendant leur tour pour l'eau. L'histoire de la Juive qui avait mystifié les nazis circulait dans tout le canton. À Gross-Partsch, à Rastenburg, à Krausendorf, les gens savaient-ils depuis le début que nous existions et ce qu'on nous demandait ?

« Déportée », confirma Herta, et elle ne plaça pas sa lèvre supérieure entre ses dents, ne ressembla pas à une tortue, mais juste à une mère. Il y avait dans sa vie un unique grand chagrin, la perte de Gregor, elle ne pouvait souffrir pour personne d'autre.

Je sortis de la maison en claquant la porte. C'était le soir et Joseph me demanda : « Où vas-tu ? », mais je ne l'écoutais plus. Je cheminai sans but, les jambes animées d'une frénésie que seul un effort musculaire pouvait dissiper ou exaspérer.

Des nids sur les poteaux électriques et pas de cigognes. Elles ne reviendraient plus ici, en Prusse-Orientale, l'endroit est insalubre, un vaste marais et partout l'odeur de pourriture omniprésente, elles changeraient de route, oubliant cette plaine pour toujours.

Je marchais sans m'arrêter, je pensais pourquoi t'être impliquée ? Tu pouvais te taire. Quel besoin avais-tu de venger Leni, qui en plus ne demandait rien?

C'était un suicide: Elfriede avait cédé au sentiment de culpabilité des rescapés. Ou peut-être était-ce un geste inconsidéré, une forme d'inconscience momentanée qui lui avait été fatale. Le même élan qu'elle n'avait pas su réfréner avec moi quand elle m'avait poussée contre le carrelage du mur aux joints noircis. Maintenant je comprenais qu'elle se sentait sous haute surveillance, qu'elle vivait dans l'angoisse d'être percée à jour. Ce jour-là dans les toilettes, me mettait-elle à l'épreuve? Ou l'animal en cage, fou du désir de sortir, se risquait-il à tout tenter pour qu'on lui ouvre la porte, même si elle ne donnait pas sur la liberté? Pour Elfriede, retranchée et orgueilleuse, c'était peut-être simplement la seule façon de se rapprocher de moi.

Nous n'avions pas reçu en partage le même destin. J'étais saine et sauve. J'avais fait confiance à Ziegler et il m'avait trahie. C'était son travail, me dirait-il Tout travail du reste implique des compromis. Tout travail est un esclavage: besoin d'avoir un rôle dans le monde, d'être guidé dans une direction précise pour se soustraire au risque de déraillement, à la marginalité.

J'avais travaillé pour Hitler. Elfriede aussi, qui s'était retrouvée dans la Tanière du Loup et avait espéré tirer son épingle du jeu. Je ne comprenais pas si elle s'était tellement habituée à la clandestinité qu'elle se sentait en parfaite sécurité, raison de son faux pas, ou si elle s'était abandonnée à un destin auquel elle n'arrivait plus à se soustraire sans se considérer comme indigne.

Nous nous étions toutes retrouvées dans la Tanière du Loup à notre corps défendant. Le Loup ne nous avait jamais vues. Il avait digéré la nourriture que nous avions mâchée, expulsé les scories de cette même nourriture sans jamais rien savoir de nous. Il était tapi dans sa tanière, la Wolfsschanze, l'origine de tout. J'aurais voulu y pénétrer, y être définitivement aspirée. Elfriede s'y trouvait peut-être, enfermée dans un bunker, attendant qu'ils statuent sur son sort.

J'errai le long de la voie ferrée, dans l'herbe haute qui me piquait les jambes, franchis le passage à niveau, un mince tronc sur lequel on avait cloué en croix deux planches peintes en rouge et blanc, et continuai sans me retourner. Les rails couraient, imperturbables, encastrés dans un fouillis de fleurs violettes : ce n'était pas le trèfle des prés, il n'y avait ici aucune beauté capable de me réveiller. J'avançais en somnambule et avec une détermination de somnambule suivais maintenant ma trajectoire jusqu'à la frontière ultime, je voulais la franchir, m'enfoncer dans le cœur vibrant de la forêt, m'y fondre une fois pour toutes, comme le béton armé des bunkers, les algues et les copeaux du crépi de camouflage, les arbres sur les toits. Je voulais être avalée : peut-être la Wolfsschanze m'expulserait-elle dans des milliers d'années, réduite à la forme d'engrais.

Un coup de feu déchira l'état d'hypnose où j'étais plongée, je tombai à la renverse.

« Halte, qui va là ? » Je me souvins des mines dont parlait Ziegler ; où étaient-elles, pourquoi n'avais-je pas sauté sur l'une d'elles ? « Haut les mains ! » Avais-je pris un autre chemin, un chemin non miné ? Où était

Ziegler ? « Ne bouge pas ! » Un coup de feu en l'air, un avertissement, rien de plus, ils avaient été indulgents.

Les SS s'approchèrent en me tenant en joue, je levai les bras, articulai mon nom : « Rosa Sauer, je travaille pour le Führer, je me promenais dans la forêt, ne me faites pas de mal, je suis une goûteuse d'Hitler. »

Ils se jetèrent sur moi, le fusil en travers du dos, hurlant, quoi je ne me souviens pas, il ne me reste que leurs voix rageuses qui se télescopaient dans mes oreilles, la crevasse de leurs bouches grandes ouvertes, l'intrusion de leurs mains, la violence avec laquelle ils m'entraînèrent. Ils allaient peut-être m'emmener à la Wolfsschanze, m'emprisonner dans un bunker moi aussi.

Où était Joseph, me cherchait-il ? Herta attendait assise dans la cuisine, les mains croisées, ses mains déformées. Elle m'attendait, moi, ou juste Gregor, à vie. Mais la nuit était déjà tombée, son fils ne rentrerait pas plein d'appétit, et moi je n'avais plus faim.

On me conduisit à la caserne de Krausendorf. Quelle naïveté de penser qu'on me laisserait entrer dans un lieu réservé aux élus du Führer. On me fit asseoir à la table du réfectoire. Je ne m'y étais jamais trouvée toute seule. Sur cette table, Leni avait perdu sa virginité. Où est le mal, a dû penser Ernst. Leni avait l'air consentante, je te jure. Nous avions tous l'air consentants en Allemagne. On ferma la porte, je restai là, comptant les places vides, un garde debout devant l'entrée côté cour.

Au bout d'une demi-heure, cinquante minutes, Krümel ouvrit la porte. « Qu'est-ce que tu fais ici ? »

Mes yeux se noyèrent. « Et vous donc, La Miette, on n'était pas en vacances ? » Je quêtais sa compassion.

« Décidément, tu n'en rates pas une. »

Je lui souris, mon menton tremblait.

« Veux-tu manger quelque chose ? » dit-il malgré la présence du garde.

Je n'eus pas le temps de répondre : Ziegler arrivait. On l'avait appelé pour résoudre cette situation regrettable : une de ses goûteuses avait tenté de s'introduire dans la première zone de la ville bunker.

Krümel salua obséquieusement le lieutenant, me fit un signe de tête, mais ne cligna pas de l'œil comme des mois plus tôt, du temps de nos conversations dans sa cuisine. Ziegler renvoya aussi le garde et ferma la porte.

Sans s'asseoir, il annonça qu'il allait me raccompagner chez moi, mais que la prochaine fois je ne m'en tirerais pas comme ça. « Qu'avais-tu en tête, tu peux me le dire ? »

Il s'approcha de la table.

« Demain je devrai répondre personnellement de ce qui s'est passé, je vais avoir des ennuis à cause de toi. Il faudra que j'explique que tu te promenais, que c'était une erreur, et ce ne sera pas simple, tu comprends ? Après ce qui s'est passé en juillet, n'importe qui peut être un traître, un espion, un infiltré…

— Comme Elfriede ? »

Ziegler se tut. Puis il demanda : « C'est elle que tu cherchais ?

— Où est-elle ?

— Nous l'avons éloignée.

— Où est-elle ?

— Où tu penses. »

Il me tendit un papier. « Tu peux lui écrire, dit-il. J'ai fait tout mon possible, crois-moi. Elle est vivante. »

Je regardai la main qui tenait la feuille. Je ne la pris pas.

Ziegler la froissa, la lança sur la table, s'apprêta à sortir. Il croyait peut-être que c'était un ultime mouvement d'arrogance, que si j'avais été seule, j'aurais fourré l'adresse dans ma poche. Je n'avais pas de poches, ni mon sac en cuir.

« Je ne veux plus écrire à des gens qui ne me répondent pas. »

Ziegler s'arrêta, me regarda avec compassion. C'était ce que je cherchais, mais ça ne me consolait pas.

« On t'attend dehors. »

Je me levai lentement, épuisée. Quand je passai à côté de lui, il déclara : « Je ne pouvais pas faire autrement.

— Tu as eu une promotion ? Ou ils te considèrent toujours comme le pauvre incapable que tu es ?

— Va-t'en. » Il baissa la poignée de la porte.

Dans le couloir, j'avais l'impression de marcher dans l'eau. Ziegler s'en aperçut, eut encore une fois le geste instinctif de me soutenir ; mais je m'écartai, je préférais tomber. Ma cheville ne se tordit pas, je continuai à marcher.

« Ce n'est pas de ma faute, l'entendis-je dire quand j'eus rejoint les SS qui attendaient à l'entrée de la caserne.

— Si, bien sûr, répondis-je sans me retourner. C'est de notre faute. »

40

La disparition d'Elfriede me pétrifia. Je n'arrivais pas à haïr Leni, sans pouvoir lui pardonner non plus. À mes yeux, sa mortification n'était que de la mauvaise conscience de sale gosse qui a fait des siennes, ça ne me suffisait pas. Il fallait y penser avant, aurais-je voulu lui dire, mais je me taisais, je ne parlais à personne. Au réfectoire, le ton de voix diminua ; même atténuée, cette rumeur m'était insupportable. Elfriede méritait un peu de respect. Et moi, j'avais besoin de calme.

Mes amies mangeaient tête baissée et n'osaient pas poser de questions : que savais-je et pourquoi ce samedi-là m'étais-je soudain levée de ma chaise ? Je sentais leurs yeux braqués sur moi, pas seulement ceux des Enragées, qui ne se privaient pas de juger ; un matin, si Augustine ne m'avait pas retenue, j'aurais jeté Theodora en bas de sa chaise, elle qui avait mangé tous ces mois à côté d'Elfriede et malgré ça n'éprouvait rien pour son sort. Les Enragées aussi avaient côtoyé Elfriede tous les jours, avaient affronté la mort avec elle et avec elle en avaient réchappé, mais ça ne suffisait pas à éveiller leur pitié. Comment était-ce possible ? Cela fait des années, des décennies que je me le demande, et je ne comprends toujours pas.

Heike était tombée malade, cette fois pour de bon. Elle avait produit un certificat médical avec la mention «indisposition» et s'était absentée plusieurs semaines. J'ignore si elle a été payée quand même, à cette période la pudeur empêchait Beate de ressasser la litanie des enfants à charge. J'espérais qu'Heike mettrait longtemps à guérir, le temps que ma colère s'apaise – peut-être ne s'apaiserait-elle jamais. J'avais envie de la frapper, de la punir.

Mais de quel droit ? Je n'étais pas meilleure qu'elle.

Ils ne recrutèrent pas de nouvelle goûteuse ; la place d'Elfriede à côté de Leni resta vide, tout comme son lit à côté du mien. C'était peut-être un geste délibéré pour qu'on n'oublie pas ce qui attendait ceux qui ne filaient pas droit. Ou alors le Führer avait d'autres chats à fouetter, son armée se faisait décimer, une goûteuse de plus ou de moins était bien le cadet de ses soucis.

Un après-midi où j'étais libre parce que le Führer était de nouveau absent, pendant que j'étendais la lessive, Herta s'approcha. La bonne odeur de savon était une insulte, le soleil haut dans le ciel aussi, tout comme la fraîcheur humide des vêtements sous les doigts.

Dans la maison, la radio marchait, par la fenêtre ouverte arrivaient les voix et la musique des célébrations pour la journée de la mère allemande. Voilà où était parti le Führer, décorer les mères prolifiques. On était déjà le 12 août, pensai-je en épinglant une nappe sur le fil, j'avais perdu le compte des jours. Le 12 août aurait été l'anniversaire de Klara, si Klara n'était pas morte trente-sept ans plus tôt, quand Hitler n'était pas encore un homme fait, mais seulement un fils un peu agité qui avait perdu sa mère.

Herta restait plantée là au lieu de m'aider, elle semblait sur le point de parler, mais finalement se taisait, écoutait la radio. Le Führer remettrait une *Ehrenkreuz* d'or aux plus méritantes, qui avaient réussi à produire jusqu'à huit enfants sains, qu'importe si par la suite certains mourraient de faim ou du typhus bien avant de voir pousser leur barbe ou de porter un soutien-gorge, et qu'importe si d'autres mourraient à la guerre : l'important était de compter de nouvelles recrues à envoyer au front, de nouvelles femmes à engrosser. Augustine disait que les Russes, désormais tout proches, nous mettraient toutes enceintes. Ulla répliquait : Mieux vaut prendre un soldat Ivan sur le ventre qu'un Américain sur la tête.

Je regardai le ciel, aucun avion ne le sillonnait, ni américain ni soviétique ; il était voilé d'une gaze de nuages où le soleil filtrait par intermittence. Herta m'avait déjà expliqué qu'en cas de bombardement, on s'enfuirait dans la forêt, on emporterait à manger et à boire et des couvertures pour la nuit. Gross-Partsch ne possédait pas de refuges, on n'avait pas construit de bunkers pour abriter les habitants du village, il n'y avait pas de tunnels où se réfugier, et elle dormirait plus tranquille la joue contre les racines d'un arbre que dans notre cave, rien qu'à cette idée elle sentait l'air lui manquer. Je lui avais dit d'accord, on fera comme vous voulez, je le lui avais répété chaque fois qu'elle abordait ce sujet, même si je projetais de rester à la maison en plein vacarme, comme mon père : je tapoterais mon oreiller et me tournerais de l'autre côté.

D'ailleurs la radio démentait toute inquiétude ; pourquoi ces mauvaises pensées précisément aujourd'hui ? C'est un jour de fête, on célèbre les enfants du Reich. Les Allemands, c'est bien connu, aiment les enfants, et toi ? Certaines femmes s'étaient appliquées, mais manquaient d'aptitude : avec six enfants à charge, elles ne décrocheraient qu'une croix d'argent. Tant mieux, la médaille les pousserait à mettre du cœur à l'ouvrage, l'an prochain peut-être elles arriveraient en haut du palmarès ; il ne faut jamais s'avouer vaincu, c'est ce que nous apprend le Führer. Les autres se contenteraient d'une croix de bronze, elles avaient accouché quatre petites fois, elles ne pouvaient pas prétendre à mieux. Ma belle-mère, par exemple, si elle l'avait voulu, n'aurait rien gagné, trois grossesses pas plus, deux enfants morts en bas âge et elle avait perdu l'autre. Les Allemands aiment les enfants, même enterrés ou portés disparus – et moi je n'en avais pas eu un seul.

« Depuis combien de temps tu n'as pas tes règles ? »

Je laissai tomber un torchon mouillé dans la bassine, serrai la pince à linge entre mes doigts.

« Je ne sais pas. » Je fis un effort pour me souvenir, mais en vain. J'avais perdu le compte des jours, de tous les jours qui déferlaient sur moi. Je ramassai le torchon, le suspendis à l'étendage, juste pour pouvoir m'y accrocher. « Pourquoi ?

— J'ai remarqué que depuis quelque temps tu ne laves plus tes pointes, je n'en vois plus étendues.

— Je n'y avais pas fait attention.»

Herta posa une main sur mon ventre, le palpa.

«Que faites-vous?» dis-je en m'écartant. Sans l'appui du fil, j'allais tomber en chute libre.

«Non, toi, que fais-tu? Qu'as-tu fait?»

Mes lèvres, mes narines tremblaient. Herta était en face de moi, les bras tendus, comme pour contenir un ventre inexistant, qui grossirait peut-être.

«Je n'ai rien fait.»

Étais-je enceinte de Ziegler?

«Alors pourquoi tu sursautes?»

Devrais-je me débarrasser de l'enfant? Comme Heike? Mais Elfriede n'était plus là.

«Je n'ai rien fait, Herta.»

Ma belle-mère ne répondit pas. J'avais toujours désiré un enfant, c'était la faute de Gregor si les choses avaient tourné de cette façon. Herta tendit à nouveau la main. Et si j'avais voulu le garder, cet enfant?

Je criai: «Que voulez-vous savoir?»

La seconde suivante, Joseph était à la fenêtre. «Que se passe-t-il?» Il avait éteint la radio.

J'attendis que sa femme lui réponde, mais elle lui fit signe de ne pas s'en occuper, depuis la disparition d'Elfriede, j'étais déprimée, j'avais des sautes d'humeur, il ne le savait donc pas? Je courus me réfugier dans ma chambre, j'y restai jusqu'au lendemain matin. Je ne dormis pas de la nuit.

Pendant les mois où il y avait eu Ziegler, j'avais contemplé mon corps comme une nouveauté. Assise sur la cuvette des WC, j'inspectais les plis des aines, la chair à l'intérieur des cuisses, la peau des hanches et ne les reconnaissais pas, ils ne m'appartenaient pas, ils m'intriguaient comme le corps d'une autre personne ; en me lavant dans le baquet, je vérifiais le poids de mes seins, la charpente de mes os, l'appui de mes pieds sur le sol, et je flairais mon odeur parce que c'était l'odeur que sentait Ziegler – il ignorait à quel point elle ressemblait à celle de ma mère.

Nous nous étions liés sur le temps du sommeil, à la place du sommeil, hors d'atteinte de nos histoires personnelles. Nous avions nié toute réalité, nous pensions pouvoir la suspendre, nous nous voilions la face. Je n'avais jamais imaginé qu'il me mettrait enceinte. Je voulais un enfant de Gregor : Gregor avait disparu, et avec lui la possibilité de devenir mère.

Mes seins étaient denses, douloureux. Dans l'obscurité, je ne pouvais pas examiner mes aréoles pour savoir si elles avaient changé de forme ou de couleur, mais je pouvais palper mes glandes qui étaient des grappes dures, des nœuds de corde. La veille encore, je n'avais pas mal aux reins, maintenant je sentais le bas de mon dos cinglé de coups de ceinturon.

Pendant que le monde entier déversait des bombes et qu'Hitler construisait une machine d'extermination de plus en plus efficace, dans la grange, Albert et moi nous étions pris dans les bras comme dans un sommeil, c'était comme dormir, un lieu lointain, parallèle, où nous étions arrivés sans raison, il n'y a jamais de raison de s'aimer. Il n'existe aucune raison d'embrasser un nazi, pas même l'avoir enfanté.

Puis l'été 1944 avait décliné et je m'étais aperçue que j'existais moins depuis qu'il ne me touchait plus.

Mon corps avait révélé sa misère, sa course irrésistible vers la décomposition. Il avait été conçu avec cette finalité, tous les corps le sont : comment est-il possible de les désirer, de désirer quelque chose qui est destiné à la putréfaction ? C'est comme aimer les vers à venir.

Mais à présent ce même corps existait à nouveau, et c'était toujours le fait de Ziegler, alors même qu'il n'était plus là, qu'il ne me manquait pas. J'avais un enfant, pourquoi ne pas le garder ? Et si Gregor revenait ? Alors peut-être – que Dieu me pardonne – il vaut mieux qu'il ne revienne pas, alors plutôt que je troque la vie de Gregor – mais que dis-tu ? – contre la vie de mon enfant. Mesures-tu ce que tu viens de dire ? Mais cet enfant, j'ai le droit de le vouloir, de le sauver.

Quand je sortis pour aller à la caserne, Herta ramassait le linge : elle avait fini de l'étendre elle-même et il était déjà sec. On ne se dit rien, ni à ce moment-là ni l'après-midi après mon travail. Puis l'autocar vint me chercher et ce fut la fin du dimanche ; cette nuit je dormirais à Krausendorf et ne rentrerais que le vendredi suivant.

Allongée sur le lit contre le mur, je tendais le bras, effleurant le matelas d'Elfriede. Il était vide et dans mon ventre, c'était un arrachement. Leni dormait, pendant que je cherchais des solutions : j'en cherchai toute la semaine. Le dire à Ziegler, accepter son aide. Il trouverait un médecin pour interrompre la grossesse, peut-être au quartier général. Il achèterait son silence, et celui-ci ferait le nécessaire dans les toilettes de la caserne – mais si je crie de douleur, si je tache de sang le carrelage ? Ce n'était pas le bon endroit. Ziegler me ferait monter dans sa voiture et m'introduirait dans la Wolfsschanze, emballée dans plusieurs couches de couvertures militaires et cachée dans le coffre. Les SS décèleraient mon odeur à travers les couvertures, c'étaient des chiens de garde parfaitement dressés, je ne m'en tirerais pas comme ça. Il vaudrait mieux que le lieutenant conduise le médecin dans la forêt, où je les attendrais, les mains sur le ventre, non il n'a pas enflé et pourtant c'est là. Comme Heike, j'expulserais mon fils en m'agrippant à un arbre, mais seule : le médecin entendrait repartir au plus vite et Ziegler le raccompagnerait. Je creuserais un trou au pied d'un bouleau, le recouvrirais de terre, graverais une croix sur l'écorce, sans initiales, mon enfant n'a pas de nom, pourquoi le nommer s'il ne naît pas.

Ou bien, contre toute prévision, Ziegler voudrait le garder. J'ai acheté une maison, annoncerait-il, une maison pour nous, ici à Gross-Partsch. Je ne veux pas rester à Gross-Partsch, je veux habiter Berlin. Voici les clés, dirait-il en les déposant dans ma main, cette nuit nous dormirons ensemble. Cette nuit je dormirai à la caserne, comme hier, avant-hier et demain. La guerre finira par finir, répondrait-il et je le trouverais si naïf de nourrir cet espoir. Peut-être était-ce un vaste piège : il me contraindrait à donner le jour à l'enfant, puis me l'enlèverait, l'emmènerait à Munich, obligerait sa femme à s'en occuper. Mais non, il n'admettrait jamais devant sa famille, devant les SS qu'il était le père d'un bâtard. Il se débarrasserait de moi : débrouille-toi, qui me garantit que c'est le mien.

J'étais seule. Incapable de l'avouer à Herta, à Joseph, aux autres goûteuses. De toute façon, personne ne pouvait rien pour moi. Alors j'en arrivais à imaginer de m'allier avec Ziegler. J'étais folle, je sentais que je perdais pied. Si au moins Gregor avait été là, j'avais tellement besoin de lui parler. Ce n'est rien, aurait-il dit en me prenant dans ses bras, ce n'est qu'un mauvais rêve.

La punition avait fini par tomber : ce n'était pas le poison, ce n'était pas la mort. C'était la vie. Dieu est tellement sadique, papa, il me punit par la vie. Il a réalisé mon rêve, et maintenant du haut des cieux, se moque de moi.

Quand je rentrai le vendredi, Herta et Joseph avaient déjà dîné et s'apprêtaient à aller au lit. Ma belle-mère avait jeté une veste en laine sur ses épaules, le fond de l'air était frais ; c'est à peine si elle me salua. Lui se montra attentionné comme toujours et ne posa pas de questions sur la froideur de sa femme.

Des crampes me tordirent dans mon lit. J'avais les reins en feu et une aiguille s'enfonçait à répétition dans mon mamelon gauche comme si quelqu'un avait décidé de le coudre, de le fermer. Tu n'allaiteras pas ton enfant : vole du lait à Krümel si tu as vraiment l'intention de le faire naître. Le sang cognait à ma tête enserrée dans des mâchoires de forceps. Le matin, je me levai défaite.

En me frottant les yeux, je remarquai une traînée sombre sur le drap. Ma chemise de nuit aussi était tachée… Une hémorragie, je perdais le bébé ! Je tombai à genoux, plongeai le visage dans le matelas. L'enfant de Ziegler, je l'avais perdu. J'étreignis mon ventre pour le retenir – ne pars pas, ne fais pas comme les autres, reste avec moi. J'effleurai mes seins, ils étaient souples, aucune douleur. Rien qu'une gêne imperceptible, sourde, en toile de fond, que j'avais éprouvée bien souvent.

Je n'avais jamais été enceinte de Ziegler.

Ça arrive, aurait dit Elfriede. Ça m'étonne de toi, la Berlinoise, tu l'ignorais ? Il suffit d'une trop grande contrariété ou que l'organisme soit affaibli par la fatigue pour ne pas avoir ses règles. La faim suffit, mais tu n'as pas faim, contrairement à moi. Moi non plus je n'ai pas mes règles là où je suis. Nos cycles sont harmonisés, comme disait Leni.

La joue pressée contre le matelas, je pleurai pour Elfriede, à gros sanglots, jusqu'au moment où le drap fut trempé, où j'entendis retentir le klaxon. Je mis une pointe en la fermant avec une épingle à nourrice, m'habillai en hâte, laissai en évidence la tache rouge sur le coton pour qu'Herta la voie.

Dans l'autocar, j'appuyai la tempe contre la vitre et continuai à pleurer. L'enfant que je n'aurais jamais.

41

Beate ne s'était pas trompée. Les choses tournaient mal pour le Führer. Non seulement il avait été trahi par une partie des siens en juillet et avait failli y rester, mais un mois plus tard, il perdait un demi-million d'hommes sur le front occidental et se retrouvait à court de garnisons et de canons, tandis que Paris était libéré. Sur le front opposé, Staline jouait nettement favori : il avait conquis la Roumanie, obtenu la capitulation de la Finlande, poussé la Bulgarie à se retirer officiellement de la guerre et piégé cinquante divisions allemandes dans les régions baltes. Il approchait, les généraux n'avaient de cesse de le répéter, et les chefs d'état-major se prenaient de copieux savons parce qu'ils essayaient d'en convaincre Hitler alors que ce dernier ne voulait rien entendre : ses armées continueraient à se battre tant que nos adversaires ne demanderaient pas grâce, à bout de ressources, comme disait Frédéric le Grand. On les aurait à l'usure, l'honneur serait sauf, on ne répéterait pas 1918, pas tant qu'il serait en vie – et pour en faire le serment, il se frappait la poitrine de la main droite, tandis que la gauche, cachée derrière son dos, était en proie à un tremblement désormais chronique, pour lequel Morell n'avait pas encore posé le bon diagnostic. Assez seriné que le soldat Ivan est au coin de la rue, criait le Führer, c'est un coup monté.

Nous ne savions rien de tout ça, rien de précis. Il était interdit d'écouter la radio ennemie, et si Joseph captait parfois la radio anglaise ou française, nous ne comprenions pas grand-chose. Mais on voyait bien qu'Hitler mentait, qu'il avait perdu le contrôle, qu'il courait à sa perte et entraînait tout le monde avec lui plutôt que de l'admettre. Beaucoup l'ont détesté à partir de là. Mon père l'avait détesté dès le début. Nous n'avons jamais été nazis. Pas de nazi dans ma famille, sauf moi.

En novembre, je fus convoquée dans l'ancien bureau du directeur, sans stratagème cette fois. Le garde m'accompagna avec une telle discrétion que les autres crurent que j'allais aux toilettes. Je me demandais ce que voulait Ziegler maintenant – nous ne nous parlions plus depuis des mois – et de colère je serrais les poings.

Bien sûr, je l'avais revu après la nuit où j'avais refusé de prendre le papier pour écrire à Elfriede : je l'avais croisé dans les couloirs ou au réfectoire. Pourtant ce jour-là, il me sembla différent, les tempes légèrement dégarnies. La peau de son visage, privée d'élasticité, brillait huileuse sur les ailes de son nez et son menton.

Je m'agrippais à la poignée de la porte, prête à quitter la pièce.

« Il faut t'échapper. »

À qui devais-je échapper si je n'avais pas échappé à l'*Obersturmführer* Ziegler ?

Il se leva, contourna son bureau, s'arrêta à deux mètres de moi, une distance de sécurité en quelque sorte. Il croisa les bras. Il déclara que les Soviétiques arrivaient, qu'ils pilleraient et détruiraient les maisons, il fallait fuir. Le Führer s'y était opposé jusqu'au dernier moment, il ne voulait pas s'éloigner du front est, sa présence, disait-il, était un phare pour ses soldats, mais les avions sillonnaient le ciel au-dessus de la Wolfsschanze, rester aurait été de la folie. Dans quelques jours, Hitler partirait pour Berlin avec les secrétaires, les cuisiniers, et certains de ses collaborateurs, et peu à peu tout le monde serait évacué, non sans qu'on ait au préalable fait sauter les bunkers et les baraquements.

« Donc, que me conseilles-tu ? Je demande à Hitler s'il a une place pour moi dans sa voiture ?

— Rosa, ça suffit, s'il te plaît. Tu ne comprends pas que c'est la déroute ? »

La fin était arrivée. J'avais perdu un père, une mère, un frère, un mari, Maria et Elfriede, et le professeur Wortmann aussi si je voulais compter tout le monde. Il n'y avait que moi d'encore indemne, mais désormais on touchait à la fin.

« Hitler partira le 20 avec le commandement suprême de la Wehrmacht. Mais tous les autres, les civils employés au quartier général, devront s'occuper des questions logistiques avant de partir : papiers d'identité, fournitures militaires… Ils monteront à bord d'un train quelques jours après. Tu partiras avec eux.

— Et pourquoi m'accueilliraient-ils ?

— Je trouverai le moyen de te cacher.

— Qui te dit que je suis disposée à me cacher ? Que me fera-t-on si on me trouve ?

— C'est la seule solution. Les gens commenceront à partir quand ils comprendront qu'il n'y a rien d'autre à faire. Tu as la possibilité de partir maintenant. Et en train.

— Tu ne me feras pas monter dans un train. Où veux-tu m'expédier ?

— À Berlin, je te l'ai dit.

— Pourquoi te ferais-je confiance ? Et pourquoi devrais-je échapper à mon sort alors que les autres goûteuses restent ici ? Juste parce que j'ai couché avec toi ?

— Parce que c'est toi.

— Ce n'est pas juste.

— Tout n'est pas juste dans la vie. Mais ça au moins, ce n'est pas de mon ressort. »

Tout n'est pas juste, pas même l'amour. Des personnes ont aimé Hitler, et sans réserve, une mère, une sœur, Geli, Eva Braun. Il lui disait : C'est toi, Eva, qui m'as appris à embrasser.

J'eus un bref soupir qui me brisa les lèvres.

Ziegler s'approcha, m'effleura la main. Je la retirai avec violence.

« Et mes beaux-parents ?

— Je ne peux pas cacher tout le monde, réfléchis.

— Je ne partirai pas sans eux.

— Cesse de t'entêter. Écoute-moi pour une fois.

— Je t'ai déjà écouté et ça a mal fini.

— Je ne veux que t'aider.

— Je n'en peux plus de survivre, Albert. Tôt ou tard je veux vivre.

— Alors pars. »

Je soupirai, je dis : « Tu pars aussi ?

— Oui. »

Quelqu'un l'attendait en Bavière. À Berlin, personne ne m'attendait. Je serais seule, sans lit, au milieu des bombes. L'inutilité de cette existence me déchirait : pourquoi tant d'efforts pour la préserver ? Comme si c'était un devoir – mais envers qui avais-je encore des devoirs ?

C'est un instinct biologique, personne n'y échappe, aurait objecté Gregor avec son bon sens coutumier. Ne te crois pas différente du reste de l'espèce.

J'ignorais si le reste de l'espèce préférait vivre une vie misérable plutôt que mourir ; s'il préférait vivre dans la privation, la solitude, plutôt que de s'enfoncer dans le lac de Moy, une pierre au cou. S'il considérait que la guerre est un instinct naturel. L'espèce humaine est tarée : il ne faut pas favoriser ses instincts.

Joseph et Herta ne me demandèrent pas qui était la personne capable de me faire monter clandestinement dans un train nazi. Ils l'avaient peut-être toujours su. J'aurais voulu qu'ils m'empêchent de partir : tu restes ici, l'heure d'expier est arrivée. Au contraire, Herta me caressa la joue et dit : « Fais attention, ma fille.

— Venez vous aussi ! » Je convaincrais Ziegler, il trouverait un moyen pour les cacher eux aussi.

« Je suis trop vieille, répondit Herta.

— Si vous ne venez pas, je reste ici, je ne vous laisserai pas tout seuls», dis-je, et je pensai à Franz. Aux moments où je me réveillais paniquée après le ravissement, je lui prenais les mains et leur tiédeur m'apaisait. Je montais dans son lit, me collais contre son dos. «Non, je ne vous laisserai pas tout seuls.» La maison d'Herta et Joseph était chaude comme mon frère.

«Tu partiras dès que possible, décréta Joseph, sur un ton autoritaire que je ne lui avais jamais entendu. Tu as le devoir de sauver ta vie.» Il parlait comme son fils.

«Quand Gregor reviendra, dit Herta, il aura besoin de toi.

— Il ne reviendra jamais !» laissai-je échapper d'une voix stridente.

Le visage d'Herta se tordit. Elle recula, se laissant tomber sur une chaise. Joseph serra les mâchoires et sortit derrière la maison, indifférent à la température.

Je ne courus pas derrière lui, je ne me levai pas pour assister Herta : je sentis que nous étions séparés les uns des autres, que déjà nous étions seuls, chacun à sa façon.

Mais quand il reparut sur le seuil, je m'excusai. Herta ne leva pas les yeux.

«Excusez-moi, répétai-je. Cela fait un an que je vis avec vous et vous êtes la seule famille qui me reste. J'ai peur de vous perdre. Sans vous, j'ai peur.»

Joseph jeta une bûche dans la cheminée pour nourrir les flammes et s'assit lui aussi.

Nous étions encore ensemble, tous les trois, le

visage réchauffé par le feu, comme lorsque nous rêvions à l'arrivée de Gregor en organisant le réveillon de Noël.

«Vous reviendrez nous voir, mon fils et toi, dit Herta. Promets-le-moi.»

Je ne pus que faire oui de la tête.

Zart sauta sur moi, arqua le dos et étira les pattes. Puis pelotonné sur mes genoux, il entama une longue séance de ronronnements en guise d'adieu.

Trois jours après, l'autocar ne vint pas. Hitler était parti. Mes camarades ignoraient qu'il ne reviendrait plus. Je ne dis au revoir ni à Leni ni aux autres, je n'aurais pas pu. La dernière semaine à Gross-Partsch, avec l'excuse du froid, je sortis très peu.

Une nuit, un bruit d'ongles sur la vitre me réveilla. J'allumai la lampe à pétrole et allai à la fenêtre. Ziegler était là debout, tout proche. Par un jeu de reflets, mon visage dans le carreau se superposa au sien. J'enfilai mon manteau et sortis. Il m'expliqua à quelle heure et où je devrais rencontrer le lendemain un certain docteur Schweighofer : il savait tout et c'était une personne de confiance. Il s'assura que j'avais bien compris et se hâta de me souhaiter bonne nuit en haussant les épaules comme autrefois.

«Alors à demain, dis-je. À la gare.»

Il acquiesça.

Le lendemain après-midi, sur le seuil de la maison, Herta me serra fort dans ses bras, tandis que Joseph s'approchait timidement, posait ses mains sur nos épaules, nous entourait toutes les deux de ses bras. Puis notre étreinte se desserra et mes beaux-parents me regardèrent disparaître pour la dernière fois après le virage de Gross-Partsch, à pied.

On était fin novembre et je partais pour Berlin par le train de Goebbels. Goebbels n'était pas là, et Albert Ziegler ne viendrait pas.

42

J'imaginais le train de Goebbels comme l'*Amerika*, ou mieux le *Brandenburg*, dont m'avait parlé Krümel ; serait-il lui aussi du voyage, le rencontrerais-je sur le quai ? Non, il était sûrement déjà parti avec Hitler : qui lui préparerait sa semoule, sinon ? Le Führer souffre de l'estomac, c'est toujours comme ça, voyager le rend nerveux, surtout maintenant qu'il perd la guerre – mais la semoule est un remède miracle, tu vas voir, La Miette est là pour s'occuper de toi.

Je me présentai au rendez-vous avec le docteur Schweighofer dans un bar anonyme de Gross-Partsch, à dix-huit heures précises comme me l'avait recommandé Ziegler. La salle était déserte, le patron balayait d'une main les grains de sucre éparpillés sur le comptoir pour les recueillir dans l'autre. Ce n'est qu'après avoir fini qu'il me servit un thé, que je ne touchai même pas. Ziegler m'avait dit que je reconnaîtrais le médecin à sa moustache, la même qu'Hitler. Un jour dans la grange il m'avait raconté qu'on conseillait souvent au Führer de la couper : il objectait qu'il ne pouvait pas, il avait un trop gros nez. Quant au nez de Schweighofer, il était fin et sa moustache claire, à peine jaunie, peut-être par la nicotine. En entrant, il passa rapidement en revue les tables vides, et m'aperçut. Il s'approcha, prononça mon nom, je prononçai le sien, lui tendis la main, il la serra de façon expéditive, allons-y.

Pendant le trajet en voiture, il m'expliqua qu'à cette heure, la sentinelle à l'entrée était une personne de confiance : elle me laisserait accéder à la gare de la Wolfsschanze sans contrôler mes papiers. « Une fois à l'intérieur, suivez-moi, ne regardez pas autour de vous. Marchez d'un bon pas, mais sans nervosité.

— Et si on nous arrête ?

— Il fait nuit et il y aura pas mal de confusion. Avec un peu de chance, on ne nous remarquera pas. Dans le cas contraire, je vous ferai passer pour une de mes infirmières. »

Voilà pourquoi Albert ne m'avait pas escortée lui-même. J'avais pris son absence pour une preuve de médiocrité supplémentaire : malgré le pouvoir que lui conféraient ses fonctions, il était trop peureux pour accompagner sa maîtresse prendre le train de Goebbels, pour imposer qu'elle parte en même temps que les employés permanents de la Wolfsschanze alors qu'elle ne résidait ni ne travaillait sur place. En parlant avec le médecin, je compris qu'en réalité Ziegler m'avait confiée à lui parce qu'il avait un plan : je ferais semblant d'être un membre de l'équipe médicale. Ça pouvait marcher.

Transie dans sa guérite, la sentinelle nous laissa passer après un rapide coup d'œil. Je me retrouvai au milieu des allées et venues d'hommes qui chargeaient dans les wagons des caisses en bois de différentes dimensions, tandis que les SS et les soldats les surveillaient en aboyant des ordres et en contrôlant les marchandises. Le train était à quai, tête déjà tournée vers un ailleurs sanctionnant la volte-face du quartier général. Les croix gammées sur les côtés étaient des oripeaux ridicules, comme le sont toujours les vestiges des perdants. Il piaffait, c'est l'impression que j'avais : Goebbels n'était pas là, et le train ne lui répondait plus, il ne répondait qu'à son instinct de conservation.

Schweighofer se frayait un chemin d'un pas décidé et ne vérifiait pas si je le suivais.

« Où allons-nous maintenant ? demandai-je.

— Avez-vous une couverture au moins dans ce sac ? »

Je n'avais glissé dans ma valise que trois ou quatre pulls (d'ici quelques mois je reviendrais chercher le reste, pensais-je, et convaincrais mes beaux-parents de partir avec moi à Berlin) et une couverture, comme me l'avait suggéré Albert. Herta m'avait préparé des sandwichs, le voyage durerait de longues heures.

« Oui, j'en ai une. Écoutez, je voudrais savoir : sans papiers, puis-je quand même déclarer que je suis votre infirmière ? Et si on me les réclamait ? »

Il ne répondit pas. Il marchait vite, je m'efforçais de suivre son rythme.

« Où allons-nous, docteur ? Il n'y a plus de wagons de voyageurs.

— Plus de wagons pour les civils. »

Je ne compris pas, jusqu'au moment où il me fit monter dans un wagon de marchandises, en queue de train, loin de la foule qui se pressait sur le quai. De ses paumes il me poussa dans le dos pour que je bascule à l'intérieur. Il grimpa à son tour ; sans se soucier de ma stupeur, il déplaça des caisses, choisit un coin pour moi et me le montra, une niche derrière un tas de malles.

« Elles vous protégeront du froid.

— Qu'est-ce que cela veut dire ? »

Drôle d'aubaine : des heures, des jours de voyage dans un wagon de marchandises, enfermée dans le noir et exposée à mourir de froid. Je continuais à n'être qu'un pion entre les mains de Ziegler.

« Docteur, je ne peux pas rester ici.

— À votre guise. J'ai fait mon devoir, mon accord avec le lieutenant prévoyait de vous mettre en lieu sûr, et c'est tout ce que je suis en mesure de vous offrir. Je regrette. Je n'ai pas pu vous inscrire sur la liste des civils, parce que les wagons sont déjà bondés, les gens voyageront debout ou assis par terre. Nous ne pouvons pas emmener tout le village. »

Il sauta sur le quai, tapota son pantalon avec ses mains, me les tendit pour m'aider à descendre, mais une voix d'homme le héla.

« Cachez-vous, vite », me dit-il, puis il s'adressa à celui qui l'avait appelé.

« Bonsoir, *Sturmführer*. Je vérifiais que mes précieux appareils étaient bien rangés. Qu'il n'y avait rien de cassé.

— Et comment vérifiez-vous ? Les caisses ont dû être fermées hermétiquement. » La voix se faisait de plus en plus nette.

« Oui, c'est le cas, mon idée était stupide en effet. Mais je n'ai pas pu m'empêcher de venir, répondit

Schweighofer. Les savoir ici en sécurité me réconforte. » Et il tenta de rire.

Le *Sturmführer* lui accorda un petit rire de circonstance. Je restai cachée derrière les malles, pendant qu'il s'approchait. Que me ferait-il s'il me surprenait ? Dans tous les cas, je n'avais plus rien à perdre. C'est Ziegler qui avait insisté, je ne voulais pas partir, j'étais lasse d'essayer de me sauver. Pourtant les SS m'impressionnaient comme au premier jour.

Le plancher du wagon dansa sous moi quand le *Sturmführer* sauta à l'intérieur et que les caisses résonnèrent de ses claques. Je retins ma respiration.

« Pour moi, nous avons fait du bon travail, docteur. Vos doutes ne sont pas très flatteurs.

— Que dites-vous là, ce n'était qu'une précaution…

— Laissez, tout le monde sait que les médecins sont des originaux. » Il rit encore. « Allez vous reposer maintenant : le voyage sera long. Nous partons dans quelques heures. »

Le plancher dansa à nouveau et les semelles du SS atterrirent sur le quai. J'avais posé la tête sur mes genoux, que je serrais dans mes bras.

Puis un fracas métallique obscurcit le wagon, ce fut le noir complet. Je me relevai d'un bond, cherchai la sortie, une fente qui laisserait passer un filet de lumière, je me déplaçai de façon désordonnée, sans appui, aphone, comme en proie au ravissement, trébuchai dans les malles, tombai.

J'aurais pu me relever, me cogner dans la marchandise emballée jusqu'au moment où j'aurais trouvé la porte, tambouriner avec mes poings, frapper fort et crier, on aurait fini par m'entendre, on m'aurait ouvert, que m'aurait-on fait, peu importait, je voulais mourir, cela faisait des mois que je voulais mourir. Mais je restai là, allongée sur le sol – était-ce de la peur, une paralysie, ou seulement l'instinct de survie, ça n'en finissait jamais. Je n'étais jamais écœurée de vivre.

Je posai les mains sur mon ventre, il se réchauffa, et cela suffit, une fois de plus, pour que je renonce, que je me résigne.

43

Je fus réveillée par du remue-ménage, quelqu'un
ouvrait la porte du wagon de marchandises. Je me
traînai à quatre pattes dans ma niche derrière les
malles, repliai les jambes contre ma poitrine. Une
faible lumière entra, et des gens, je n'aurais pas su dire
combien, montèrent les uns après les autres dans le
wagon, remercièrent ceux qui les avaient accompagnés
et s'installèrent parmi les caisses avec des murmures
qui me restaient incompréhensibles. Je me demandai
s'ils avaient remarqué ma présence et pour me donner
du courage, je serrai la poignée de ma valise. Le claquement sonore de la porte qui se refermait fit taire
tout le monde. Je me demandais quelle heure il était
et quand le train allait partir. Privée de forces, les
yeux collés, j'avais faim. Plongée dans le noir, j'avais
perdu la notion du temps et de l'espace ; le froid mordait la base de mon cou et mes reins, ma vessie était
pleine. J'entendais les autres parler tout bas, mais je ne
pouvais pas les voir, je flottais dans un sommeil sans
couleurs, un coma réversible, un isolement gourd. Ce
n'était pas de la solitude, c'était comme si personne au
monde n'avait jamais existé, pas même moi.

Je relâchai ma vessie et fis pipi dans ma culotte. Le ruissellement chaud me consola. L'urine coulerait peut-être sur le sol jusqu'aux pieds des autres passagers ; non, les caisses lui barreraient la route. L'odeur peut-être arriverait à mes compagnons de voyage, qui penseraient au contenu des malles, allez savoir ce qu'il y a là-dedans – ce pouvait être une odeur de désinfectant.

Les cuisses mouillées, je me rendormis.

Des pleurs, désespérés. J'ouvris les yeux dans le noir. C'étaient des pleurs d'enfant. Ils se mêlaient aux vibrations métalliques du train en marche, sanglots étouffés dans la poitrine de la mère qui le serrait probablement contre elle, je ne pouvais pas voir, tandis que le père murmurait qu'est-ce qu'il y a, ça suffit maintenant, arrête de pleurer, tu as faim ? La mère semblait avoir essayé de l'allaiter, sans succès. Dans le vacarme, ballottée par le roulis du train, je sortis ma couverture, la jetai sur mes épaules. Où étions-nous, combien d'heures avais-je dormi, j'étais à jeun, j'avais faim, mais aucune envie de manger : mon corps se protégeait en dormant, une torpeur où je m'engluais. L'angoisse de l'enfant la griffait sans l'entamer, ce n'était qu'un écho indéchiffrable, une hallucination. Ainsi, quand je me mis à chanter, je ne reconnus pas ma voix, c'était comme s'assoupir ou faire pipi dans sa culotte ou sentir la faim et ne pas avoir envie de manger, un état antérieur à la vie sans début ni fin.

C'était la chanson que j'avais chantée pour Ursula chez Heike, puis pour Albert dans la grange, que je tenais de mon père. Dans la nuit, entre les protestations de l'enfant et les grincements du convoi, je m'adressai au renard qui avait volé l'oie et l'avertis que le chasseur le lui ferait payer, sans penser aux visages stupéfaits des autres passagers, qui est là bon sang, dut dire le père, mais je ne l'entendis pas, la mère pressait le visage de son bébé sur son sein, lui caressait la tête, mon petit renard chéri, tu n'as pas besoin d'oie rôtie, chantais-je, contente-toi d'une souris, et l'enfant cessait de pleurer, et je reprenais la comptine au début, chante avec moi Ursula, tu la sais maintenant, je la répétais sous ma couverture et le bébé s'assoupissait ou restait réveillé sans plus se désespérer – ses pleurs avaient été une preuve de vie, comme toute rébellion. Puis lui aussi avait renoncé, s'était résigné.

Je me tus, fouillai dans ma valise à la recherche d'un sandwich.

« Qui est là ? » demanda la femme.

Une lueur hésitante dessina une ombre sur le sol, je la suivis en me glissant lentement hors de ma niche, apparus derrière ma barricade de malles.

L'enfant était enveloppé dans plusieurs couvertures, le père avait craqué une allumette et dans la réverbération de cette flamme minuscule, le visage de la mère tremblait.

Christa et Rudolph me remercièrent d'avoir calmé leur bébé, comment as-tu fait ? Il s'appelait Thomas, n'avait que six mois et refusait de téter, trop perturbé.

« Quelqu'un vous attend à Berlin ? fut la première question qui me vint à l'esprit.

— Non, nous n'y sommes jamais allés. Mais c'était

la seule façon de partir, dit Rudolph. On trouvera bien une solution. »

Moi non plus je n'avais personne qui m'attendait à Berlin. Je pourrais m'en remettre à lui, il trouverait une solution pour moi aussi. Je demandai à mes compagnons s'ils voulaient manger. Christa installa le bébé sur un lit de couvertures pliées, il avait fini par s'endormir, Rudolph craqua une autre allumette parce que la première s'était éteinte, et on sortit ce qu'on avait apporté. On disposa les vivres sur deux torchons et on mangea ce qu'on avait, ensemble, comme s'il était toujours possible d'apprêter un repas entre êtres humains, y compris entre êtres humains entassés dans un lieu destiné aux marchandises, exclus des wagons de voyageurs. On devient amis ainsi, dans la ségrégation.

Je garde peu de souvenirs de ce voyage. Les arrêts du train : il n'y avait pas de trou par où observer les villes, les forêts ou la campagne, on ne savait jamais où l'on était, si c'était le jour ou la nuit. Un silence de neige s'installait, et la neige était peut-être effectivement tombée, mais on ne pouvait pas la voir. On se blottissait les uns contre les autres pour se réchauffer, on soupirait d'ennui, quelquefois d'angoisse, j'écoutais la respiration légère du bébé endormi et pensais à Pauline, va savoir où elle était, comme elle avait grandi, si je la reverrais à Berlin ; on tremblait sous les couvertures, on avait soif, l'eau était de plus en plus rare, on posait les lèvres sur le bord de la gourde pour les humecter, on s'en contentait, on comptait les allumettes, combien en reste-t-il, Rudolph les allumait juste pour permettre à Christa de changer le bébé, la couche en coton pleine de caca roulée en boule dans un coin, on s'était habitués à l'odeur, on bavardait à voix basse à l'abri des ténèbres. Il y eut même du temps pour jouer avec Thomas et l'entendre rire sous les chatouilles, pour le bercer à la place de Christa exaspérée par ses pleurs, le bercer, sa tête dans mon cou, ou lui masser le ventre. De ce voyage, je me rappelle les sandwichs qu'on mâchait dans le noir à toutes petites bouchées, le pot en fer-blanc de Christa où l'urine crissait comme un collier de pierres égrené entre les doigts, l'odeur piquante qui me rappelait le refuge de Budengasse, la dignité avec laquelle chacun retint tout autre besoin corporel jusqu'à destination. La merde est la preuve que Dieu n'existe pas, avait dit Gregor ; mais je pensais à la compassion que m'inspiraient les corps de mes compagnons, leur bassesse constitutive, exempte de faute, et cette bassesse me parut à ce moment-là la seule véritable raison de les aimer.

Quand le train freina pour un énième arrêt, nous ignorions que c'était le dernier, que nous étions à Berlin, enfin arrivés.

TROISIÈME PARTIE

44

La gare est bruyante, pleine de monde, les gens vont si vite que j'ai peur de me faire renverser, ceux de derrière me doublent, ceux qui viennent en face ne dévient qu'au dernier moment, m'évitant d'un mouvement des hanches – je suis déjà immobile : un chat sur la route aveuglé par les phares. Sous le poids de ma valise ma démarche penche à droite, mais sa poignée dans ma main me donne de l'assurance, c'est toujours quelque chose à quoi me raccrocher.

Je cherche des toilettes : je n'ai pas voulu me soulager dans le train, alors maintenant je ne tiens plus. Comme la queue n'est pas longue, j'ai vite fait. Puis je me regarde dans la glace. Mes iris flottent dans les cavités sombres de mes cernes, c'est comme si mon visage avait subi un effondrement et que mes yeux avaient longuement vacillé avant de s'installer là, enfoncés. Je rajuste une barrette sur ma tempe, me recoiffe avec mes doigts, me passe du rouge à lèvres, un peu de lumière au moins sur ce visage blême. Tu as toujours été vaniteuse, disait Herta. Mais aujourd'hui est un jour important, ça en vaut la peine.

La cohue me désoriente. Ça faisait longtemps que je

n'avais pas pris le train et le voyage m'effrayait, mais il fallait que je le fasse, c'était peut-être la dernière occasion.

J'ai soif, ici aussi il y a la queue : j'attends mon tour quand même. Une femme dit : «Je vous en prie, madame, passez devant.» Elle a moins de trente ans, des taches de rousseur partout, sur le visage, la poitrine, les bras. Ses voisins se retournent. «Oui, madame, dit un homme, passez aussi devant moi. — Voulez-vous laisser passer cette dame ?» demande à voix haute la femme aux taches de rousseur. Je m'agrippe à ma valise. «Ce n'est pas nécessaire», dis-je. Mais elle me pousse dans le dos, m'accompagne. Un visage qui se délite, des bras desséchés : voilà ce qu'on voit de moi.

Après avoir bu et remercié, je trouve la sortie. Il fait grand soleil, ses rayons se réverbèrent sur les parois vitrées avec une telle violence que les contours de la ville à la lisière de la gare s'effacent. Je pose la main en visière sur mon front pour franchir les portes, cligne plusieurs fois les paupières avant de distinguer la place. Il faut que je trouve la station de taxis. Aux angles de la façade, dans leurs niches de chaque côté des rangées d'arcs, les horloges marquent une heure quarante.

Jolie gare, Hanovre.

Je donne l'adresse au chauffeur du taxi, baisse ma vitre, appuie la nuque contre le siège et regarde la ville défiler sur le côté, tandis que le journaliste à la radio rappelle qu'on signe aujourd'hui à Schengen la convention pour l'ouverture des frontières entre l'Allemagne de l'Ouest, la France, la Belgique et les Pays-Bas.

« C'est où Schengen ?

— Au Luxembourg, je crois », répond le chauffeur. Il n'ajoute rien, lui non plus n'a pas envie de faire la conversation.

Je me regarde dans le rétroviseur. La ligne de mon rouge à lèvres est irrégulière à cause des gerçures, j'enlève tant bien que mal ce qui a débordé avec l'ongle : je ne veux pas me présenter négligée devant lui. La radio commente la Coupe du monde de football 1990 en Italie ; à Milan cet après-midi, l'Allemagne de l'Ouest jouera contre la Colombie. Voilà de quoi je pourrais parler, de foot. Il n'a jamais aimé ça, et moi je n'y connais rien, mais la Coupe du monde, c'est différent, tout le monde la regarde. Du reste, il faudra bien parler de quelque chose.

Le taxi se gare, le chauffeur descend prendre ma valise, me la tend. Juste avant d'entrer, dans le reflet de la porte vitrée, j'aperçois à nouveau mon visage ; mon rouge à lèvres fait ressortir ma pâleur, son tracé échoue à dessiner le contour de mes lèvres. Je sors un mouchoir de ma poche et m'essuie jusqu'à ce que toute la couleur soit partie.

Quand les portes de l'ascenseur s'ouvrent, je reconnais la silhouette d'Agnes. Elle attend qu'une boisson chaude coule du distributeur. Elle a dix ans de moins que moi et ne fait pas son âge, malgré la rondeur de son ventre, qui tend l'étoffe de son pantalon bleu marine au point d'en érailler la trame. Mais elle a encore un visage doux, Agnes, un visage qui ne s'est pas effondré. Elle prend le gobelet, souffle dessus en tournant le bâtonnet en plastique pour mélanger le sucre, puis elle me voit.

« Rosa ! Tu es là. »

J'étais immobile, ma valise à la main, un chat surpris dans les phares d'une voiture.

« Bonjour, Agnes.

— Quelle joie que tu sois venue. Tu as fait bon voyage ? » Elle me prend dans ses bras en veillant à ne pas me brûler avec son gobelet fumant. « Ça fait combien de temps ?

— Je ne sais pas, dis-je en me dégageant. Trop longtemps.

— Veux-tu me donner... » Et elle tend sa main libre.

« Non, je la porte, elle n'est pas lourde. Merci. »

Agnes ne me montre pas le chemin, elle reste où elle est. Je lui demande :

« Comment vas-tu ?

— Comme on va dans ce genre de situation. » Elle baisse une seconde le regard. « Et toi ? »

Ella tient son gobelet à la main, sans le boire.

Quand elle s'aperçoit que je l'observe, elle me l'offre : « Tu veux ? » Elle se reprend aussitôt, se tourne vers la machine : « Je voulais dire, tu veux quelque chose ? Tu as soif, faim ? »

Je secoue la tête. « Ça va, merci. Margot et Wiebke ?

— L'une est allée chercher le petit à l'école, elle passera plus tard. L'autre travaille, elle ne pourra pas venir aujourd'hui. »

Agnes ne boit pas, moi je n'ai ni faim ni soif. Je demande au bout d'un moment :

« Et lui, comment va-t-il ? »

Elle hausse les épaules, sourit, baisse les yeux sur sa boisson. J'attends en silence qu'elle l'ait finie. Après avoir jeté le tout à la poubelle, elle s'essuie distraitement les mains sur son pantalon. « Tu viens ? » dit-elle.

Et je la suis.

Il est sous perfusion, avec deux tubes dans les narines. Son crâne est rasé, ou bien il a simplement perdu tous ses cheveux ; paupières fermées, il se repose. La lumière de juin qui entre par la fenêtre pulvérise ses traits, mais je le reconnais.

Agnes m'invite à poser ma valise dans un coin, puis elle s'approche du lit, se penche sur lui : sa ceinture lui scie le ventre, mais elle a encore des mains de velours, ces mains qui maintenant caressent le drap.

« Mon amour, tu dors ? »

Elle l'appelle mon amour devant moi. Ce n'est pas la première fois, c'est déjà arrivé, mais il y a trop longtemps pour que j'y sois habituée. Elle l'appelle mon amour et il se réveille. Ses yeux sont bleus. Humides, à peine décolorés.

Agnes a une voix très douce quand elle dit : « Il y a de la visite pour toi » et se recule pour qu'il puisse me voir sans soulever le buste.

Ses yeux bleus me tétanisent et je n'ai plus rien à quoi me raccrocher. Il me sourit ; j'avale un bloc de salive, je dis : « Bonjour, Gregor. »

45

Agnes lui a annoncé qu'elle profitait de ma présence pour aller prendre un café. Elle venait d'en boire un, c'était une façon de nous laisser seuls. Je me suis demandé si elle le faisait pour moi, parce qu'elle craignait que je me sente mal à l'aise, ou si elle-même était gênée de rester dans la même pièce que l'ex-femme de son mari et lui, maintenant qu'il était sur le point de mourir.

Avant de sortir, elle lui a donné à boire. Elle a passé une main derrière sa nuque pour lui relever la tête, et Gregor a posé les lèvres sur le bord du verre comme un enfant qui n'a pas encore appris à boire ; un filet d'eau a coulé, mouillant son pyjama. Agnes lui a séché le cou avec un morceau de papier chiffon qu'elle a déchiré d'un rouleau sur la table de nuit, elle a calé ses oreillers et remonté le drap, lui a murmuré à l'oreille quelque chose que je ne saurai jamais, l'a embrassé sur le front, a réglé les stores pour que la lumière ne le gêne pas, nous a dit au revoir et a disparu derrière la porte.

C'est bizarre de voir une autre femme prendre soin de Gregor, non pas tant parce que cet homme a été mon mari, mais parce que moi-même j'ai nourri, lavé et réchauffé son corps quand, un an après la fin de la guerre, il est revenu.

Le jour où Gregor avait réapparu, les pommes de terre bouillaient dans la cuisine d'Anne. J'habitais avec Pauline et elle, c'était l'été, comme maintenant. Pauline jouait à cache-cache dans les ruines de la Budengasse tandis qu'Anne et moi, de retour du travail, étions montées cuisiner. Mon appartement était encore inhabitable et Anne, sans mari elle aussi, avait proposé de m'héberger. Nous dormions toutes les trois dans le même lit.

Je piquai une fourchette dans une pomme de terre pour contrôler la cuisson. Comme d'habitude, j'avais mal aux pieds. De la maison au travail, il y avait une heure et demie en marchant vite, heureusement après dîner je prendrais le bain de pieds qu'Anne préparait tous les soirs ; on trempait dans une même bassine nos pieds couverts d'ampoules et on soupirait. Pauline en revanche n'était jamais fatiguée même si elle courait toute la journée parmi les décombres avec les autres enfants, pendant que nous transportions des seaux, poussions des chariots, empilions des briques pour soixante-dix pfennigs de l'heure et une carte de rationnement spéciale.

Les pommes de terre étaient prêtes, j'éteignis le feu. Dans la rue Pauline appela : « Rosa ! »

Je me mis à la fenêtre : « Qu'est-ce qu'il y a ? »

Un homme mince s'appuyait sur elle, il semblait boiter. Je ne le reconnus pas.

Puis, d'une voix à peine perceptible, l'homme dit : « C'est moi. » Et mon cœur se brisa.

Je m'assieds près du lit. Je croise mes mains sur mon ventre, les pose sur mes genoux, arrange ma jupe sous mes jambes, joins de nouveau les mains : en réalité je ne sais pas où les mettre. En réalité, je n'ose pas le toucher.

« Merci d'être venue, Rosa. »

Sa voix est faible, fluette, comme celle que j'avais entendue par la fenêtre d'Anne, un soir d'il y a quarante-quatre ans. Sa peau est tirée, alors son nez semble plus large, les os de son visage sont devenus saillants.

Je cherche de l'index des traces de rouge à lèvres, je ne veux pas qu'il me voie négligée, c'est idiot, mais c'est ainsi. Je craignais qu'il demande à Agnes qui est cette femme debout dans la chambre d'hôpital, les yeux creusés et le visage ridé. Mais il a tout de suite su que c'était moi, il m'a souri.

« Je tenais à te voir, dis-je.

Moi aussi, mais je ne l'espérais pas.

— Pourquoi ? »

Gregor ne répond pas. Je regarde mes ongles, l'extrémité de mes doigts, pas de tache de rouge à lèvres.

« Quoi de neuf à Berlin ?

— Ça va. »

Malgré tous mes efforts, je ne trouve rien à raconter sur Berlin, ma vie là-bas. Gregor aussi reste silencieux, puis demande : « Comment va Franz ?

— En ce moment, il est occupé par ses petites-filles. Son fils les a amenées en vacances en Allemagne, et il les garde au salon, pendant qu'il rase les clients ou

356

leur coupe les cheveux. Et eux, par politesse plus que par intérêt, ils demandent : comment tu t'appelles, quel âge tu as ? Les petites répondent en anglais. Les clients ne comprennent pas et ça amuse beaucoup Franz. Il est très fier que ses petites-filles parlent une autre langue. Depuis qu'il est grand-père, il est gâteux.

— Non, ton frère a toujours été bizarre.

— Ah oui ?

— Rosa, il ne vous a pas écrit pendant des années !

— Tu sais, il dit qu'il voulait couper les ponts, que les Allemands étaient mal vus après 1918, que certains avaient même changé de nom… Et puis, quand les États-Unis sont entrés en guerre, il vivait dans la terreur qu'on l'interne.

— Oui, oui, je sais tout ça. C'était quoi déjà le plat incriminé ? Attends…

— Le plat incriminé ? Ah ! La *Sauerkraut*, dis-je en riant. Ils l'avaient rebaptisé *Liberty Cabbage*. Du moins c'est ce que raconte Franz.

— Exact, la *Sauerkraut*. » Il rit lui aussi.

Il tousse : une toux catarrheuse, de poitrine, qui l'oblige à relever la tête. Je devrais peut-être la lui soutenir, l'aider. « Que dois-je faire ? »

Gregor s'éclaircit la gorge et continue comme si de rien n'était : « Tu te souviens du télégramme qu'il a envoyé ? »

La toux, il y est habitué, il veut parler, et rien d'autre. « Et comment ! dis-je. "L'un de vous est-il encore vivant ?" C'est tout ce qui était écrit, avec son numéro de téléphone et son adresse.

— C'est ça. Et tu as surtout appelé pour vérifier que ce n'était pas une plaisanterie.

— Tu as raison ! Franz a été interloqué d'entendre ma voix.»

Gregor rit à nouveau, je n'aurais jamais cru que ce serait aussi facile.

«Tu vas voir, quand les petites repartiront à Pittsburgh à la fin du mois, il sera dans tous ses états. D'un autre côté, c'est lui qui a décidé de revenir à Berlin. Il y a des gens qui à un moment ont besoin de revenir, allez savoir pourquoi.

— Toi aussi tu es revenue à Berlin.

— J'ai dû quitter Gross-Partsch. Mon cas ne compte pas.»

Gregor se tait, se tourne vers la fenêtre. Il pense peut-être à ses parents, morts sans qu'il ait pu les revoir. Moi non plus, je ne les ai pas revus.

«Ils m'ont beaucoup manqué à moi aussi», dis-je, mais Gregor ne réagit pas.

Il porte un pyjama à manches longues, et son drap est remonté jusqu'à la moitié de son torse.

«Tu as chaud?»

Il ne répond pas. Je reste sur mon siège, croise les mains. Je m'étais trompée: ce n'est pas facile.

«Si tu es venue jusqu'ici, dit-il au bout d'un moment, c'est que je vais vraiment mourir.»

C'est à mon tour de ne pas répondre.

Gregor vient à mon secours: «Tu parles si je vais mourir maintenant que tu es revenue.»

Je souris, et mes yeux se noient.

Tu parles si tu vas mourir maintenant que tu es revenu, lui disais-je chaque fois qu'il perdait courage. Maintenant ce n'est plus possible que tu meures, je regrette, mais je ne te le permets pas.

Il pesait quinze kilos de moins qu'avant de partir. Au camp, il avait souffert de la faim et attrapé une pneumonie : il en avait gardé une faiblesse chronique. Il boitait, sa jambe ayant été mal soignée parce qu'il s'était enfui de l'hôpital en proie au délire : comme il ne voyait que des moignons dans les autres lits, il s'était persuadé qu'on allait l'amputer lui aussi. La douleur l'avait ralenti et avait fait de lui une proie facile. Il me semblait impossible qu'il ait commis une telle imprudence, ça ne lui ressemblait pas.

« Et si j'étais revenu mutilé ? m'avait-il dit un jour.

— Il me suffisait que tu reviennes.

— Nous devions fêter Noël ensemble, Rosa, je n'ai pas tenu ma promesse.

— Chut, dors maintenant ; dors, il faut que tu sois guéri demain. »

Effet peut-être d'une infection intestinale ou seulement des dommages causés à son appareil digestif par tous ces mois de privations, il ne pouvait rien ingérer. Je lui préparais des bouillons de viande, quand je réussissais à me procurer de la viande, mais il n'en avait pas avalé trois cuillerées qu'il les rejetait déjà. Ses selles étaient liquides, verdâtres et dégageaient une odeur que je n'aurais jamais crue possible venant d'un organisme humain.

Nous l'avions installé dans la chambre de Pauline ; la nuit, je restais sur une chaise à côté de son lit. Parfois la petite se réveillait et venait me chercher. « Tu dors avec moi ? – Ma petite chérie, je dois rester avec Gregor – Sinon il meurt ? – Tant que je serai là, je te jure qu'il ne mourra pas. » Certains matins, j'étais réveillée par la lumière du soleil sur mes paupières et je la trouvais pelotonnée sur lui. Ce n'était pas notre fille, mais je guettais parfois sa respiration quand elle dormait.

Le corps affaibli de Gregor n'avait rien à voir avec mon mari, l'odeur de sa peau n'était plus la même – mais Pauline ne pouvait pas le savoir. Garder cet homme en vie était mon unique raison de vivre. Je lui donnais la becquée, lui lavais le visage, les bras, le torse, le pénis et les testicules, les jambes, les pieds, en trempant un linge dans la bassine du bain de pieds que désormais Anne ne préparait plus que pour elle le soir, puisque je n'allais plus ramasser les gravats pour ne pas le laisser seul ; je lui taillais les ongles, le rasais, lui coupais les cheveux ; je l'accompagnais faire ses besoins, le nettoyais ; il arrivait que sans le vouloir il vomisse, tousse, crache dans ma main. Je n'éprouvais jamais de dégoût, je l'aimais, c'est tout. Gregor était devenu mon enfant.

Dès qu'il se réveillait, Pauline se réveillait aussi. À voix basse, pour qu'il ne l'entende pas, elle disait : « Tant que nous on est là, Rosa, je te jure qu'il ne mourra pas. »

Gregor n'est pas mort. Il a guéri.

« Tu sais, quand Agnes m'a dit qu'elle t'avait appelée et que tu allais venir, je me suis souvenu d'un épisode qui s'est passé pendant la guerre. Je t'en ai peut-être déjà parlé dans une lettre.

— Je ne crois pas, Gregor, dis-je sur un faux ton de reproche, tu ne me racontais presque rien de la guerre. »

Il ne s'y trompe pas et se met à rire. « Tu m'en veux encore, incroyable ! » Son rire se transforme en toux. Les rides sur son front se multiplient. Les taches sombres sur son visage tremblent.

« Tu veux de l'eau ? » Sur la table de nuit, il y a un verre à moitié plein.

« Nous ne savions pas ce que nous pouvions écrire, c'était dangereux de se montrer démoralisé, et moi je l'étais tellement...

— Oui, je sais, ne t'inquiète pas. Je plaisantais. À quel épisode pensais-tu ?

— Il s'agissait de deux femmes. Elles étaient venues chercher leurs maris. Elles avaient fait je ne sais combien de kilomètres à pied, des centaines de kilomètres dans la neige, dormant dans le froid, pour les retrouver. Mais à leur arrivée, elles ont découvert que leurs maris n'étaient pas là. Tu aurais dû voir leurs têtes.

— Et où étaient-ils ?

— Je n'en ai aucune idée. Probablement dans un autre camp. Ou on les avait emmenés en Allemagne, ou ils étaient morts, va savoir. Ils ne figuraient pas parmi nos prisonniers. Ces femmes ont refait tout le chemin en sens inverse, avec la même neige et le même froid, sans rien savoir d'eux, tu comprends ? »

Quand il parle un peu longtemps, il s'essouffle. Je devrais peut-être l'inviter à se taire, rester avec lui en silence, lui prendre la main – si seulement j'osais le toucher.

« Et pourquoi tu t'en es souvenu ? Je ne suis pas venue à pied dans la neige.

— C'est vrai.

— Et tu n'es plus mon mari.»

Quelle phrase malheureuse j'ai prononcée. Je ne voulais pas être brutale.

Je me lève, arpente la chambre. Il y a un petit placard où Agnes doit ranger les serviettes, le pyjama de rechange, tout le nécessaire. Pourquoi ne revient-elle pas?

«Où vas-tu? demande Gregor.

— Nulle part, je suis ici.»

Je trébuche dans ses pantoufles au pied du lit, avant de me rasseoir.

«Même si tu n'as pas marché dans la neige, tu as fait au moins trois heures et demie de voyage pour venir me rendre visite.

— C'est vrai

— D'après toi, pourquoi les gens ont-ils besoin de ce genre de visite?

— Que veux-tu dire?

— Tu es venue exprès à Hanovre: tu devrais savoir ce que je veux dire.

— Eh bien… On a peut-être besoin de ne rien laisser en suspens. Il me semble.

— Tu es donc venue boucler la boucle?»

Sa question me désarçonne.

«Je suis venue parce que j'avais envie de te voir, je te l'ai déjà dit.

— Rosa. Nous, c'est depuis 1940 qu'on laisse les choses en suspens.»

On s'était quittés d'un commun accord, et ce fut très douloureux. D'habitude les gens disent on l'a décidé d'un commun accord pour signifier qu'il n'y a pas eu de souffrance, ou qu'il y en a eu moins, mais ce n'est pas vrai. Certes, il se peut qu'on souffre davantage si l'un des deux ne se résigne pas, s'il fait du mal à l'autre délibérément, mais la séparation est une expérience inévitablement douloureuse. Surtout dans le cas où l'on a eu une seconde chance, contre toute attente. Nous deux, on s'était perdus, et après la guerre, retrouvés.

Notre couple dura trois ans, puis on se sépara. Je ne comprends pas les gens qui disent : c'était fini depuis longtemps. On ne peut pas établir avec précision le moment où finit un mariage, parce que le mariage finit quand les conjoints décident qu'il est fini ou au moins quand l'un des deux le décide. Le mariage est un système fluctuant, il fonctionne par vagues, il peut toujours finir et toujours recommencer, il ne suit pas un parcours linéaire, ne décrit pas des étapes logiques ; le point le plus bas d'un mariage ne détermine pas obligatoirement son terme : la veille vous étiez dans le gouffre et le lendemain vous êtes revenus au sommet sans savoir comment. Et vous ne vous souvenez pas d'une raison, d'une seule, pour laquelle vous devriez vous séparer. Ce n'est même pas une question de pour ou de contre, d'addition ou de soustraction. En fin de compte, tous les mariages sont destinés à finir, et chaque mariage aurait le droit, le devoir, de survivre.

Le nôtre tint un certain temps sur la gratitude : nous avions bénéficié d'un miracle, nous ne pouvions pas le compromettre. Nous étions élus, destinés. Puis même l'enthousiasme des miraculés retombe. Nous

nous étions jetés à corps perdu dans la reconstruction de notre mariage parce que tel était le mot d'ordre : reconstruire. Laisser le passé derrière soi, oublier. Mais je n'ai jamais oublié, et Gregor non plus. Si seulement nous avions partagé nos souvenirs, me suis-je dit parfois. Nous ne le pouvions pas. Nous aurions eu l'impression de gâcher le miracle alors que nous cherchions à le protéger, à nous protéger l'un l'autre. Le reste du temps, nous étions tellement absorbés dans cet effort défensif qu'au bout du compte nous n'avions plus que ça : des barricades.

« Coucou, papa. »

C'est une jeune fille qui est entrée, de longs cheveux raides, la raie au milieu, une robe de lin claire à bretelles, des sandales.

« Bonjour », me dit-elle en me voyant.

Je me lève.

« Bonjour, Margot », dit Gregor.

Elle s'approche et je vais me présenter quand Agnes arrive. « Ma chérie, tu es là ? Et ton petit ?

— Je l'ai laissé chez ma belle-mère. » La fille de Gregor a l'air essoufflée, le front voilé de sueur.

« C'est Rosa, dit Agnes.

— Bienvenue. » Margot me tend la main, je la serre. Elle a les yeux de Gregor.

« Merci. Je suis heureuse de faire ta connaissance, dis-je en souriant. Je t'avais vue en photo à ta naissance.

— Alors comme ça, tu as fait circuler des photos de moi sans me demander mon autorisation ? » dit-elle à son père pour plaisanter en l'embrassant.

Gregor m'avait envoyé des photos de sa fille sans penser que cela pourrait me faire mal, il voulait seulement me sentir encore dans sa vie, c'était un geste d'affection – pas de protection, d'affection. Il ne me protégeait plus, il avait oublié comment faire. Il avait épousé Agnes, j'étais allée à leur mariage, je leur avais souhaité tout le bonheur possible et j'étais sincère. Que je me sois sentie triste dans le train pour Berlin ne compte pas. Le fait que lui ne soit plus seul n'augmentait pas ma propre solitude.

Quand le train s'était arrêté à Wolfsburg, j'avais sursauté. Wolfsburg, annonça le haut-parleur, gare de Wolfsburg. Comment avais-je pu ne pas m'en apercevoir à l'aller ? Je dormais peut-être. J'étais passée par la ville du Loup pour me séparer définitivement de mon mari.

«Papa, je t'ai apporté un cadeau.»

Margot tire de son sac une feuille à carreaux pliée et la tend à Gregor.

«Attends, dit Agnes, je vais l'ouvrir.»

C'est un dessin au pastel : un monsieur chauve dans un lit sous un ciel de nuages roses. Entre les pieds du lit poussent des fleurs aux pétales arc-en-ciel.

«De la part de ton petit-fils», explique Margot.

Je suis là à côté, je ne peux pas éviter de lire. L'enfant a écrit : «Grand-père, tu me manques, guéris vite.»

«Il te plaît ?» demande Margot.

Gregor ne répond pas.

«On pourra l'accrocher, maman ? On l'accroche ?

— Oui… il faudrait une punaise, un bout de scotch.

— Papa, tu ne dis rien ? »

Il est trop ému pour répondre, ça se voit. Je ne me sens pas à ma place en ce moment, avec cette famille qui n'est pas la mienne. Je m'éloigne, vais à la fenêtre, regarde la cour à travers les lames du store. Il y a des malades en chaise roulante et des infirmières qui les poussent. Il y a des gens assis sur des bancs : difficile de dire si ce sont des patients ou des visiteurs.

La première fois où Gregor essaya de refaire l'amour avec moi, après tout ce temps, j'eus un mouvement de recul. Je ne refusai pas, n'inventai pas d'excuse, simplement je me raidis. Gregor me caressa avec douceur, croyant que c'était de la pudeur : nous ne nous touchions plus depuis trop longtemps. Le contact avec son corps était une habitude, je le manipulais avec familiarité, esprit pratique. La guerre m'avait rendu un corps d'ancien combattant et j'étais assez jeune et énergique pour m'en occuper. Mais nous ne nous étions plus touchés avec du désir, c'était un sentiment que j'avais oublié. Il nous fallait réapprendre peu à peu, par un exercice progressif, croyait Gregor. Moi je pensais que c'était le désir qui engendrait l'intimité, de façon immédiate, comme une déchirure ; mais le contraire était peut-être possible, partir de l'intimité, se la réapproprier jusqu'à rattraper le désir comme on essaie au réveil de rattraper un rêve qu'on vient de faire et qui s'évanouit déjà : vous

vous souvenez de l'atmosphère, mais il ne vous en reste aucune image. Ça aurait peut-être été possible, d'autres épouses y sont sûrement arrivées. J'ignore comment elles ont fait. Nous n'avions peut-être pas la bonne méthode.

46

Le médecin ne porte pas de lunettes. En entrant, il regarde sa montre : c'est déjà la fin de l'après-midi. Agnes et Margot bavardent avec lui, ils parlent du Mondial de foot et du petit-fils, le médecin a dû le croiser dans cette chambre. Il est très affable, un physique athlétique et un timbre de baryton. On ne me présente pas et il ne s'occupe pas de moi. Il nous invite à sortir, il doit ausculter Gregor.

Dans le couloir, Agnes demande : « Alors tu viens dormir chez nous ?

— Merci, mais j'ai réservé une chambre.

— Je ne comprends pas, Rosa, nous avons de la place à la maison. Et tu me tiendrais compagnie. »

Oui, nous pourrions nous tenir compagnie. Mais je suis habituée à vivre seule, je n'ai envie de partager la maison de personne.

« Je préfère ne pas déranger, vraiment. Et puis maintenant j'ai réservé, un petit hôtel dans le coin, c'est pratique.

— Sache que tu peux changer d'avis à tout moment : tu m'appelles et je viens te chercher.

— Si tu ne veux pas rester toute seule, maman, tu peux dormir chez nous. »

Pourquoi Margot dit-elle cela ? Pour que je me sente en faute ?

Le médecin nous rejoint, il a fini. Agnes demande les dernières nouvelles de Gregor, Margot écoute avec attention et à son tour pose des questions. Je ne suis pas de la famille, je rentre dans la chambre.

Gregor essaie de baisser sa manche. Son bras droit était déjà nu, la manche retroussée pour laisser passer l'aiguille de la perfusion, tandis que l'autre était couvert par le coton bleu marine – ce doit être la couleur préférée d'Agnes. Gregor a peut-être relevé sa manche pour se gratter : sa peau est sèche, striée de sillons blancs laissés par ses ongles.

« Nous n'avons pas laissé les choses en suspens, lui dis-je sans m'asseoir. Nous sommes allés de l'avant. »

Gregor persévère, mais n'arrive pas à baisser sa manche. Je ne l'aide pas, je n'ose pas le toucher.

« Tu es revenu, je t'ai soigné, tu as guéri, nous avons rouvert les bureaux, reconstruit l'appartement, nous avons fait du chemin.

— C'est ça que tu es venue me dire ? » Il renonce, se désintéresse de son pyjama. « C'est l'objet de ta visite ? » Il a la voix rauque, écorchée.

« Tu n'es pas d'accord ? »

Il soupire. « Nous n'étions plus les mêmes qu'avant.

— Mais qui est resté le même qu'avant, Gregor, qui a pu ?

— Certains y sont arrivés.

— Tu veux me dire que d'autres ont été meilleurs que nous, que moi ? Je le savais déjà.

« — Je n'en ai jamais fait une question de meilleur ou de pire.

— Et tu as eu tort.

— Tu es venue me dire que j'ai eu tort ?

— Je ne suis rien venue te dire, Gregor !

— Alors pourquoi es-tu ici ?

— Si tu ne voulais pas me voir, il fallait le dire ! Ta femme pouvait me le signifier au téléphone. » Il ne faut pas que je m'emporte, c'est pathétique une vieille en colère.

La voilà sa femme, l'inquiétude peinte sur le visage. Elle entre précipitamment.

« Rosa », dit-elle comme si mon nom résumait toutes les interrogations.

Elle s'approche de Gregor, baisse la manche de son pyjama : « Ça va ? » lui demande-t-elle.

Puis elle se tourne vers moi : « Je vous ai entendus crier. »

Je suis la seule à avoir crié, Gregor en serait incapable, avec ses poumons. C'est moi qu'Agnes a entendue.

« Je ne veux pas que tu te fatigues », dit-elle à son mari. C'est à moi qu'elle parle, c'est moi qui le fatigue.

« Excusez-moi », dis-je et je sors.

Je passe à côté du médecin et de Margot sans leur dire au revoir, traverse le couloir, avance au hasard. Les néons me donnent mal à la tête. Dans l'escalier, j'ai l'impression de tomber, mais au lieu de me tenir à la rampe, j'attrape la chaîne glissée sous le col de mon chemisier, la dégage, la serre dans mon poing. Le métal est dur et froid. Je ne rouvre la main qu'en bas de l'escalier : l'alliance accrochée à la chaîne a gravé un double cercle dans ma paume.

Je n'étais jamais allée chez elle. Je n'eus qu'à pousser la porte pour entrer dans une pièce sombre – avec une unique fenêtre, étroite – meublée d'une table et d'un petit canapé. Les chaises étaient renversées au milieu des débris de vaisselle et de verres, les tiroirs du buffet avaient été sortis et abandonnés par terre. Dans la pénombre, les cavités où ils étaient rangés naguère ressemblaient à des niches de cimetière en attente d'un occupant.

Les SS avaient tout mis en l'air. C'était donc ainsi que ça se passait, l'éradication. Il me restait les objets, le besoin de toucher ce qui avait appartenu à Elfriede, maintenant qu'elle n'était plus là.

J'inspirai et avançai jusqu'à un rideau ; je le poussai d'une main hésitante, avec le sentiment de commettre une violation. Le plancher de la chambre était jonché de linge et de vêtements. Les draps, arrachés au matelas, formaient un tas de chiffons sur lequel était posé en équilibre un oreiller crevé.

Le monde s'était fissuré après la disparition d'Elfriede. Et j'étais restée dans ce monde sans même un corps à pleurer, une fois de plus.

Je m'agenouillai sur les vêtements, les caressai. Je n'avais jamais effleuré son visage pierreux, ses pommettes, ni ces bleus aux jambes dont j'avais été la cause. Je resterai à tes côtés, lui avais-je juré dans les toilettes de la caserne. Et à ce moment-là notre euphorie de lycéennes s'était évanouie.

Je m'allongeai sur le sol, rassemblai les vêtements

autour de moi, sous mon cou, le visage écrasé par terre. Ils n'avaient pas d'odeur, pas la sienne, ou je l'avais déjà oubliée.

Quand vous perdez une personne, la douleur est pour vous, qui ne la verrez plus, n'entendrez plus sa voix, qui sans elle, pensez-vous, ne résisterez pas. La douleur est égoïste : c'était ce qui me mettait en colère.

Mais pendant que je gisais sur ces vêtements, l'énormité de cette tragédie se révéla tout entière. C'était un événement si énorme, intolérable, qu'il étourdit la douleur, la submergea, se dilata au point d'occuper chaque centimètre de l'univers, il devint l'évidence de ce que l'humanité était capable de faire.

J'avais appris le rouge sombre du sang d'Elfriede pour m'épargner de voir le mien. Et le sang des autres, tu le supportes ? m'avait-elle demandé.

Soudain j'eus soif d'air. Je me relevai et, peut-être pour me calmer, ramassai les vêtements un à un ; je les secouai pour les défroisser, les suspendis à leur place. Quelle absurdité, ranger, comme si c'était utile, comme si elle pouvait revenir. Je pliai le linge, l'empilai dans les tiroirs de la commode, étendis les draps sur le matelas et les bordai pour m'occuper ensuite de l'oreiller éventré.

Ce fut en enfilant le bras dans la taie pour presser la laine que je la trouvai. Un objet dur et froid. Je le dégageai de la bourre rêche et découvris une bague en or : une alliance.

Je sursautai. Elfriede aussi était mariée ? Qui était l'homme qu'elle aimait ? Pourquoi ne m'en avait-elle jamais parlé ?

Combien de choses nous nous étions cachées. Peut-on s'aimer dans le mensonge ?

Je contemplai longuement l'alliance, puis la laissai tomber dans un écrin vide posé sur la commode. D'un tiroir ouvert dépassait une boîte métallique. C'était un porte-cigarettes ; je l'ouvris : il en restait une, la dernière cigarette qu'elle n'avait pas fumée. Je la pris.

Je l'examinai entre mes doigts – l'annulaire orné de l'alliance que Gregor m'avait donnée un jour, voici cinq ans – et je me souvins de la main d'Elfriede qui approchait la cigarette de ses lèvres, l'index et le majeur qui l'abandonnaient un instant, tendus en ciseaux, pour la reprendre ensuite, pendant les heures passées dans la cour, ou le jour où elle s'enferma dans les WC avec moi. Je me souvins de sa main aux doigts nus.

La soif d'air devint insupportable, il fallait que je sorte de là. Sans réfléchir, je saisis l'alliance d'Elfriede, la serrai dans mon poing et partis en courant.

47

Quand je reviens, je trouve Gregor seul à nouveau, les yeux fermés. Je m'assieds à côté de lui, comme la nuit dans la chambre de Pauline. Sans ouvrir les yeux il dit : « Excuse-moi, je ne voulais pas te fâcher. »

À quoi a-t-il deviné que c'est moi qui suis entrée ?

« Ne fais pas attention à moi. Aujourd'hui je suis un peu émotive.

— Tu es venue me rendre visite, tu voulais un moment de paix entre nous, mais il n'est pas simple de savoir que mon temps arrive à son terme.

— Je suis tellement désolée, Gregor. »

Je voudrais juste le toucher. Couvrir sa main de la mienne. Il sentirait ma chaleur et ce serait suffisant.

Gregor ouvre les yeux, se tourne. Il est sérieux, ou désemparé, ou désespéré, je ne sais plus.

« Tu sais, tu as été inaccessible, dit-il en souriant avec toute la douceur possible. C'est difficile de vivre avec une personne inaccessible. »

Je plante les ongles dans ma paume, serre les dents.

J'ai lu un jour dans un roman que nulle part comme dans les familles allemandes le silence a été aussi abyssal. Après la fin de la guerre, je n'aurais pas pu révéler que j'avais travaillé pour Hitler : j'en aurais payé les conséquences, peut-être de ma vie. Je ne l'avais même pas avoué à Gregor, mais pas parce que je ne lui faisais pas confiance, bien sûr que je lui faisais confiance. C'est qu'il m'aurait été impossible de lui raconter le réfectoire de Krausendorf sans lui parler de celles qui tous les jours mangeaient avec moi : une jeune fille au visage couperosé, une femme aux larges épaules et à la langue bien pendue, une qui avait avorté, une autre qui se prenait pour une voyante, une autre encore qui ne jurait que par les actrices de cinéma, une Juive. J'aurais dû lui parler d'Elfriede, de ma faute. Celle qui surpasse de loin toutes les autres dans l'inventaire des fautes et des secrets. Je n'aurais pas pu lui avouer que je m'étais fiée à un lieutenant nazi, celui qui l'avait envoyée en camp, celui que j'avais aimé. Je n'ai jamais rien dit, et ne dirai jamais rien. Tout ce que j'ai appris dans la vie, c'est à survivre.

« Plus je te disais que tu étais inaccessible, plus tu te fermais. Et tu le fais encore maintenant. » Gregor tousse à nouveau.

« Bois, s'il te plaît. »

Je prends le verre, l'approche de ses lèvres et je me rappelle le même geste dans la chambre de Pauline, je me rappelle son regard apeuré ; Gregor pose les lèvres sur le bord et se concentre sur l'action, comme si elle lui coûtait un effort énorme, tandis que je lui tiens la tête : je n'avais jamais touché sa tête sans cheveux. Je n'avais pas touché mon mari depuis si longtemps.

L'eau coule sur son menton et il repousse le verre.

« Tu n'en veux plus ?

— Je n'ai pas soif. » Il s'essuie avec la main.

Je sors mon mouchoir de ma poche, lui tamponne le menton : d'abord il se braque, puis me laisse faire. Mon mouchoir est taché de rouge à lèvres, et Gregor s'en aperçoit. Il me regarde avec une insoutenable tendresse.

Le chariot du dîner sature le couloir de bruit et d'odeurs. Le personnel de service entre, Agnes les suit. Ils lui donnent le plateau, elle le pose sur la table de nuit, les remercie. Quand ils passent dans la chambre suivante, elle me dit : « Rosa, on ne te trouvait plus. Ça va ?

— Oui, j'avais un peu mal à la tête.

— Margot voulait te dire au revoir, elle a dû rentrer. De toute façon, on va bientôt tous nous chasser. »

Elle déchire un morceau d'essuie-tout, le glisse dans l'encolure du pyjama bleu, s'assied tout près du lit et donne la becquée à Gregor, lentement ; de temps en temps elle pose la cuillère pour l'essuyer. Il aspire le bouillon en claquant de la langue, parfois il replonge la nuque dans l'oreiller pour se reposer, manger aussi l'épuise. Agnes coupe son poulet en petits morceaux, je m'assieds de l'autre côté, en face d'elle.

Gregor fait signe qu'il n'a plus faim, et Agnes annonce : « Je vais me laver les mains.

— D'accord.

— Et après je rentre. Tu es sûre que tu ne veux pas venir, au moins manger quelque chose ?

— Je n'ai pas faim, merci.

— De toute façon si tu avais faim plus tard, il y a le self-service de l'hôpital. Il est fréquenté par les médecins et les infirmiers, mais aussi par les familles des malades. Ce n'est pas cher et très correct.

— Dis-moi peut-être où il se trouve. »

Je reste seule avec Gregor. Je suis à bout de forces. Dehors le ciel est mouvant. Le coucher de soleil prend tout son temps, pour finalement accélérer, sombrer.

« Si j'étais mort à la guerre, dit-il, notre amour aurait survécu. »

Je sais que ce n'est pas vrai.

« Comme si l'amour était en cause.

— Alors quoi, Rosa ?

— Je ne sais pas, mais je sais que tu viens de dire une bêtise. La vieillesse ne te réussit pas. »

Il a l'air de tousser, mais il rit. Il me fait rire aussi.

« On y a mis tout notre cœur et on n'a pas réussi.

— On a vécu des années ensemble : ce n'est pas rien ; et après tu as pu fonder une famille, dis-je en souriant. Tu as bien fait de rester vivant.

— Mais toi, tu es seule. Depuis si longtemps, Rosa. »

Je lui caresse la joue. Sa peau est du papier vélin, elle râpe, ou ce sont peut-être mes doigts. Je n'avais jamais caressé mon mari dans ma vieillesse, c'était une sensation inconnue.

Je passe deux doigts sur ses lèvres, je suis leur ligne délicatement, je m'arrête au milieu et appuie doucement, tout doucement. Gregor ouvre la bouche, l'entrouvre à peine. Et les embrasse.

Le self de l'hôpital est plutôt bien fourni. Il y a des légumes vapeur – carottes, pommes de terre, épinards, haricots verts – ou sautés, en particulier des courgettes. Il y a des petits pois aux lardons et des haricots secs en sauce. Il y a du jarret de porc et des blancs de poulet grillés. Du potage et des filets de sole panés avec de la purée si on veut. De la salade de fruits, des yaourts, et même un gâteau aux raisins secs, mais je ne mange plus de raisins secs.

Je demande une simple assiette de haricots verts, de l'eau plate et une pomme, je n'ai pas faim. À la caisse, avec les couverts, on me donne aussi deux tranches de pain complet et une portion de beurre emballée. Je cherche une place libre, ce qui ne manque pas. Parmi les tables en formica disponibles, d'un pâle bleu turquoise et encombrées de miettes ou tachées de gras, défilent des hommes et des femmes en blouse, flegmatiques, traînant leurs sabots de caoutchouc, le plateau à la main. Je guette où ils vont s'asseoir avant de choisir ma place. Je repère une table assez propre et assez loin. J'observe les gens assis, même si je vois mal à cette distance. J'aimerais découvrir si quelqu'un mange la même chose que moi ce soir. Je lorgne toutes les assiettes et finis par trouver : une jeune fille brune coiffée d'une queue-de-cheval a attaqué avec appétit sa portion de haricots verts. J'en prends une fourchette dans mon assiette, goûte et sens mon cœur ralentir. Des bouchées mesurées, une puis une autre, jusqu'au moment où l'estomac gonfle. Une légère nausée, ce n'est rien. Je pose mes mains sur mon ventre, le réchauffe. Je reste ainsi, immobile, assise, il n'y a presque personne, on n'entend qu'un léger bruissement. J'attends un peu, une heure peut-être. Puis je me lève.

NOTE ET REMERCIEMENTS

En septembre 2014, j'ai lu dans un journal italien un entrefilet sur Margot Wölk, la dernière goûteuse d'Hitler encore en vie. Frau Wölk avait toujours gardé le silence sur son expérience, mais à quatre-vingt-seize ans, elle avait décidé de la rendre publique. J'eus immédiatement envie de faire des recherches sur elle et son histoire. Quand je réussis à trouver son adresse à Berlin quelques mois plus tard, dans l'intention de lui envoyer une lettre pour solliciter une rencontre, j'appris qu'elle venait de mourir. Je ne pourrais jamais lui parler, ni raconter ce qu'elle avait vécu. Mais je pouvais tenter de découvrir pourquoi elle m'avait autant frappée. C'est ainsi que j'ai écrit ce roman.

L'anecdote sur Adolf Hitler qui chahutait en classe, racontée au chapitre 26, est tirée de *Douze ans auprès d'Hitler 1933-1945. La secrétaire privée d'Hitler témoigne*, de Christa Schroeder (Page après page, 2004). La phrase originale portée dans le registre était «*Hitler ist ein Boesewicht, er spiegelt mit dem Sonnenlicht*» («Hitler est un garnement, il joue avec la lumière du soleil»), mais au lieu de la traduire littéralement, j'en ai inventé une analogue pour garder la rime : « *Hitler fa il bulletto giocando con lo specchietto* [1]. »

Je remercie Tommaso Speccher pour la supervision historique.

Je remercie Ilaria Santoriello, Mimmo Summa, Francesco D'Ammando et Benedetto Farina pour leur expertise scientifique.

Sans le soutien de Vicki Satlow, ce roman n'existerait pas. C'est pourquoi je le lui dédie. Ainsi qu'à Dorle Blunck et Simona Nasi, qui m'ont aidée depuis le début. Enfin je le dédie à Severino Cesari, qui a lu tout ce que j'ai écrit, mais qui cette fois n'en a pas eu le temps.

---

1. Version française : « Hitler est un chenapan, qui aveugle les autres enfants. » (*N.d.T.*)

Le Livre de Poche s'engage pour
l'environnement en réduisant
l'empreinte carbone de ses livres.
Celle de cet exemplaire est de :
300 g éq. CO$_2$
Rendez-vous sur
www.livredepoche-durable.fr

PAPIER À BASE DE
FIBRES CERTIFIÉES

Composition réalisée par MAURY-IMPRIMEUR

Achevé d'imprimer en juillet 2020, en France par
Maury Imprimeur – 45330 Malesherbes
N° d'imprimeur : 246639
Dépôt légal 1re publication : avril 2020
Édition 04 – juillet 2020
LIBRAIRIE GÉNÉRALE FRANÇAISE
21, rue du Montparnasse – 75298 Paris Cedex 06

39/0507/4